종달새 언덕의 마법사

종달새 언덕의 마법사

雲雀坂 の 魔法使い

沖田円

오키타 엔 장편소설 ─ 김수지 옮김

비채

차례

마녀와 마법사가 언제부터 있었는지는 모른다.

인간이 먼저인지 그들이 먼저인지 묻는 질문에 답할 수 있는 사람은 아무도 없다.

어쨌거나 그들은 확실하게 존재하며 사람과 함께 살아왔다. 바람처럼 자유롭게, 하지만 간절한 사람에게는 가까이 다가서며 언제나 이 세상 어딘가에서 살아왔다.

그리고 어느 작은 마을 구석에서도.

그곳은 완만한 언덕을 따라 만들어진 마을로, 언덕이 많다는 걸 자랑스러워하는 사람이 있는가 하면 불편해하는 사람도 있었다. 오락 시설이 적고 어딘가 느긋한 분위기가 감도는, 딱히 이렇다 할 뭔가가 없는 흔하디흔한 시골이었다.

어느 날, 한 마녀가 마을에 나타났다. 끝없이 여행을 이어오던 중에 정착할 곳을 찾다가 우연히 다다른 것이었다.

마녀는 마을이 썩 마음에 들어 자신의 정처로 삼기로 했다.

마녀는 마을에 집을 샀다. 낡아빠진 건물을 직접 수리하고, 가구를 만들고, 황무지 같던 정원에 텃밭을 일구고, 집 앞에는 사랑스러운 꽃도 심었다.

마녀는 그 집에 마법상점을 차렸다.

색깔을 뜻하는 이름을 가진 아름다운 마녀는 기나긴 여행의 종지부를, 언덕 중턱에 있는 자그마한 상점에서 찍기로 했다.

1장

봄이 깃든 흉터

그 마을에는 마녀가 산다.

메이에게 이 사실을 알려준 건 중학교 2학년 여름에 전학 간 친구 아이리였다.

아이리는 종달새 마을이라는 곳으로 이사 갔다. 메이가 사는 곳보다 더 시골이라 전철역에도 개찰구가 두 개뿐이고 높은 빌딩은 하나도 없다. 날씨가 좋으면 옆 마을 앞쪽 바다까지 내다보이는, 언덕이 많은 지역이라고 했다.

아이리는 놀 거리가 거의 없어 마을이 별로 마음에 들지 않는 모양이었다. 그런데 이사 간 지 얼마 안 됐을 때 딱 하나, 한껏 들떠서 마을에 관해 말해준 게 있었다.

"여기에 마녀가 산다?"

메이는 휴대전화 스피커를 통해 들려온 아이리 목소리에 활기가 넘쳤던 걸 기억한다. 집 근처에 마녀가 운영하는 마법상점이 있다며, 좋아하는 아이돌 이야기라도 하듯 재잘거렸다.

이 세상에는 불가능도 가능케 하는 마법을 발휘하는 존재가 있다. 사람들도, 그들 자신도 그런 존재가 남자의 모습이면 마법사, 여자의 모습이면 마녀라고 불렀다.

메이는 과거에 딱 한 번 마법사를 본 적이 있다.

마법사가 일으키는 기적을 두 눈으로 똑똑히 봤다.

하지만 그때 이후로는 마녀나 마법사를 만난 적이 없다. 그들은 전세계에 천 명 정도밖에 없다고 알려져 있고, 대부분이 바람처럼 떠돌아다니기 때문이었다.

"마법상점은 종달새 언덕이라는 곳에 있어. 그래서 '종달새 언덕의 마녀'라고 불린대."

가뜩이나 만나기가 하늘의 별 따기인 마녀가 가까이에 정착해 상점을 열었다니, 너무나도 부러운 이야기다. 아이리의 목소리가 점점 고조되는 것도 이해가 됐다. 아이리의 말을 듣는 것만으로도 기분이 설레었다.

"나도 언젠가 마녀한테 마법을 걸어달라고 하고 싶어."

어떤 마법을 원하느냐고 묻자 아이리는 주저 없이 "그야 당연히……" 하고 말을 이었다. "편하게 살 빼는 마법! 그리고 예뻐지는 마법!"

여전한 친구의 대답에 메이는 소리 내어 웃고 말았다.

　　　　　　　　　　🎋

삼 년간 다닌 중학교 졸업식을 마친 다음 날, 메이는 아침부터 혼자 전철에 올라탔다.

마음이 가라앉지 않는 이유가 낯선 땅으로 향하고 있기 때문만은 아니었다. 무릎에 얹은 보스턴백을 꼭 끌어안고 차창 너머로 시선을 던졌다.

집을 나선 지 이미 두 시간이 넘었다. 전철을 두 번 갈아탔다. 처음 이용하는 노선이라 내심 긴장했지만 다행히 착오 없이 탈 수 있었다. 이제 목적지에 잘 내리기만 하면 된다. 거기에서부터는 휴대전화로 지도를 보며 찾아가면 괜찮을 것이다.

후우, 숨을 뱉어냈다. 한겨울인 양 손끝이 차가워 파카 소매를 끌어당겨 손을 덮었다. 추위 탓이 아니었기에 당연하게도 손끝에 온기가 돌아오지는 않았다.

바깥 풍경은 한가로웠다. 낮은 지대의 선로를 달리는 전철에서 올려다보니 높은 지대에 계단처럼 조성된 마을이 보였다. 주위를 둘러싼 산등성이 곳곳에 분홍빛 봄꽃이 수놓여 있다. 아이리의 말대로 높은 건물도 큰 쇼핑몰도 없는, 번잡스러움과는 거리가 있는 마을이다.

얼마 되지 않아 안내 방송으로 목적지 이름이 흘러나왔다. '종달새 마을'이라는, 메이에게는 생소한 역이다.

전철 속도가 느려지기 시작했다. 승객 한 명이 자리에서 일어나는 모습을 보고 메이도 일어났다. 앞으로 멘 소형 크로스백의 위치를 바로잡은 뒤 보스턴백을 어깨에 걸쳤다.

플랫폼에 내려서자 두 개밖에 없는 개찰구 너머로 마을이 보였다. 처음 오는데도 지극히 평범한 정경이라, 꼭 어디에선가 본 적 있는 곳 같았다.

종달새 마을은 절대 특별한 곳이 아니다. 흔하디흔한 평범한 마을이다.

그럼에도 이 마을은 다른 곳과는 다르다. 이 마을 어딘가에 '종달새 언덕의 마녀'가 있다.

그렇게 생각하자 설레면서도 왠지 망설여지는, 복잡 미묘한 기분이 들었다.

메이가 처음으로 마법사를 본 것은 초등학교 1학년 때였다. 여름방학을 맞아 다른 현에 있는 조부모님 댁에 놀러 갔을 때, 여행중에 그 마을을 찾은 마법사를 우연히 만났다.

숨이 멎을 만큼 아름다운 남자였다. 할머니 말씀이 마법사와 마녀는 누구나 한눈에 반할 정도로 용모가 아름답다고 한다.

메이가 만난 마법사도 보기 드문 미모에 유리처럼 투명한 하늘빛 눈동자를 갖고 있었다. 몸에 두른 진남색 로브도 몽환적인 인상을 풍겼던 것으로 기억한다.

상당히 이질적인 풍모였지만 그렇다고 해서 한눈에 봐도 보통 사람과 다르다고 할 수는 없었다. 날개가 달리지도 않고, 눈이 세 개도 아니고, 입이 귀 언저리까지 찢어지지도 않았다.

그럼에도 마법사와 인간은 다르다. 인간이라면 절대로 쓸 수 없는 기적의 힘, 즉 마법을 구사하며 인간과는 다른 시간의 흐름 속에서 살아간다. 아주, 아주 신기한 존재인 것이다.

좀처럼 마주하기 힘든 마법사의 방문에 마을 사람들은 한바탕 난리가 났고, 앞다퉈 마법을 써달라 졸랐다. 병을 고쳐달라, 손에 다 못 담을 만큼 보석을 달라, 망가진 귀중품을 고쳐달라. 마법사라면 사람들의 이런저런 소원을 쉽게 들어줄 터. 하지만 마법사는 구렁이 담 넘어가듯 피하기만 할 뿐 단 한 번도 소원을 들어주지 않았다.

도통 마법을 쓰지 않아 마을 사람들이 가짜 아니냐며 수군거리기 시작했을 무렵, 조부모님 댁 근처에서 불이 났다.

화염이 순식간에 집 한 채를 삼켜버린 큰불이었다. 메이가 할

아버지와 상황을 살피러 바깥으로 나갔을 때 소방대원이 한 여성을 붙들고 있는 모습이 눈에 들어왔다. 여성은 불길에 휩싸인 집으로 들어가려 했다. 아이가 안에 있다고 울부짖으며 몸부림쳤다. 하지만 불길은 거셌고 소방대원조차 안으로 진입할 수 없는 상태였다.

자리에 있던 모두가 포기할 수밖에 없다고 안타까워하던 그때, 마법사가 나타났다.

마법사는 아무렇지 않은 표정으로, 제지에도 아랑곳하지 않고 화염 속으로 들어가더니 몇 분 지나지 않아 아이를 안고 밖으로 나왔다. 불길에 닿지 않았을 리가 없는데 신기하게 머리카락이며 피부며 심지어 로브까지, 털끝만큼도 그을린 흔적이 없었다.

마법사는 아이를 여성의 품에 넘겨주고는 아이 뺨과 팔에 생긴 화상을 치료한 뒤 부드럽게 미소 지으며 자리를 떠났다. 마법사의 모습을 본 건 그게 마지막이었다. 며칠 뒤 그가 마을을 떠난 것 같다는 이야기를 이웃 주민에게 들었다. 할머니는 "아마 또 어딘가를 여행하고 있겠지"라고 하셨다.

마법사를 본 것도, 마법을 목격한 것도 딱 그때 한 번이었다.

그 한 번뿐인 기억이 지금 메이에게는 유일한 희망이었다.

메이는 아이리가 알려준 주소를 지도 앱에 입력한 뒤 안내를 따라 역에서부터 하염없이 걸었다. 이제 납작한 돌이 깔린 언덕길을 오르는 중이었다.

들은 대로 언덕이 많은 마을이었다. 역에서부터 내내 오르막길만 걷는 기분이었다. 기껏해야 이십 분 정도 걸었을 뿐인데 목덜미가 땀으로 끈적끈적했다.

지금 오르고 있는 언덕은 마을 이름과 똑같이 '종달새'란 이름이 붙은 언덕이다.

길 양쪽에는 돌담과 산울타리가 이어지며 가정집과 찻집이 늘어서 있다. 평일 낮이라 그렇기도 하겠지만 행인이 거의 없어 무척이나 조용했다.

차도 지나다닐 수 없는 좁다란 길 옆으로 우뚝 선 커다란 나무가 머리 위를 뒤덮었다. 발치에 드리운 이파리 그림자를 밟으며 잠시 선선함을 느끼던 그때, 손에 든 휴대전화가 목적지에 도착했다고 알려주었다.

고개를 든 메이는 오른쪽에 있는 건물을 발견했다. 작은 목조주택이었다. 벽에는 담쟁이덩굴이 덮여 있고 네모난 유리창은 안개가 낀 듯 뿌옜다. 키가 큰 빨간 꽃이 문으로 이어지는 계단 틈새에 피어 있었다. 처마 끝에 등불 하나가 매달렸는데 대낮이어서인지 켜져 있지 않았다.

정말 여기가 맞나 싶어 왠지 불안해졌다. 누구에게든 물어보고 싶었지만 언덕 위에도 아래에도 사람은 없다.

문을 열어도 될까 망설이던 그때, 외벽을 덮은 담쟁이덩굴에 감겨 있어 하마터면 못 보고 지나쳤을 철제 간판이 눈에 띄었다.

문 오른쪽 위에 내걸린 간판에는 '종달새 언덕 마법상점'이라고 적혀 있다. 메이가 찾던 이름이었다.

문을 열자 경쾌하게 종소리가 울렸다. 식물이 아주 많다는 게 상점 안쪽을 보자마자 든 생각이다. 그다지 넓지 않은 실내 곳곳에 크고 작은 화분이 놓여 있고, 천장에도 이름을 모를 식물들이 화분째로 주렁주렁 매달려 있었다.

입구에서 봤을 때 오른쪽 벽에는 말린 잎 따위를 넣은 유리병이 줄줄이 늘어서 있다. 왼쪽 벽은 수많은 서랍이 달린 수납장으로 빼곡하고, 정면에는 작은 원목 카운터와 의자 두 개, 그리고 뒷문인 듯한 문 하나가 보였다.

"그래, 어서 와."

카운터 안쪽에 있던 사람이 말했다.

그 사람은 카운터에서 나오더니 문 쪽에 서 있던 메이에게 들어오라고 손짓했다. 메이는 문을 닫고 한 발짝씩 천천히 발을 내디뎠다.

"당신은 무슨 일로 왔지?"

넋을 잃을 만큼 아름다운 소녀가 미소 지으며 물었다. 그렇다. 상점에 있던 사람은 메이 또래로 보이는 소녀였다.

허리까지 내려오는 붉은 머리카락과 불에 타는 듯한 빨간 눈동자가 인상적인, 빼어나게 아름다운 아이다. 메이가 즐겨 보는 패션잡지의 모델보다 훨씬 예뻤다. 그래서인지 무언가 인위적인 차가움이 느껴졌다.

메이보다 키가 조금 더 큰 소녀는 후드가 달린 진녹색 로브를 걸치고, 목에는 새장 모양 펜던트를 걸고 있다. 작은 새장에는 선명한 초록색 돌이 들어 있었다.

주위를 둘러봤지만 상점에는 소녀밖에 없었다. "어서 와"라고 했으니 소녀가 상점 직원이라는 건 확실할 텐데.

"……당신이 종달새 언덕의 마녀인가요?"

메이가 설마 하며 묻자 소녀는 눈을 한번 끔벅였다.

"뭐, 그렇게들 부르던데."

메이는 내심 놀랐다. 정말로 마녀가 상점을 운영하고 있다는 사실도 놀라웠지만, 소녀 모습의 마녀라니. 전혀 예상 밖이었다.

아이리가 종달새 언덕 마법상점이 오래됐다고 했기 때문에 무심코 할머니 모습의 마녀를 상상했다. 설마 마녀가 또래일 줄이야.

문득 예전에 할머니가 해주신 이야기가 떠올랐다. 마녀와 마법사는 인간보다 훨씬 오래 살고 자신이 원하는 모습으로 연령대를 바꿀 수 있다, 그래서 외모로는 진짜 나이를 알 수 없다는 이야기였다.

그렇다면 이 마녀도 겉모습은 소녀지만 소녀가 아닐 테다. 행동거지도 상당히 차분해 보이니 알고 보면 메이보다 훨씬 나이가 많을지도 모른다.

"……."

정말로 여기까지 왔다. 정말로 마녀의 상점에 발을 들였고 눈앞에 마녀가 있다. 그렇게 생각하자 여기까지 오는 동안 느낀 것과는 또 다른 긴장감이 서서히 온몸을 뒤덮었다.

메이는 오른손으로 파카 가슴께를 꼭 쥐었다. 안쪽에서 심장이 빠르게 뛰는 게 느껴졌다.

마녀. 마법사. 절대로 인간이 아닌 존재.

인간에게는 없는 힘을 가진 신비로운 생명체. 인간 부모에게서 태어나는 경우도 있다고는 하지만, 전혀 다른 생물.

"저…… 마녀, 님?"

조심스럽게 입을 열자 마녀는 작게 소리 내어 웃었다.

"내 이름은 스이. 스이든 마녀든 다른 호칭이든, 뭐든 편한 대로 불러."

자신을 스이라고 밝힌 마녀는 다시 카운터 안으로 들어갔다. 안쪽에는 타일을 붙인 작은 싱크대와 전기 주전자가 있었다. 스이는 주전자를 들어 찻잔에 따뜻한 물을 따른 뒤 카운터에 놓았다.

"허브티 서비스. 뒷마당 온실에서 정성껏 키운 거야. 찻잎도 파니까 마음에 들면 사 가도 돼."

"가, 감사합니다."

메이는 보스턴백을 바닥에 내려놓고 김이 피어오르는 찻잔에 손을 뻗었다.

그때 카운터로 뭔가가 불쑥 뛰어올랐다. 화들짝 놀라 어깨를 움츠린 메이의 눈앞에서, 빨간 가죽 목걸이를 찬 회색 고양이가 기지개를 쭈욱 폈다.

"아, 미안. 니케, 그러면 안 돼. 손님 앞에서 예의 없이 굴면 안 된다고 했잖아."

회색 고양이 니케는 스이에게 대답이라도 하듯 짧게 울더니 얌전히 카운터에 엎드렸다.

"귀여워요. 반려묘예요?"

"아니. 친구."

"친구?"

"나랑 사역마 계약을 맺었으니까, 보통 고양이랑은 다르지."

"아……."

메이 눈에는 영락없이 평범한 고양이다. 그런데 홀연히 자신을 응시하는 에메랄드그린 눈동자에 마음속까지 관통당하는 느낌이 들었다. 메이는 다급히 시선을 돌렸다.

허브티를 살짝 맛보았다. 쌉싸름하지만 달콤한 향도 있어 한 모금 삼키자 가슴 안쪽이 따뜻해지는 느낌이다.

"마녀님, 이 아니라 스이 씨."

메이는 두 손으로 컵을 들고 찰랑이는 찻잔을 내려다보았다.

"후후, 스이 씨라고 하니까 좀 이상하네. 스이라고 해도 돼."

"……스이."

찻잔 속 허브티가 계속 찰랑였다. 손끝이 파르르 떨리고 있기 때문이다.

"괜찮아?"

스이의 손끝이 메이의 손에 닿았다. 메이는 깜짝 놀라 고개를 들었다.

"혹시 피곤해? 속이 안 좋아?"

스이는 고개를 갸웃거리며 메이의 얼굴을 들여다보았다. 맞닿은 손끝 온도가 메이 자신의 온도와 같았다.

"……아, 아뇨, 죄송합니다. 괜찮아요."

메이는 그렇게 대답하고는 심호흡을 한 번 했다. 마침내 원하던 곳에 왔다. 여기까지 와서 겁낼 수는 없다.

메이가 컵을 내려놓고 두 손을 꽉 쥔 채 "저……" 하며 입을 뗐다. 스이가 고개를 끄덕였다.

"예전에 딱 한 번 마법사를 만난 적이 있어요. 그때 마법사가 어린아이의 화상을 치료해주는 걸 봤거든요. 애초에 다치지 않은 것처럼 말끔하게요."

"그래. 마법이니까. 말끔하게 없앨 수 있지."

"저기, 스이도 그렇게 마법으로 화상을 치료할 수 있어요?"

메이는 스이의 눈을 보았다.

스이도 빚어놓은 듯 동그란 눈으로 메이를 바라보았다.

"응. 할 수 있어."

"생긴 지 오래된 흉터도요?"

"마법으로 불가능한 건 죽은 사람을 살리는 일 정도뿐이야."

즉 아무리 오래된 흉터라도…… 인간의 의술로 절대 없앨 수 없는 흉터라도 마법으로는 없앨 수 있다는 뜻이다.

메이는 아주 잠깐 숨을 멈췄다.

스스로에게 고개를 끄덕인 뒤 파카 왼쪽 소매를 팔꿈치까지 걷어 올렸다.

"이걸 마법으로 없애주세요."

스이에게 내민 왼쪽 팔에는 커다란 화상 흉터가 있다.

육 년 반 전에 사고로 생긴 흉터다. 어른들이 어쩔 줄 몰라했을 정도로 크게 다쳐 치료에 제법 시일이 걸렸지만, 어느덧 통증도 가려움도 없어져 이제 생활에는 아무런 지장이 없다.

"화상 흉터구나."

"부탁드려요. 마법으로 깨끗하게 지워주세요."

"이걸 말이지……."

흉터가 남을 수도 있다던 의사의 말대로 육 년 반이 지난 지금까지도 상처는 옅어지지 않았다. 이 흉터는 현대 의료 기술로는 앞으로도 원상회복이 불가능하다.

그래도 메이는 없애고 싶었다. 그러고는 어렸을 때 만난 마법사를 제일 먼저 떠올렸고, 다음으로 아이리에게 들은 종달새 언덕의 마녀 이야기를 떠올렸다.

"……."

스이는 메이의 왼팔을 손끝으로 살며시 훑더니 뭔가 중요한 것을 살피기라도 하듯 눈을 가늘게 떴다.

메이는 내리깔린 스이의 긴 속눈썹을 보았다. 두근, 두근. 심장 박동이 한 박 한 박 지독히도 크게 울리는 듯했다.

잠시 뒤. 스이가 손을 내리고 고개를 들었다. 마주친 시선 끝의 빨간 눈동자는, 아무것도 반사되지 않는데도 묘하게 반짝 흔들렸다.

"미안하지만 거절할게."

"앗⋯⋯."

"난 이 흉터를 안 없앨 거야."

인형 같은 얼굴로 스이가 미소 지었다.

메이는 잠시 아무 말도 하지 못했다. 거절당할 줄 몰랐기 때문이다.

여기는 마녀의 상점, 마법상점이다. 분명 마법을 파는 곳이다. 메이는 절대로 억지를 부리지 않았다. 분수에 맞지 않는 소원을 말한 것도 아니다.

한쪽 팔에 있는 흉터 하나만 없애달라고 했을 뿐이다. 마녀라면 그런 소원쯤이야 거뜬히 들어줄 수 있을 텐데.

"저기, 돈은 있어요. 지금한 돈 다 가져왔어요. 혹시 부족하면 고등학교 때 아르바이트 해서 꼭 다 낼게요."

메이가 카운터에 몸을 싣고 매달리듯 애원했지만 스이는 고개를 가로저었다.

"우리는 돈으로 움직이지 않아. 그런 건 중요하지 않거든."

"그런⋯⋯."

"설령 네가 나라 하나를 살 수 있는 돈을 가져왔다 해도, 지금 여기서 네 흉터를 없애기 위해 마법을 쓰는 일은 없을 거야."

메이는 살짝 벌린 입술로 짧게 탄식을 뱉어냈다.

몸에서 힘이 빠져나갔다. 하지만 두 손은 손톱이 살을 파고들 만큼 꽉 쥐고 있었다.

"왜, 왜 안 된다는 거죠?"

묻기는 했으나 답을 듣는다 한들 수긍할 수 있을 것 같지 않았다.

마지막 희망을 품고 여기까지 왔다.

마법으로는 흉터를 감쪽같이 없앨 수 있는데. 마법으로밖에 없앨 수 없는데. 흉터만 없어진다면 마음속 그늘도 함께 사라질 텐데.

기댈 곳은 이제 종달새 언덕의 마녀밖에 없는데.

"메이, 그건……."

이름을 밝힌 적이 없는데 스이는 메이의 이름을 불렀다.

저 멀리 선로를 달리는 전철 소리가 여기까지 들려왔다.

"네 안에 망설임이 있기 때문이야."

메이는 아무 말도 할 수 없었다.

전화와 영상통화는 자주 했지만 실제로 만나는 건 아이리가 전학 간 중학교 2학년 여름 이후 약 일 년 반 만이었다.

"메이! 왜 이제 왔어!"

아이리의 집은 종달새 언덕 마법상점보다 더 높은 지대의 경치 좋은 곳에 있었다. 사랑스러운 분위기가 풍기는 서양식 주택인데 새로 지었다고 들은 기억이 있다. 아이리의 부모님이 땅을 찾는 단계에서부터 집을 짓기까지 심혈을 기울였다고 했다.

문 옆의 벨을 누르자 인터폰 응답도 없이 현관에서 아이리가 튀어나왔다. 다짜고짜 부둥켜안는 친구를, 메이는 휘청거리면서 끌어안았다.

"아, 아이리, 늦어서 미안해."

"내 말이! 너무 안 오길래 길 잃었을까 봐 걱정했어. 역시 역까지 마중 나가는 게 나았을까?"

"괜찮아. 지도 보면서 온 덕분에 하나도 안 헤맸어. 잠깐 어디 들렀다 오느라 늦은 거야."

"그렇다면 다행이고. 너무 멀어서 힘들었지? 들어와. 같이 간식 먹자."

집에 들어서자 아이리의 어머니도 반갑게 맞아주었다. 미리 준비한 선물을 드리고 접시 한가득 특제 도넛을 받아 아이리와 2층 방으로 향했다.

"우아, 경치 멋지다!"

"그렇지?"

아이리의 방에는 작은 발코니가 있어 종달새 마을을 한눈에 내려다볼 수 있었다.

높은 지대에서 낮은 곳으로 완만하게 펼쳐지는 마을. 아래쪽에는 메이가 타고 온 전철 선로가 깔려 있고 그 너머로는 옆 마을이, 더 멀리에는 바다가 희미하게 보였다.

"이웃분 말씀이 원래는 이 자리에 민박집이 있었대."

"민박집?"

"응. 근데 건물이 낡기도 했고 사장님도 연세가 많아서 민박집을 접고 땅을 팔았대. 우리 집이랑 양쪽 집까지 세 집을 그 민박집 있던 자리에 지은 거래."

"그렇구나. 경치가 좋으니 손님들도 좋아했을 것 같아."

"맞아. 마을에서 제일 인기 많은 민박집이었대."

메이는 도넛을 먹으며 아이리와 시시콜콜 수다를 이어갔다.

아이리와는 초등학교 때부터 친구다. 1학년 때 같은 반이었는데 출석 번호가 앞뒤로 붙어 있어서 친해졌다.

성격이 밝고 붙임성이 좋은 데다 눈치까지 빠른 아이리와 같이 있으면 마음이 무척 편했다. 다른 친구나 가족에게도 말 못하는 비밀까지 서로 털어놓을 수 있을 만큼, 누구보다 신뢰하는 친구였다.

그래서 아이리가 멀리 전학 간 뒤에도 계속 절친한 관계를 유지하고 있었다. 물론 앞으로도 지금처럼 지내고 싶었다.

그 정도로 좋아하는 친구다. 만났다 하면 이야깃거리가 넘쳐서 원래라면 수다가 끊임없이 이어질 텐데. 아이리와 만난 것도, 오늘 밤에 여기에서 자고 간다는 사실도 너무나 기뻐서 가슴이 콩닥거릴 텐데.

하지만 메이의 기분은 가라앉아 있었다. 생각대로 웃어지지 않고, 즐겁게 이야기를 나누면서도 머리 한쪽에서는 딴생각이 들었다.

"메이."

접시에 담긴 도넛이 없어졌을 때쯤 아이리가 이름을 불렀다.

메이는 화들짝 고개를 들었다. 고개를 숙이고 있던 것도 인식하지 못했다. 아이리가 미간을 살짝 찡그린 채 메이를 들여다보았다.

"무슨 일 있어? 오늘 여기에 온 이유, 그냥 놀러 오고 싶던 것만은 아니지?"

아이리는 붕 떠 있는 메이의 마음을 알아챈 듯했다. 메이는 미안해하며 고개를 끄덕였다.

이야기를 해도 될지 아주 잠깐 망설였다. 하지만 누군가에게 털어놓고 싶었다. 아이리 말고는 그럴 수 있는 사람이 없다는 것도 알고 있었다.

"……나, 여기 오기 전에 어디 들렀다고 했잖아."

어디인지 말하면 놀랄 줄 알았는데 아이리는 오히려 메이가 말하기도 전에 "마법상점이지?"라고 아무렇지 않게 물었다.

"엇, 뭐야, 어떻게 알았어?"

"전에 우리 집 주소랑 거기 주소를 같이 물어봤잖아."

눈이 동그래진 메이를 보고 아이리는 깔깔 웃었다.

"그래도 진짜로 갈 줄은 몰랐지만."

"그랬구나……. 하긴 그렇지."

"나도 엄마랑 약 사러 가봤어. 그 마녀, 진짜 예쁘지?"

"응. 모델 같은 미인이었어."

소녀의 모습을 한 아름다운 마녀에게…… 그녀가 운영하는 상점에, 무엇을 얻기 위해 갔던가.

메이는 아이리에게 자신이 '종달새 언덕의 마녀'를 왜 찾아갔는지, 마녀에게 어떤 대답을 들었는지 털어놓았다. 기대하고 찾아간 만큼 충격이 컸다는 것, 아이리의 집까지 오는 내내 풀이 죽어 있었다는 것도.

아이리는 장난치지 않고 진지하게 들어주었다. 메이의 등에 손을 얹고 자기 일처럼 같이 아쉬워했다.

"그런 일이 있었구나. 속상했겠다."

"……마법으로 흉터를 없앨 수 있을 거라고 믿었어."

"그랬구나."

"왜 거절했을까? 돈 때문이 아니라고 했지만, 역시 어려서 돈이 없어 보였나?"

마녀의 존재는 귀하다. 그리고 마법도 그만큼 귀하다고 생각한다. 그래서 돈이 적잖이 들 거라 각오하고 있었다. 얼마를 청구하든 메이는 다 지불할 작정이었다. 자신이 어리다는 자각은 있지만 결코 가벼운 마음으로 마녀를 찾아간 것은 아니었다.

하지만 실패였다.

스이는 돈으로는 움직이지 않는다면서 부탁을 끝까지 거절했다. 그리고 마치 메이의 마음 깊은 곳까지 꿰뚫어 보고 있다는 듯 말했다.

'네 안에 망설임이 있기 때문이야.'

그럴 리가 없다고 생각했다. 망설임 따위 없다고, 거절할 구실이 없으니 그렇게 둘러대는 거라고 생각했다.

그런데 어째서인지 아무 대꾸도 할 수가 없었다. 메이는 입술을 깨문 채 상점을 나와야 했다.

"메이, 있잖아." 아이리가 말을 꺼내기 어려운 듯 망설이며 입을 열었다. "거기가 마법상점이기는 한데 주로 약이나 차를 파는 곳이야. 물론 마법을 의뢰하러 오는 사람도 있다지만 실제로 들어주는 경우는 거의 없대."

"······그래?"

"마녀든 마법사든, 세계 제일의 부자나 어느 나라 대통령이 찾아온다 해도 마법을 쓰고 싶다는 생각이 들지 않으면 절대 안 쓴다고 들었어. 마녀가 돈이랑 상관없다고 말했다면 아마 사실일 거야."

그 말을 듣고 기운이 더 빠졌다.

내일 돌아가기 전에 한 번 더 가보려고 했는데, 아이리 말대로라면 가봐야 아무 소용 없을 것이다.

마법으로 해결할 수 없다면 앞으로 어떻게 해야 할까.

모르겠다. 흉터를 없애는 것 말고는 방법이 없다고 생각했으니까. 그러려면 마녀에게 부탁하는 수밖에 없었으니까.

"그런데 흉터를 왜 없애려고 한 거야? 평소에는 전혀 신경 안 썼잖아."

아이리가 조심스럽게 물었다.

맞는 말이다. 메이가 흉터를 없애고 싶다고 생각한 건 얼마 전부터였다. 이전까지는 숨기지도 않았고 남에게 모진 말을 들어도 마음에 담지 않았다. 흉터와 함께 자라고 어른이 되어가는 일에 아무런 의문도 후회도 없었다.

"······."

입을 다문 메이를 보며 아이리는 작게 한숨을 내쉬었다.

"말하기 싫으면 안 해도 돼. 캐물으려는 건 아니니까."

메이는 작은 목소리로 "미안" 하고 말했다. 아이리는 어떤 비밀이든 털어놓을 수 있는 친구다. 하지만 메이가 아이리를 가장 신뢰하는 이유는 뭐든 말할 수 있는 상대여서가 아니라, 말하지 않아도 곁에 있어주는 친구여서다.

아이리가 진심으로 걱정한다는 걸 알면서도 아직은 고민을 털어놓을 자신이 없었다.

"그나저나 우리, 곧 고등학생이네."

봄이 왔다.

머잖아 새로운 생활이 시작된다. 메이도, 같은 반 친구들도 각자의 자리에서 지금까지와는 다른 자신으로 살아가게 된다.

그러니 그 전에 지금까지의 일상을 바꾸고 싶다는 생각이 드는 건 잘못이 아닐 터였다. 바꿔야 한다. 지금 상태로는 안 된다.

메이는 자신의 선택이 옳다고 믿었다.

🕊

다음 날은 아이리가 역까지 배웅해주었다.

밤늦게까지 수다를 떨었으면서 집에서 역까지 나란히 걸어가는 동안에도 소소한 이야기를 또 이어갔다.

어제의 찜찜함은 아직 가슴에 그대로 남아 있었다. 하지만 아이리에게 털어놓은 덕분인지 아주 조금은 마음이 편안했다.

"다음에 꼭 또 놀러 와."

개찰구를 사이에 두고 아이리가 말했다.

"너야말로 한 번씩 놀러 오고 그래. 다들 보고 싶어해."

"갈게, 갈게! 조만간 날 잡자. 다음에는 너희 집에서 재워줘."

"응, 당연하지."

역에서는 종달새 마을을 올려다볼 수 있지만 종달새 언덕 마법상점은 보이지 않았다. 이제 더는 그곳을 찾아갈 일이 없겠지. 스이라는 이름의 아름다운 마녀도 다시는 만날 일이 없을 터였다.

열차 도착 시간이 얼마 남지 않았다. 고개를 내밀어보니 쭉 뻗은 선로 끝에서 빨간 전철이 들어오고 있었다. 이 역에 정차하는 전철 수는 많지 않다. 저걸 놓치면 집으로 돌아가는 일정이 꼬일 것이다.

"아이리, 다음에 또 보자. 정말 즐거웠어."

"나도! 친구들한테 조만간 놀러 가겠다고 전해줘."

"응."

전철이 플랫폼으로 들어왔다. 내리려는 승객은 세 명, 타려는 승객은 메이 혼자였다.

메이는 아이리에게 마지막 인사를 한 뒤 눈앞에 멈춰 선 전철에 올라탔다.

"아, 맞다." 아이리의 목소리가 들려와 아직 열려 있는 문 쪽으로 몸을 돌렸다. "깜빡했는데, 유토랑은 잘 지내? 너희 사이좋았잖아. 아니다, 유토가 너한테 찰싹 붙어 다녔지. 이제 곧 고등학생인데 이참에 사귀는 건 어때?"

그렇게 되면 나한테 제일 먼저 알려줘, 라고 말하는 아이리에게 무어라 답할 새도 없이 문이 닫혔다.

아이리가 차창 너머에서 웃으며 손을 흔들었다. 메이는 거울에 비치듯 멀어져가는 아이리를 향해 마주 손을 흔들었다.

환승역까지 가는 동안 메이는 잠이 들었다. 전철이 움직이기 시작해 종달새 마을에서 멀어져가는 걸 보고 마지막 희망이 정말로 무너졌구나 싶어 힘이 완전히 빠진 탓이다.

완전히 잠들어버린 줄 알았는데 내려야 하는 역에 도착하기 전에 어찌어찌 눈을 떴다. 무사히 환승했고, 다음 번 환승도 잘해서 지금은 집까지 가는 전철에 몸을 맡긴 상태였다.

익숙한 이름의 역을 통과하는 동안 멍하니 창밖을 바라보다가, 목적지까지 세 정거장이 남았을 때 퍼뜩 생각이 떠올라 크로스백에 넣어둔 휴대전화를 꺼냈다. 아이리가 문자 메시지를 보냈으려나 싶었는데 아니나 다를까 한참 전에 와 있었다.

그리고 또 한 건. 아이리 바로 뒤에 다른 사람이 문자 메시지를 보냈다.

메이는 유토에게서 온 그 문자 메시지를 먼저 열었다. 조금은 무거운 마음으로.

'아이리 만나고 오는 길이지? 역으로 마중 나갈 테니까 몇 시쯤 도착하는지 알려줘.'

예상을 비껴가지 않는 내용에 한숨조차 뱉을 수 없었다.

유토에게는 아이리네 집에 간다고 이야기한 적이 없다. 다만 엄마가 말했다는 건 알고 있었다. 메이 혼자 다녀오는 걸 걱정한 엄마가 유토에게 같이 가줄 수 없느냐고 부탁한 것이다.

유토는 승낙했지만 메이가 거절했다. 혼자서도 괜찮으니까 절대로 따라오지 말라고.

'마중 필요 없어.'

메이는 그렇게만 답장을 보냈다. 유토가 문자 메시지를 읽었는지 확인하지도 않았다.

메이와 유토는 소꿉친구였다. 집이 가깝고 유치원, 초등학교,

중학교를 같이 다녔다. 원래도 부모님끼리 친한 이웃 사이였는데 같은 해에 아이를 낳고 더 가까워졌다고 했다. 가족끼리 같이 놀러 다니기도 했다.

어린 시절 메이는 승부욕이 있는 성격, 유토는 여리고 얌전한 성격이었다. 함께하는 일이 늘어난 건 유치원에서 괴롭힘당하는 유토를 차마 두고 보지 못한 메이가 도와주며부터였다.

그전까지는 부모님끼리 사이가 좋으니 같이 노는 정도의 관계였는데, 그때 이후로 유토가 메이를 따르고 메이도 눈물 많은 유토를 지켜줘야 한다는 사명감에 불타올랐다.

"메이는 내 영웅이야."

유토가 메이에게 자주 하던 말이다. 영웅이라는 말을 듣는 건 나쁘지 않았다. 메이는 왕자에게 보호받는 공주보다 직접 싸우는 마법 소녀 쪽에 더 끌렸기 때문이다.

"응. 내가 유토를 지켜줄게. 걱정 마."

"고마워. 근데 나도 너처럼 강해지고 싶어."

"그럼 강해지면 되지. 아마 곧 그렇게 될걸? 근데 강해져서 뭐 하려고?"

"나도 메이를 지켜주고 싶어."

"딱히 그럴 필요 없는데. 난 약하지 않으니까."

"응. 그래도 널 지켜줄 수 있는 사람이 되고 싶어."

수줍어하며 그렇게 말하는 유토에게 메이는 "흐음" 하고 대꾸했다. 유토가 지켜줬으면 좋겠다는 생각은 들지 않았다. 그저 유토의 의지를 부정할 마음도 없어서 적당히 얼버무렸을 뿐이다.

초등학교 입학 후에도 유토와의 관계에는 거의 변화가 없었다. 같이 등교하고, 방과 후에 같이 놀고, 같은 학원에 다녔다.

그렇지만 마을에 유토 말고도 또래 친구가 많았기에 유토만 특별한 친구인 건 아니었다.

유토도 마찬가지였을 것이다. 원래라면 유토에게 메이는 다른 소꿉친구들과 똑같은 존재였을 터였다.

그렇지 않게 되어버린 분명한 계기가 있다.

육 년 반 전, 메이와 유토가 초등학교 3학년이었을 때 일어난 사고였다.

여름방학이 끝나갈 무렵 친구들, 부모님들과 같이 공원에서 불꽃놀이를 했다. 메이의 동급생과 형제자매, 그리고 유토까지 열 명 남짓한 아이들이 모여 마지막 여름 추억 만들기에 한창이었다.

"유토, 우리 선향 불꽃 종이를 꼬아 만든 끈 끝에 화약을 넣은 불꽃놀이용 향 갖고 놀자."

유토는 떠들썩하게 노는 아이들 무리에 끼지 않고 혼자 조용히 자그마한 불꽃으로 놀고 있었다. 그 모습을 본 메이가 선향 불꽃 두 개를 들고 유토 옆으로 갔다.

"그건 마지막에 하는 거 아니야?"

"꼭 그래야 한다는 법이라도 있나. 게다가 재미있어 보이는 건 다 뺏겼잖아."

근처에서 고학년 남학생들이 한 손에 폭죽을 두 개씩 들고 빙빙 휘두르며 놀고 있었다. 화려하게 터지는 폭죽은 거의 다 가져갔다. 어른들은 아이들을 타이르기도 했지만 기본적으로는 수다 삼매경에 빠져서 아이들이 어떻게 놀든 신경 쓰지 않았다.

"나 선향 불꽃 좋아해."

유토는 메이에게서 선향 불꽃과 길쭉한 라이터를 받아들고 자신의 폭죽과 메이의 폭죽 끝에 불을 붙였다. 반짝반짝 작은 불티가 흩뿌려졌다.

"예쁘다, 그렇지?"

유토는 낯간지러운 표현을 곧잘 했다. 메이는 왠지 부끄러워서 같은 말을 하지 못하고 "응" 하고만 대답했다.

선향 불꽃이 제일 크게 터졌을 때, 바로 옆에서 더 왁자지껄한 목소리가 들려왔다.

돌아보니 어떤 고학년 아이가 장난으로, 불붙이지 않은 폭죽 다섯 개 정도를 다발로 유치원생 꼬마에게 들려주고 있었다.

"으이구, 저렇게 한꺼번에 다 써버리다니, 아깝지도 않나?"

"아까운 게 문제가 아니라 위험한데……."

"설마 저걸 한 번에 쓰겠어? 신경 끄고 우리끼리 놀자. 불 곧 꺼지겠다."

메이는 손끝으로 시선을 돌렸고 유토도 자신이 들고 있는 폭죽에 집중했다.

두 사람 곁에서는 고학년 아이들이 여전히 떠들썩하게 놀았고, 어른들은 흥겨워하는 아이들을 옆에 두고 즐겁게 대화를 이어갔다.

폭죽을 받은 꼬마는 형들이 놀아주어 천진난만하게 기뻐하고 있었다.

그러다 같이 놀던 고학년 아이 하나가 꼬마를 더 재미있게 해주자고 생각한 모양이다. 나쁜 의도가 아니라 순수한 마음으로. 불씨를 갖고 있던 그 아이는 어른들이 잠시 한눈판 사이에 꼬마가 든 폭죽 전체에 불을 붙였다.

다발에서 불꽃이 한 번에 뿜어져 나왔다. 주위에 있던 고학년 아이들까지 놀랄 정도로 맹렬한 기세였다. 커다란 불꽃에 아직 유치원생이던 아이가 냉정하게 대처할 수는 없었다.

크게 놀란 아이는 공포에 휩싸인 나머지 불꽃을 든 팔을 옆으로 크게 휘둘렀다.

그 자리에는 메이와 유토가 있었다.

먼저 알아차린 건 메이였다. 생각하기도 전에 몸이 움직였다.

나중에야 유토를 밀치고 도망갈 걸 그랬다고 후회했다. 하지만 그때는 발이 움직이지 않았고, 유토와 자신을 지키기 위해 왼팔로 불꽃을 막고 말았다.

"메이!"

어른들이 알아채고 바로 달려왔기에 불이 붙은 시간은 잠깐이었다.

하지만 메이와 유토는 화상을 입었다. 눈에는 들어가지 않았지만 불꽃이 얼굴과 팔다리에 튄 유토는 몇 군데를 다쳤고, 불을 온전히 받아낸 메이는 왼팔 피부가 짓무를 정도로 심한 화상을 입었다.

메이는 바로 가까운 종합병원으로 가 응급조치를 받았다. 무의식중에 고개를 돌려 얼굴은 크게 다치지 않았으나 다리와 목덜미에 불똥이 튀어 상처가 났고, 옷도 몇 군데가 탔다.

빠르게 처치한 덕분에 얼굴, 목덜미, 다리의 화상은 금방 옅어질 거라고 했다. 하지만 왼팔은 달랐다. 의사는 흉터가 평생 남을 것이라 단언했다.

"여자앤데……."

메이는 여러 어른에게 그런 말을 들었다. 여자애라는 게 무슨 상관인지는 잘 몰랐지만 팔에 큰 흉터가 평생 남을 것이며 그걸 안타까워하는 뜻이라는 건 뉘앙스로 알 수 있었다.

"맞다, 메이 덕분에 유토는 크게 안 다쳤대. 유토 어머니가 고마워하셨어."

엄마가 해준 그 말만이 위로가 되었다. 화상의 통증은 울부짖고 싶을 만큼 고통스러웠지만 덕분에 유토가 무사하다고 생각하면 견딜 수 있었다. 오히려 뿌듯한 마음마저 들었다.

입원할 필요는 없어서 며칠 동안 상태를 잘 관찰하며 정기적으로 통원하기로 했다.

그리고 여름방학이 끝나고 2학기가 시작됐다. 왼팔에는 아직 상처가 생생해 한동안은 붕대를 감고 등교했다.

유토와는 그날 이후 계속 만나지 못했다. 다친 데가 괜찮은지 걱정되어 개학식 날 말을 걸었는데, 어째서인지 유토는 입술을 꽉 다문 채 아무 대답 없이 도망치듯 자리를 피해버렸다.

"······쟤 뭐야. 화상 괜찮은지 물어보려고 했는데."

그 뒤로도 메이가 말을 걸려고 할 때마다 유토가 도망가는 바람에 대화를 하지 못하는 날이 이어졌다.

시간이 흘러 마침내 왼팔의 붕대를 풀었다.

여전히 눈에 띄게 흉터가 남아 있었다. 놀림거리가 되겠다고 생각했는데 아니나 다를까, 속없는 소리를 하며 메이를 놀리는 애들이 있었다.

"메이, 저런 애들이 하는 말은 신경 쓰지 마."

"고마워, 아이리. 신경 안 쓰이니까 괜찮아."

메이는 화상 흉터를 부끄러워하지도 딱히 싫어하지도 않았다. 게다가 아무렇지 않게 대해주는 친구도 있으니 누가 무슨 말을 하든 상관없다고 생각했다.

하지만 같은 반을 넘어서서 다른 반, 다른 학년 아이들까지 힐끔거리고 수군거리고 징그러워하고 섣불리 동정하는 날이 이어지자 별수 없이 점점 마음이 지쳐갔다.

"너희, 그런 식으로 남을 흉보는 게 부끄럽지도 않아?"

그럼에도 신경 쓰지 않는 척했던 메이를, 동급생의 무신경한 발언에서 보호하고 나선 건 유토였다. 여태껏 자신을 피해 다니던 유토가 앞에 서서 아이들과 맞서는 모습을 메이는 두 눈을 휘둥그레 뜨고 바라보았다.

"말 같지도 않은 말로 메이 상처주는 일은 그만둬. 흉터가 징그럽다고? 난 너희가 훨씬 더 징그러워 보여."

유토는 그렇게 힘주어 쏘아붙였다. 상대는 불쾌했는지 막말을 내뱉으며 자리를 떴다. 메이는 유토가 화내는 모습에 당황하면서도 거들어줘서 고맙다는 인사를 하려 했다.

무척이나 괴로워 보이던 유토의 표정을 지금도 잊지 못한다.

고맙다고 하려던 말을 잊어버릴 정도로, 심하게 상처받은 듯한
표정이었다.

그러고 나서 유토는 금방 미소를 지었다. 메이의 눈에는 지금
까지 봐온 미소와는 어딘가 다르게 느껴졌다.

유토는 낯선 표정으로 말했다.

"앞으로는 내가 널 지켜줄게."

그날 이후로 유토는 지금까지 피해 다닌 게 거짓말이었다는
듯이 메이의 곁을 지켰다. 사고 전에도 같이 있을 때가 많았지
만 그때와 뭔가 달랐다. 유토는 그야말로 메이를 보호하려는 듯
했다.

"유토, 이제 그만 따라다녀."

이윽고 메이에게 심한 말을 하는 사람이 없어지면서 유토가
옆에 있어줄 필요가 없어졌다. 그런데도 유토는 메이에게서 떨
어지려 하지 않았다.

"신경 쓰지 마. 내가 같이 다니고 싶어서 그러는 거야."

"그런 식으로 말하지 마. 우리 곧 4학년이고, 남자애랑 여자애
가 너무 붙어 다니면 이상하게 보는 사람도 있단 말이야."

"남들이 이상하게 보는 것 때문이야? 친하게 지내고 싶은 친
구랑 사이좋게 지내는 게 그렇게 이상한 일인가."

"그건 괜찮다고 생각하지만……."

"그럼 상관없잖아. 남들이야 내키는 대로 생각하라지 뭐."

결국 메이가 꺾였고 유토와 가까이 지내는 날이 계속됐다.

유토는 등하교 때뿐만 아니라 학원에 오갈 때도 꼭 메이와 같이 다녔다. 메이가 난처한 상황이 생기면 도와줬고, 메이의 부탁이라면 거절하는 법이 없었다.

메이는 어째서 유토가 이렇게까지 자신에게 헌신하는지 이유를 알 수 없었다. 사고가 있던 날까지도 나름대로 친하게 지내긴 했지만 이 정도는 아니었다. 유토에게 왜 자신이 특별한 걸까, 자주 생각했다.

유난스럽게 붙어 다니는 소꿉친구 관계가 지속되던 와중에, 유토가 한 번씩 괴로운 표정을 지을 때가 있었다. 메이는 그럴 때 유토의 시선이 꼭 화상 흉터를 향한다는 걸 알아챘다.

"뭐야, 유토. 이제 하나도 안 아파."

메이가 말하자 유토는 작게 고개를 끄덕였다.

"응, 알고 있는데…… 흉터가 잘 안 없어지네."

"뭐, 의사 선생님도 안 없어질 거라고 했으니까. 그래도 나는 별로 신경 안 써."

강한 척하려고 한 말이 아니었는데 유토의 표정은 밝아지지 않았다.

"엄마가 그랬어. 메이는 여자앤데 어떡하느냐고. 여자앤데."

유토는 자기 일도 아니면서 울 것 같은 얼굴로 "미안해"라고 말했다.

유토가 사과할 이유는 전혀 없었다. 하지만 그 한마디로 메이는 유토가 자신과 붙어 다니는 진짜 이유를 알게 됐다.

유토는 본인 때문에 메이가 다쳤다고 생각한다. 메이의 피부에 평생 지울 수 없는 흉터를 남긴 게 본인이라는 죄책감을 갖고 있다.

그래서 메이에게 마음을 쓰고 무엇보다 메이를 우선시한다는 걸, 비로소 깨닫고 말았다.

메이는 익숙한 이름의 역에서 내렸다. 멀리 다녀와서인지 익숙한 광경을 보기만 해도 마음이 놓였다.

발끝을 보며 계단을 올라 앞서가는 사람을 뒤따라 걸었다. 요금 인식기에 휴대전화를 갖다 댄 뒤 개찰구를 빠져나왔다. 고개를 드니 벽에 기대서 있던 유토가 보였다.

"유토……."

"잘 다녀왔어?"

유토가 벽에서 등을 뗐다.

메이는 유토에게서 몇 발짝 떨어진 곳에 멈춰 섰다. 그리고 흘러내린 보스턴백을 다시 어깨에 걸쳤다.

"뭐 해? 나오지 말라고 했잖아. 못 봤어?"

"봤는데, 먼 길 다녀왔으니 피곤할 것 같아서."

"거절했으면 나오지 마. 성가시니까."

"응, 미안해."

메이의 차가운 태도에도 유토는 화내거나 위축되는 기색 없이 그저 부드럽게 미소 지을 뿐이었다. 서로를 대하는 방식이 다친 직후와도, 다치기 전과도 다르다.

사고 전에는 더 대등한 관계였다. 조용한 유토에게 영웅이던 적도 있지만, 메이는 절대 유토를 자신보다 못하다고 여기지 않았다. 자신이 다혈질인 만큼 화를 거의 내지 않는 유토를 존경했고, 그렇기에 자신도 유토에게 동경할 수 있는 존재가 되었으면 했다.

가끔은 서로 장난치다가 숨 넘어갈 듯이 웃기도 했다. 배려하려 애쓰지 않아도 인연이 끊어질 일이 없는 그런 친구였다.

화상을 입은 후에도 메이는 그대로였지만 유토는 변했다. 메이에 대한 죄책감 때문에 거리를 두더니, 한번 메이를 지켜준 뒤로는 각오라도 한 듯 메이에게 모든 걸 맞추며 생활했다.

그러다 결국에는 메이가 변해버렸다. 유토와 조금씩 거리를 두기 시작했고, 화상 흉터를 없애야겠다고 결심한 날부터는 일부러 모질게 대했다. 그런데도 유토는 줄곧 옆에서 메이를 지키려 한다. 마치 그것만이 쇠고랑을 벗을 방법이라고 여기는 듯이.

"……."

메이는 유토를 올려다보았다. 초등학교 때까지는 키가 비슷했는데 중학교 삼 년 동안 차이가 많이 벌어졌다. 변화가 없는 쪽이 이상하다. 성장에 따라 변화를 겪는 게 당연하지 않은가.

메이는 입술을 꽉 깨물고 빠른 걸음으로 유토 곁을 지나쳤다. 유토가 쫓아오는 기척을 느꼈지만 일부러 돌아보지 않았다.

"가방 들어줄게."

"됐어."

"무겁잖아."

"안 무겁다니까."

역에서 집까지는 도보로 십 분 정도 걸린다. 눈 감고도 갈 수 있는 길인데 굳이 동행할 필요는 없다. 가방도 하루치 옷만 들어 있어 그다지 무겁지 않다. 유토가 메이를 챙길 이유는 어디에도 없다.

"아이리는 잘 지내?"

"응."

"친화력이 좋아서 거기서도 친구 금방 사귀었을 것 같아."

"그렇더라."

"우리도 고등학교 입학하면 새로운 생활에 적응해야 하는데."

유토가 웃었다. 메이는 전혀 웃을 수 없었다.

유토라면 환경이 바뀌어도 잘 지낼 수 있을 테다. 워낙 대인 관계가 좋고 온화한 성격이니 고등학교에서도 금방 새 친구를 사귀겠지. 최근 부쩍 키가 커서 왠지 멋있어졌다는 말도 어떤 여자아이가 했다. 고등학교에 들어가면 여자친구가 생길지도 모른다.

중학교에서는 유토가 메이와 사귀는 줄 아는 아이들이 많아서인지 고백받았다는 이야기는 한 번도 듣지 못했다.

유토에게 민폐가 된 셈이지만 메이로서도 유감이었다.

유토의 연애를 방해할 마음은 없다. 도리어 지금은 유토가 자신이 모르는 곳에서 자신이 모르는 누군가와 웃고 있으면 좋겠다는 생각마저 들었다. 유토가 제발 저 멀리 떠나면 좋겠다.

"고등학교 생활 기대된다."

뒤에서 소리가 들려왔지만 메이는 대답하지 않았다.

따뜻한 봄기운 속에서 숨이 찰 만큼 빠른 걸음으로 앞만 보고 집까지 걸어왔다.

한 번도 뒤를 돌아보지 않았다.

그런 표정을 유토에게 보이고 싶지는 않았으니까.

어떻게 해야 할까.

앞으로 어떻게 하면 좋을까.

메이는 답을 찾을 수 없었다. 알고 있는 건 이대로는 안 된다는 것뿐이다. 이대로는 안 되는데 어떻게 달라져야 할지 도무지 모르겠다.

적어도 흉터가 깨끗이 없어지기를 바랐다. 그러면 분명 모든 게 새로운 방향으로 흘러갈 텐데.

그것만이 유일한 방법이었는데.

귀중한 고등학교 입학 전 봄방학을, 며칠간 방에만 틀어박혀 지냈다.

온종일 휴대전화를 만지작거리거나 만화책만 보는 메이를 꾸짖으러 엄마가 몇 번이나 방에 왔지만, 그때마다 시큰둥하게 대꾸했을 뿐 아무런 의욕도 생기지 않았다.

같이 놀자는 친구들 연락도 다 거절했다. 뭐라도 하면 기분 전환이 될지도 모르지만 지금은 누구와 있든 진심으로 즐거워할 자신이 없었다.

시간을 낭비하고 있다는 자각은 있었다. 그럼에도 발코니로

날아드는 벚꽃잎을 멍하니 바라보며, 그저 하루가 지나가기를 기다릴 뿐이었다.

"메이, 너 적당히 해."

노크도 없이 문이 열렸다. 엄마가 평소보다 몇 옥타브 낮은 목소리로 말하며 눈에 힘을 주고 메이를 노려봤다.

침대에 누워 있던 메이는 몸을 일으켜 엄마를 올려다보았다. 머리를 벅벅 긁는데 까치집이 대단했다.

"내가 뭐?"

"다른 애들은 고등학교 들어가서 뒤처지지 않으려고 공부하는 시기야. 그런데 넌 지금 이게 뭐니? 매일 퍼져 있기나 하고!"

"애들 다 놀고 있으니까 걱정 마. 매일 놀자고 연락 오거든. 그리고 내 수준에 맞는 학교 잘 골랐으니까 목숨 걸고 공부 안 해도 괜찮아."

"그렇게 여유 부리다가 나중에 못 따라간다니까? 고등학교 예습이라도 좀 해. 안 그러면 오늘 저녁밥 없어."

"어어…… 그렇다면 어쩔 수 없지. 귀찮지만 편의점 다녀와야 겠다."

"공부를 하란 말이야!"

엄마가 옆집까지 들릴 것 같은 목소리로 소리치는 통에 메이는 마지못해 의자에 앉았다. 적당한 참고서와 노트를 펼쳐놓고 적당한 수식을 삐뚤삐뚤 써 내려간다.

"못 살아. 유토가 너랑 같은 학교에 가서 얼마나 다행인지."

엄마가 땅이 꺼져라 한숨을 쉬었다.

메이는 힐끗 곁눈질을 했다.

"무슨 뜻이야?"

"유토가 확실히 감시해줄 테니까. 다른 친구들하고 뿔뿔이 흩어진 마당에 너 혼자 거기 갔으면…… 어디 걱정돼서 살겠니?"

"……혼자서도 잘할 수 있어."

"그럼 지금 잘하는 모습 좀 보여줘봐."

엄마는 딱 잘라 말하더니 방을 나갔다. 메이는 계단을 내려가는 발소리를 확인한 뒤 샤프펜슬을 던지고 의자 등받이에 몸을 기댔다.

기지개를 켰다. 말아 올린 소매 아래쪽에 화상 흉터가 선명했다. 소매를 내려 흉터를 가렸다. 그래봐야 아무 의미 없다는 건 잘 알지만.

"난 혼자서도 괜찮다고."

메이는 발코니 너머로 보이는 이웃집 마당의 벚나무를 바라보았다.

벽에 걸어둔 고등학교 교복이 미지근한 봄바람에 흔들렸다.

그래도 엄마는 저녁밥을 차려주었다. 메이는 밥 먹고 목욕을 한 뒤 후닥닥 방에 도로 틀어박혔다.

불도 켜지 않고 어둠 속에서 침대에 드러누웠다. 아무것도 하고 싶지 않았지만 낮 동안 활동량이 별로 없어서인지 졸리지도 않았다.

지금 같은 나태한 생활에 익숙해졌다가 정말 고등학생이 될 수 있을지 스스로도 조금 걱정되었다. 고등학교에 잘 적응하지 못하면 어떡하나 고민하다가, 못하면 어때 하며 금세 생각을 전환했다.

고등학생이 되는 날을 그렇게나 기다려왔는데 지금은 오히려 우울해서 어쩔 줄 모르겠다. 고등학교에 가기 싫다는 생각까지 들었다. 이대로 학교에 안 가고 방에 틀어박혀 있으면 혹시 내가 원하는 미래가 올 수도 있지 않을까, 그런 비현실적인 생각마저 하고 있었다.

봄방학이 끝날 날도 얼마 남지 않았다. 고등학교 입학식이 코앞이다.

결국 등교를 거부할 배짱까지는 없으니 착실히 등교하겠지. 그리고 고교 생활이 시작될 테다. 분명 지금과 무엇 하나 다르지 않은 생활이겠지.

"하, 어떡하지."

눈을 감았다. 아무 생각도 하고 싶지 않았다. 생각이 꼬리를 물면 걷잡을 수 없는 데다, 아무리 생각해도 답이 없었으니까.

메이는 아무도 듣지 못할 만큼 작게 한숨을 내뱉었다.

그때였다.

콩콩.

소리가 났다.

처음에는 개의치 않았는데 여러 차례 반복되어 호기심에 몸을 일으켰다. 소리가 들린 발코니 쪽 커튼을 조심스럽게 열어보았다.

컴컴한 밤하늘에 밝은 별 하나만 떠 있었다. 두리번거렸지만 딱히 뭐가 보이지 않아 묘한 소리의 정체를 알 수 없었다.

갸우뚱하며 커튼을 닫으려던 찰나, 또 한 번 소리가 났다. 소리가 들린 발치 쪽으로 시선을 떨어뜨리자 좁은 발코니에 다소곳이 앉아 있는 고양이가 보였다.

"으아…… 뭐야, 고양이잖아. 깜짝이야."

앞발로 발코니 문을 긁으며 메이를 올려다보는 고양이는 하얀 종이를 물고 있었다.

"응? 이 고양이는 설마……."

낯익은 고양이였다.

문을 열고 쪼그려 앉아 자세히 보니 회색 털에 빨간 가죽 목걸이를 찼다. 역시나, 종달새 언덕 마법상점에서 본 니케였다.

"너 왜 여기 있어?"

메이가 묻자 니케는 받으라는 듯 입에 문 종이를 내밀었다. 초록색 실링왁스로 봉인된 봉투였다. 보낸 사람의 이름은 어디에도 적혀 있지 않았다. 하지만 니케가 가지고 왔으니 종달새 언덕의 마녀가 보낸 편지임이 틀림없다.

"이거 나한테 주는 거야?"

니케는 의아해하는 메이에게 대답이라도 하듯 "냐아" 울고는 발코니 난간을 사뿐히 뛰어넘어 사라졌다.

밤이라 해도 집집마다 불빛이 새어 나오고 가로등도 있었다. 하지만 니케는 어찌된 영문인지 순식간에 어둠 속으로 사라져 보이지 않았다.

"……뭐지."

니케가 여기까지 어떻게 왔는지, 메이의 집을 어떻게 알았는지, 이 봉투는 무엇인지. 질문만 잔뜩 떠올랐지만 고민해본들 답이 나오지 않을 테니 그만 생각하기로 했다.

방으로 들어와 책상에 앉아 스탠드를 켰다.

작은 불빛 아래에서 실링왁스를 떼어내고 안에 든 편지지 한 장을 꺼내 폈다. 상점에서 맡은 향기가 났다. 마음이 편안해지는 식물 내음이다.

메이에게.

상점에 와줘서 고마워. 그리고 울적한 마음으로 돌아가게 해서
미안해.

그때 왼팔의 화상 흉터를 없애달라고 했지. 지금도 여전히 같
은 마음일까.

진심으로 흉터를 없애고 싶다면 한 번 더 여기로 와. 그때는 네
소원을 들어줄게.

메이는 깜짝 놀라 숨을 훅 들이쉬었다. 어안이 벙벙해져서 행
여나 잘못 읽지는 않았는지 몇 번이나 편지를 다시 읽었다.

아무리 읽어봐도 확실히 편지에는 구원의 손길과도 같은 말
이 적혀 있었다. 한 번 더 종달새 언덕의 마녀를 만나러 가면 화
상 흉터를 없앨 수 있다. 기적이 일어났으면 좋겠다고 생각했는
데 정말로 이뤄진 것이다.

"말도 안 돼."

믿기지가 않았다. 혹시 장난인가? 하지만 니케가 가져왔으니
진짜 마녀가 보낸 편지가 틀림없다.

절대로 기회를 놓칠 수는 없다.

한 치의 망설임도 없이 한 번 더 종달새 언덕 마법상점에 가
겠노라 마음먹을 뻔했다. 편지 내용이 거기서 끝났다면 말이다.

편지에는 내용이 더 있었다.

"조건이 하나 있어"라는 문장 뒤에 이런 말이 덧붙어 있었다.

네 흉터에 관련된 사람과 반드시 같이 올 것.

스이. 제일 아래에 적힌 마녀 이름으로 편지는 끝이 났다. 눈
을 깜빡이는 것도 잊은 채 편지의 마지막 한 줄을 응시했다.

……흉터에 관련된 사람이라면 한둘이 아니다. 그날 같이 불
꽃놀이를 했던 모두가 흉터에 크고 작은 영향을 미쳤으니까.

메이에게 불꽃을 들이댄 꼬마. 폭죽에 불을 붙인 고학년 아
이. 꼬마에게 폭죽을 들려준 아이. 곧장 메이를 병원에 데려간
엄마. 응급조치를 해준 친구 부모님. 메이 험담을 한 같은 학교
아이들도 관계가 없지는 않다.

여러 사람의 얼굴이 떠올랐다. 하지만 스이가 가리키는 사람
이 그중에 없다는 건 잘 알았다.

다른 사람을 데려가면 화상 흉터를 없애주지 않을 것이다. 스
이는 메이가 다친 이유도, 흉터를 없애고 싶어하는 이유도 다
꿰뚫고 있다.

마녀는 분명 모든 걸 다 알고 있다.

"……."

메이는 편지를 도로 접어 봉투에 넣은 뒤 카펫에 아무렇게나 던져둔 휴대전화를 주위 들었다. 그리고 어디론가 전화를 걸었다. 통화 연결음이 다섯 번 울린 뒤에 "여보세요" 하는 익숙한 음성이 들려왔다.

"유토. 나야. 지금 통화할 수 있어?"

"응. 무슨 일이야?"

유토는 조금 놀란 듯했다. 최근 들어서는 메이가 먼저 연락한 적이 거의 없는 데다 전화를 거는 일은 더더욱 없었으니까.

"저기…… 내일 일정 있어?"

"아니, 없는데."

"부탁이 있어."

"응, 뭔데?"

오래전부터 알고 지냈는데도 어째서인지 무척이나 긴장됐다.

메이는 휴대전화를 오른손에서 왼손으로 옮겨 쥐며 유토에게는 들리지 않도록 작게 심호흡했다.

"내일 종달새 마을에 같이 가줬으면 해."

"어?" 하고 유토가 목소리를 높였다.

메이에게도 뜬금없는 부탁이기는 마찬가지였다. 유토와 종달새 마을에 가야 하는 상황이 벌어질 줄은 상상도 못 했다.

"거기 아이리가 사는 곳 맞지? 얼마 전에 갔다 왔잖아."

"그렇긴 한데……."

"아이리네 집에 놔두고 온 거라도 있어?"

"그런 게 아니라……."

종달새 마을은 멀다. 그저 기분 내킨다는 이유로 가자고 할 수 있을 만한 곳이 아니다.

그래도 화상 흉터를 없애러 종달새 언덕의 마녀에게 간다는 말은 차마 할 수 없었다. 같이 가면 어차피 알게 되겠지만 그래도 지금은 입이 떨어지지 않았다.

"당일치기로 다녀올 거고, 교통비는 내가 낼게."

수상하게 생각할 걸 알면서도 메이는 이유를 말하지 않고 유토에게 부탁했다.

휴대전화 너머에선 아무런 소리가 없었다. 메이는 요동치는 자신의 심장 소리를 듣고 있었다.

"알았어. 같이 가자."

몇 초 후 유토가 대답했다.

메이는 저도 모르게 힘이 잔뜩 들어가 있던 어깨에서 힘을 빼고 등받이에 편히 기댔다.

"……고마워. 부탁 들어줘서."

"교통비는 내가 낼 테니까 괜찮아. 내일 아침에 너희 집 앞으로 데리러 갈게."

"응. 알았어."

그 뒤로 두세 마디 더 나눈 뒤 잘 자라는 인사를 끝으로 전화를 끊었다.

책상에 이마를 탁 갖다 댔다. 눈을 감고 길게 한숨을 내쉬었다. 안도감이 들긴 했지만 아직 불안한 마음이 더 컸다.

내일. 내일이면 다 끝나. 분명 다 좋은 방향으로 풀릴 거야.

메이는 그렇게 자신에게 되뇌었다.

편지에서 풍기는 부드러운 향기에 눈시울이 시큰해졌다.

다음 날 아침, 유토가 약속대로 메이를 데리러 왔다.

유토는 종달새 마을에 가는 이유를 묻지 않았다. 메이가 말하기를 꺼려한다는 걸 느꼈을 터였다. 메이도 유토에게 이유를 말하지 않았고, 묻는다 해도 대답하지 않을 작정이었다.

종달새 마을까지는 전철을 갈아타며 몇 시간을 가야 한다. 긴 여정이다. 그동안 메이는 유토와 거의 말을 섞지 않았다. 그저 같은 전철에 나란히 앉아 갈 뿐이었다.

이윽고 종달새 마을에 도착했다. 마법상점까지 가는 길은 어렴풋이 기억하기에 이번에는 지도를 보지 않고 갔다.

언덕이 이어지는 거리를 지나 '종달새 언덕'이라는 글자가 새겨진 석표石標가 있는 곳까지 갔다. 그곳에서부터 납작한 돌이 깔린 좁다란 길을 걸어 올라갔다.

메이는 큰 나무가 하늘을 뒤덮은 종달새 언덕 중턱에서 걸음을 멈췄다. 시야에는 벚나무가 보이지 않는데 발치에 연분홍빛 벚꽃잎이 한 장 떨어져 있었다.

"여기 아이리네 집 아니지?"

유토가 담쟁이덩굴로 뒤덮인 작은 목조 건물을 올려다봤다.

"응. 여기는 종달새 언덕 마법상점이야."

"마법상점?"

"종달새 언덕의 마녀가 하는 가게야."

메이는 문을 열었다. 종소리가 기분 좋게 딸랑이고 허브 향기가 콧속을 간질였다.

"그래, 어서 와."

상점에는 그날처럼 로브를 두른 소녀, 스이가 있었다.

스이는 그림처럼 아름답게 미소 지으며 메이와 유토를 맞았다. 마치 지금 이 순간에 두 사람이 올 줄 알고 있었다는 듯 지극히 자연스럽게.

"스이, 유토를 데려왔어요."

스이가 두 사람에게 의자에 앉으라고 권했지만 메이는 선 채로 말했다. 카운터 안쪽으로 들어간 스이는 미소를 띤 채 전기 주전자에 물을 부어 끓이기 시작했다.

"스이가 말한 사람, 유토 맞죠?"

"응. 맞아."

"그렇다면 저는 약속을 지킨 거예요."

"관련된 사람과 같이 오라는 약속은 지켰지."

"메이, 잠깐만. 무슨 소리야?"

아무것도 모르는 유토가 메이의 어깨를 붙들었다.

메이는 유토를 흘끗 보다가 이내 스이에게 시선을 돌렸다.

"나 얼마 전에도 여기 왔었어. 마녀에게 마법을 부탁하려고. 그때는 거절당했는데, 스이가…… 종달새 언덕의 마녀가, 널 데려오면 마법으로 소원을 들어준다고 해서."

"나를? 마법이라니…… 잠깐, 종달새 언덕의 마녀라는 게 설마 이 사람이야?"

유토의 물음에 스이는 빙그레 웃을 뿐이었다.

"잠시만. 대체 뭐가 뭔지 모르겠네."

유토는 머리를 긁으며 다소 경계하는 눈빛으로 스이를 바라보았다.

"일단, 이 사람 진짜 마녀 맞아?"

"응. 아마도."

"아마도라니…… 그게 뭐야."

"마법을 쓰는 모습은 못 봤으니 확답은 못 해. 하지만 마녀라고 할 수 있을 만큼 미인이고, 이곳이 마법상점으로 유명하다는 건 사실이야."

솔직히 말하면 메이도 아주 조금은 스이를 의심했다. 메이의 소원을 거절한 이유가 스이가 진짜 마녀가 아니라서, 즉 마법을 쓸 수 없어서 그런 것은 아닐까 생각했다.

하지만 편지를 받고 확신했다. 스이는 진짜 마녀다.

말하지 않은 부분까지 꿰뚫어 봤다는 사실이 약간 무섭기도 했지만 동시에 설레기도 했다. 스이가 진짜 마녀라면 메이의 소원을 이뤄줄 수 있을 테니까.

"그래. 진짜 마녀라고 치고…… 날 데려온 이유가 뭐야?"

"스이가 데려오라고 해서."

"그러니까 그 이유가 뭐냐고. 왜 마녀가 나를."

"몰라. 나는 시키는 대로 했을 뿐이야."

메이 입장에서는 그게 이유였다. 메이 또한 유토를 데려오라고 한 스이의 속내를 파악하지 못한 상태였다.

"맞죠?" 하고 스이에게 묻자 스이는 고개를 끄덕였다.

"맞아. 내가 편지에 유토를 데려오라고 썼어."

"왜요? 저여야 하는 이유가 있어요?"

"뭐, 그냥 이런저런 일에 관심이 많아서긴 한데."

"말했잖아. 내 소원을 들어주려고 그런 거라니까."

스이의 진의는 알 수 없다. 하지만 그런 건 아무래도 좋았다.

"널 데려오면 마법을 걸어준다고 편지에 적혀 있었어. 그래서 널 데려온 거야."

그 말만 믿고 한 번 더 이곳에 왔다.

이번이 정말로 마지막 기회였다.

"약속을 지켰으니 이번에는 꼭 흉터를 없애주세요."

메이는 왼팔 소매를 걷어 올리고, 큰 화상 흉터가 남은 팔을 스이에게 내밀었다.

조용한 실내. 전기 주전자에서 물이 보글보글 끓는 소리가 울려 퍼졌다.

"메이, 네 소원이란 게……."

유토가 갈라진 목소리로 중얼거렸다. 메이는 유토 쪽을 보지 않았다.

"설마, 그걸 마법으로…… 그게 네 소원이야? 마법으로 없앨 수 있어?"

스이는 유토의 말에 부정도 긍정도 하지 않았다. 온화하게 눈웃음을 지어 보일 뿐이었다.

"스이, 당신이 그랬잖아요. 마법을 쓰면 없앨 수 있다고."

"그랬지."

"그렇다면."

"고칠 수 있다면……."

유토가 메이의 말을 잘랐다. 그러고는 두 손으로 카운터를 짚으며 스이 쪽으로 몸을 기울였다.

"메이의 흉터를 없애주실 수 있다면, 저도 부탁드립니다. 없애주세요. 흔적도 없이. 제발."

유토는 허리를 깊숙이 숙이며 "부탁드립니다"라고 몇 번이나 말했다.

메이는 움찔했다. 놀라움만은 아닌 복잡한 감정을 느끼며 필사적으로 애원하는 소꿉친구를 내려다보았다.

머리를 짧게 잘라 목덜미가 훤히 보였다. 유토의 목덜미에는 작은 멍 같은 자국이 있다. 오른쪽 귀와 관자놀이에도 같은 자국이 있다. 사고 당시 생긴 흉터였다. 눈에 띄지는 않지만 유토에게도 작은 흉터가 몇 개 남았다. 어른들이 메이의 부상에 놀란 나머지 유토의 처치를 조금 늦게 한 탓이었다.

"메이의 흉터는 저 때문에 생긴 거예요. 절 감싸다가 심하게 다쳐서 평생 지울 수 없는 흉터가 남아버렸어요. 흉터가 없어지기를 매일같이 바랐어요."

주먹을 얼마나 세게 쥐었는지 유토의 양손이 떨리고 있었다.

메이는 입술을 꽉 깨물었다.

가슴이 찢어질 것 같았다. 켜켜이 쌓인 감정이 끝없이 부풀어 올라 더는 못 버티겠다고 소리를 지른다.

여기서 끝내야 한다. 반드시 끝내야 한다.

두 번 다시 유토의 이런 모습을 보지 않기 위해. 유토가 이런 표정을 지을 필요가 없게.

오늘 여기에서 매듭짓고 끊어내고 바꿔야 한다.

"고개 들어."

스이가 유토의 턱에 손을 갖다 댔다. 유토가 순순히 고개를 들자 스이는 빨간 눈동자를 메이에게로 돌렸다.

메이는 자신을 똑바로 응시하는 눈동자를 바라보았다. 친하지 않은 상대와 시선을 맞추는 건 절대로 기분 좋은 행위가 아니다. 하물며 사람이 아닌 마녀의 눈동자라면 더욱 그렇다. 그런데도 어째서인지 스이에게서 시선을 뗄 수 없었다.

"메이."

이름이 불리자 메이는 마른침을 삼켰다. 긴장됐지만 마음에 망설임이 없다고 믿었기에 불안하지는 않았다.

"네."

"나는 편지에 이렇게 적었어. '진심으로 흉터를 없애고 싶다 면'이라고."

"네. 그래서 한 번 더 왔어요. 전 이 흉터를 꼭 없애고 싶어요."

"그 말, 정말 진심이야?"

"네?" 메이는 반문했다.

질문의 의미를 알 수 없었다. 이제 와서 무슨 소리지? 스이에게 한 번 거절당한 뒤로 몇 번이나 고민하고 고뇌하고 고심한 끝에 다시금 희망을 찾아 여기에 왔는데.

말할 필요도 없이 진심이었다. 진심으로 이 흉터를 없애고 싶다. 그렇지 않았다면 애초에 마법상점에 다시 발을 들이지 않았을 것이다.

"메이, 사실 넌 지금도 흉터 따위 전혀 상관없지 않아?"

메이의 눈이 휘둥그레졌다.

스이가 고개를 끄덕이듯 눈을 깜빡였다.

"네가 정말로 없애고 싶은 건 흉터가 아니라 유토 마음속에 있는 짐일 거야."

스이의 눈길이 다른 쪽을 향했다. 그에 이끌리듯 메이도 유토를 바라보았다.

유토와 눈이 마주쳤다. 당혹스러워하는 유토의 표정. 분명 메이 자신도 같은 표정일 터였다.

"……"

메이는 아무 대꾸도 할 수 없었다. 유토를 바라보는데 왜인지 눈물이 쏟아질 것만 같았다.

왜 울고 싶어진 건지 알 수 없었다. 아니, 사실은 알고 있었다. 스이 말이 맞았다. 그것이야말로 메이의 진짜 소원이었다.

"유토." 스이가 유토를 불렀다. "방금 메이를 위해 고개 숙여 부탁했지. 그렇게까지 흉터가 없어지기를 바라는 이유가 뭐야?"

"그건……." 유토는 주저하듯 입을 다물었다가 다시 열었다. "메이의 소원이 이뤄지길 바라는 마음도 있어요. 하지만 그뿐만 아니라 흉터가 없어지면 메이와 조금은 대등해질 수 있을 거라 생각했어요."

"응."

"사실은 제가 메이 옆에 있으면 안 된다는 걸 알아요. 저 때문에 메이가 험한 꼴을 당했으니…… 큰 흉터가 생겨서 손가락질 당하기도 하고. 그래도 남 일처럼 보고만 있는 게 더 나쁘다고 생각해서, 미움받아도 좋으니 적어도 메이에게 도움이 되기로 마음먹었어요. 메이가 더는 상처받지 않도록 앞으로는 무조건 잘 지키겠다고 결심했어요. 그러면 될 거라고 생각했어요. 그런데……."

유토의 눈가가 촉촉해졌다. 눈물을 참으려는 듯 미간을 힘껏 찌푸렸다.

"만약 흉터가 없어진다면…… 흉터가 없어져도 과거는 그대

68

로겠지만, 메이의 마음이 조금은 편해져서 아무 응어리 없이 서로를 대할 수 있지 않을까, 그런 생각이 들었어요."

그것이 유토의 바람이었다.

사고를 당한 그날 이후로 저주처럼 유토를 옭아맨 바람.

함께 보내는 시간 동안 메이는 조금씩 알아차렸다. 하지만 이제껏 단 한 번도 말로 표현한 적이 없었기에 속속들이 알지는 못했다.

"……나, 네 탓이라고 생각한 적 없어."

메이가 떨리는 목소리로 말했다. 눈자위가 뜨거웠다. 뱉어내는 숨결도 마찬가지였다.

"그날 널 감싼 것도 후회한 적 없어. 흉터도 전혀 싫지 않아. 지금도 앞으로도 그럴 거야. 너, 내가 너 원망하는 말 들은 적 있어? 한 번도 없잖아. 나는 정말 하나도 신경 안 썼어."

"그럼 여기에는 왜 왔어? 흉터 때문이잖아. 신경 안 쓴다는 말, 무리해서 하는 소리 아니야?"

"아니야. 다 진심이야. 네가 안 믿었을 뿐이지. 내 흉터를 부담스러워한 건 너야. 내가 아무리 괜찮다고 해도 네가 계속 의식하니까, 그러니까 없애는 방법밖에 없었어."

"내가 그런다고…… 고작 그런 이유로 마녀한테 부탁을……."

"고작? 나한테는 그게 마녀에게 매달릴 정도의 이유였어. 무슨 수를 써서라도 너랑 떨어지고 싶었으니까."

그러려면 흉터를 없애는 게 가장 좋은 방법이었다. 화상 흉터
만 없어지면 유토가 자신에게서 멀어지리라 생각했다. 메이와
유토는 흉터가 아니면 별 연결 고리도 없는, 단순한 소꿉친구일
뿐이니까.

"나랑 떨어지고 싶었어?"

"그래. 그랬는데 네가⋯⋯."

메이는 짧게 숨을 들이쉬었다. 중학교 교복을 입을 날이 얼마
남지 않았던 한 달 전의 기억이 떠올랐다.

그날 유토는 학교 복도에서 메이를 불러 세우더니 생각지도
못한 이야기를 꺼냈다.

"네가 나랑 같은 학교로 온다잖아!"

'너랑 같은 고등학교에 갈 생각이야.'

그때 메이가 얼마나 동요했는지 유토는 알까.

그 말을 듣기 전에는, 언젠가 자연스럽게 상황이 바뀌기를 기
다릴 셈이었다. 그런데 그래서는 안 된다는 걸 깨달았다.

"나랑 같은 학교 가는 게 그렇게 싫어?"

"싫어. 네가 다른 학교 지망한다는 말 듣고 안심했는데."

"⋯⋯넌 내가 그렇게 싫어?"

"아니. 그런 뜻이 아니야. 한 번도 널 싫어한 적 없어. 그게 아

니라 나는……."

싫어하지 않아서 떨어지고 싶었다. 오랜 기간 떨어져 지낸 뒤에 서로가 사고와 흉터를 지난날의 추억으로 여길 수 있을 때, 비로소 예전처럼 유토와 마음 편히 웃을 수 있을 테니까.

먼 훗날 그런 날이 오기를 바랐으니까.

"이제 널 해방시켜주고 싶어."

메이는 유토를 탓한 적 없다. 유토를 탓한 건 유토 자신이다.

유토가 자책하고 있다는 사실을 알고 메이는 마음이 움츠러드는 기분이었다. 흉터에 책임을 느끼고 볼 때마다 울상을 지으며 속죄하는 마음으로 메이를 챙기는…… 메이를 배려하는 모든 행동이 지독히도 괴로웠다.

흉터 따위 신경 쓰지 않아도 된다. 예전처럼 대해주면 좋겠다. 그럴 수 없다면 적어도 억지로 챙기려 들지 않으면 좋겠다.

그렇게 생각하면서 이런 나날이 오래 이어지지 않을 줄 알았다. 조금만 지나면 유토도 신경 쓰지 않게 될 거라고, 어쩌면 서로가 성장하며 자연스럽게 거리가 멀어질 거라고 믿었다.

마침 중학교를 졸업하니 좋은 기회였다. 싫어도 같은 학교에 다녀야 하는 초등학교, 중학교와는 달리 고등학교는 가고 싶은 곳을 고를 수 있으니까.

유토가 1순위로 지망한 학교는 메이와 달랐다. 각자 다른 학교에 가면 만나는 빈도가 줄어 언젠가는 메이를 잊게 될 터였다. 쓸쓸하기도 했지만 유토를 자유롭게 해줄 수 있다는 안도감이 훨씬 더 컸다.

그런데 유토가 원래 지망했던 학교가 아닌, 메이가 입학하려는 학교의 입학시험을 치렀다는 사실을 알고 무척 당황했다.

유토의 성적이라면 지망 학교를 바꿀 필요가 없었다. 커트라인이 더 높은 학교에 갈 수 있었다. 그런데도 메이 때문에 그 학교를 선택한 것이 틀림없었다.

'같은 학교에 가게 됐어. 고등학교에서도 잘 지내보자.'

웃으며 말하는 유토에게 똑같이 웃어 보일 수 없던 건 절대 유토가 싫어서가 아니다.

유토의 인생을 앞으로도 옭아맬 자신의 존재와 흉터가 원망스러웠기 때문이다.

"그래서 달라져야 한다고 생각했어. 이대로라면 계속 네 발목을 잡게 될 거야. 어떻게 해야 할지 고민했는데 흉터를 없애는 방법밖에 없었어. 그럼 넌 더는 자책하지 않아도 되고 나한테진 빚도 없어질 테니까."

흉터만 없어진다면, 유토가 벗어날 수 있다.

유토가 마음의 짐을 내려놓고 자유로워지는 것이야말로 메이가 진심으로 바라는 것이었다.

"대등해지고 싶던 건 나야. 쓸데없이 부담 느끼지 않게 예전 같은 관계로 돌아가고 싶었어. 유토 너랑, 제대로."

"메이."

"그래서 떨어져 지낼 수 있기를 바랐는데."

가쁜 숨을 내쉬는 메이의 두 눈에서 참고 참던 눈물방울이 떨어졌다. 두 손으로 필사적으로 닦아봤지만 참으려 해도 자꾸 흘러내렸다.

"미안, 미안해, 메이. 울지 마."

유토는 어쩔 줄 몰라하며 메이 어깨에 조심스럽게 손을 올렸다.

"네가 그렇게 생각하는 줄 몰랐어. 그런데 고등학교는 딱히 그 흉터랑은 상관없어……."

유토는 뒤로 갈수록 말을 우물거렸다. 메이는 콧물을 훌쩍이며 고개를 들었다.

"그럼 왜 나랑 같은 학교에 지원한 거야? 그 성적이면 다른 학교에 갈 수 있잖아. 처음에는 다른 학교 지망했잖아."

"그랬는데…… 네가 그 학교에 간다고 해서."

"역시 날 돌보려고 무리해서 바꾼 게 맞네."

"아니, 그게 아니라……."

"그게 아니면 뭔데!"

눈물범벅이 된 얼굴로 노려보자 유토는 노골적으로 시선을 피했다. 메이는 뚫어지게 유토를 바라보았다. 이윽고 갈 곳 잃은 눈동자가 메이에게 돌아왔고, 체념했다는 듯 불쑥 중얼거렸다.

"좋아하는 사람이랑 같은 학교 가고 싶어하는 게 그렇게 이상한 일인가."

시뻘게진 목덜미를 긁으며 유토는 토라진 듯 입술을 비죽거렸다.

메이는 아무 말도 할 수 없었다. 시간이 멈춘 듯, 눈을 깜빡이는 것마저 잊은 채 어안이 벙벙해져서 소꿉친구를 올려다볼 뿐.

유토가 지금 뭐라고 한 거지?

"……"

잘못 들은 게 아니라면 '좋아한다'라고 말했다. 책임감이나 죄책감 때문이 아니라, 좋아해서 그런 거라고.

"무, 무슨."

심장이 쿵 울렸다.

얼굴이 타올랐다. 온몸의 열이 죄다 얼굴로 몰려드는 기분이었다. 머릿속이 혼란스러워 숨 쉬는 법도 생각나지 않았다. 불안, 초조, 분노는 다 날아가고 형언하기 힘든 묘한 감정과 부끄러움이 가슴속에서 끓어올랐다.

"무슨 말을 하는 거야, 갑자기."

"갑자기 이러는 거 아냐. 계속 그랬어. 너도 진작 눈치챈 줄 알았는데."

"모, 몰랐어. 게다가 나는, 그게."

"괜찮아. 네가 날 그런 의미로 좋아하지 않아도 상관없어."

얼굴이 새빨개졌을 메이를 유토가 똑바로 바라보았다.

유토와 눈을 맞춘 게 무척 오랜만인 듯했다.

"네 흉터에 죄책감을 느낀 건 사실이야. 그래서 내 마음을 전하거나, 네가 나와 같은 마음이었으면 좋겠다거나 그런 건 지금까지 아무래도 상관없었어. 그저 너한테 도움되는 사람이 되고 싶었어. 하지만 그러지 않아도 된다면…… 네가 날 대등하게 봐준다면……."

심장이 시끄럽게 요동쳤다. 긴 시간 가슴속을 채우던 감정이 한순간에 사라지고 지금은 전혀 다른 이유로 마음이 가라앉지 않았다.

이렇게 될 줄은 꿈에도 생각지 못 했다. 이걸 바란 게 아니다.

하지만 바라던 것보다 더 좋은 미래로 이어질지도 모른다.

"앞으로 확실하게, 메이가 날 좋아하게 만들 거야."

말은 당차게 하면서 얼굴에는 긴장한 기색이 역력했다.

숨을 멈추고 있던 메이는 몇 초간 유토와 마주 보다가 마침내 다시 숨을 내쉬었다. 가슴에 손을 얹고 고개를 숙이며 숨을 천천히 내쉬었다가, 들이쉬었다가, 다시 내쉬었다.

눈물은 멎은 지 오래였다. 가슴속 고동도 조금씩 잦아들었다.

대신 웃음이 살살 새어 나왔다. 잠도 못 이룰 만큼 무겁던 고민이 보잘것없이 느껴졌다. 머리 싸맬 일이 아니었다. 마음을 말로 전달하는 단순한 행동이 부족했을 뿐이다. 둘 다 서로를 너무나 아꼈을 뿐이다.

"……웃지 마."

"어쩔 수 없어. 네가 낯간지러운 소리를 하니까. 웃기잖아."

"난 진지하단 말이야."

"알아."

메이는 아직 촉촉이 젖어 있는 눈으로 웃었다. 유토도 맥 빠진 사람처럼 미소 지었다. 유토가 이렇게 웃는 얼굴을 오랜만에 보는 듯한 기분이 들었다.

그리고 알아채지 못하던 자신의 마음을, 유토가 일찌감치 메이를 향해 품고 있던 그 마음을, 메이 또한 깨달았다.

흉터가 없다면 유토에게 자신은 평범한 소꿉친구일 거라 생각했다. 그래서 자신도 유토를 특별히 여기지 않으려 했다. 하지만 사실은 아주 오래전부터 메이에게 유토는 평범한 소꿉친구가 아니었다.

대등해지고 싶었던 이유, 멀어지고 싶었던 이유, 어딘가 먼

곳에서 유토가 자유롭고 행복해지기를 바랐던 이유. 메이가 고민했던 모든 이유가 유토를 향한 마음에서 비롯됐다는 걸 마침내 깨달았다.

메이가 그 마음을 유토에게 고백하려면 시간이 조금 더 필요할지도 모르겠지만.

"둘 다 마음이 따뜻하네."

스이의 목소리가 메이와 유토 사이를 가로질렀다. 두 사람은 나란히 스이 쪽으로 몸을 돌렸다. 아름다운 소녀의 모습을 한 마녀가 가만히 둘을 지켜보고 있었다.

자신들이 주고받은 대화가 떠올라 메이는 쥐구멍에라도 숨고 싶을 만큼 부끄러웠지만 스이는 놀리지도 어이없어하지도 않고 한결같이 미소를 지을 뿐이었다.

"저, 죄송해요. 소란 피워서."

"괜찮아. 들으면서 재미있었어. 하고 싶은 말은 다 했어?"

"아, 네, 아마도…… 이제는 괜찮을 것 같아요."

"다행이네. 둘 다 서로를 배려하느라 미처 보지 못한 게 있었을지도 몰라. 눈에 보이지 않아도 언제나 곁에 있던 무언가…….
그래도 앞으로는 놓치지 않을 것 같네."

스이는 두 사람과 차례로 눈을 마주친 뒤 천천히 고개를 끄덕였다.

"자, 메이. 어떻게 할래?"

짤막한 물음이었다. 하지만 뭘 묻는지 메이는 알고 있었다.

"마법 써달라고 한 말, 취소할게요. 흉터는 이대로 둘래요."

"그래. 알겠어."

"스이."

"응?"

메이는 스이에게 어떻게 알았는지 묻고 싶었다. 말하지 않은 메이의 진심, 만난 적도 없는 유토의 마음을 어떻게 알았는지.

그러나 관두기로 했다. 왠지 멋없는 질문인 것 같았기에.

"아니요, 아무것도 아니에요."

스이는 캐묻지 않았다. 메이의 그런 생각마저도 다 안다는 듯 포근하게 웃을 뿐이었다.

두 사람은 스이가 만들어준 특제 허브티를 마시고, 그 김에 추천받은 찻잎을 몇 종류 산 뒤 마법상점을 나섰다.

앞장서 나간 유토를 따라가려던 메이를, 스이가 불러 세웠다.

"메이, 잠시만."

겉모습은 또래가 분명한데 메이보다 훨씬 더 오래 사람들의 삶을 봐온 눈빛과 목소리로 스이가 말을 붙였다.

"사람은 살아가는 동안 많은 걸 잃어. 그중에는 더없이 소중한 것도 있지. 막을 수 없는 이별도 있어. 그러니 부디 소중히 대해줘. 잃지 않도록, 잘 지켜야 해."

메이가 온전히 이해하기는 어려운 말이었다. 그래도 "알겠습니다" 하고 고개를 끄덕였다. 스이도 고개를 꾸벅했다.

메이는 마지막으로 스이에게 물었다.

"스이도 잃은 게 있나요?"

스이는 마녀다. 모든 걸 알고 모든 걸 손에 넣을 수 있는 마녀가 잃는 건 없으리라 짐작하면서 한 질문이었다.

"생명체인데 없을 리가 있나."

스이의 대답은 상상과는 달랐다. 하지만 납득이 됐다.

"안녕히 계세요."

"잘 가. 무슨 일 있으면 언제든 오고."

메이는 스이에게 손을 흔든 뒤 종달새 언덕 마법상점의 문밖으로 뛰어나갔다.

봄바람이 기분 좋게 불어왔다. 벚꽃잎이 하늘로 팔랑팔랑 날아올랐다.

"메이."

자신을 부르는 유토에게 대답하며 메이는 종달새 언덕을 뛰어 내려갔다.

2장

여름 바람의 행복

"선생님, 식사 준비 다 됐어요. 좀 쉬시는 게 좋지 않을까요?"

미노루는 하나에의 목소리에 고개를 들었다. 시계를 보니 오후 1시가 넘었다. 9시 전에 작업을 시작했으니 네 시간도 넘게 몰두한 셈이다.

의사는 틈틈이 휴식을 취하라고 했지만 한번 집중하면 시간 가는 줄 모른다. 이 습관을 고쳐야 하는데, 하며 미노루는 스스로에게 쓴웃음을 지었다.

"조금만 더 기다려줘. 지금 끊기가 어중간해서."

"안 돼요. 매번 그렇게 말씀하시면서 계속하시잖아요. 지금 바로 쉬세요."

"⋯⋯알았어."

오랫동안 집안일을 맡아주고 있는 가정부 하나에는 미노루를 충직하게 챙겨주지만 이런 식으로 맞붙으면 당해낼 수가 없다.

미노루는 순순히 붓을 내려놓았다. 이젤에 세워둔 눈앞의 캔버스가 완성되려면 아직 멀었다.

"자, 쿠로, 밥 먹으러 갈까?"

미노루가 주름으로 뒤덮인 손을 의자 발치에 내밀자, 미노루 다리에 기대듯 엎드려 있던 검은 고양이가 크게 하품을 하며 기지개를 켰다.

"쿠로도 배고프지? 하여튼 못 말려요. 점심은 12시 반에 잡수시겠다고 하더니. 기다려도 도통 나타나질 않으셔서 와봤더니만…… 더 빨리 들여다볼 걸 그랬어요."

"후후, 미안해, 하나에. 늘 고맙네."

미노루는 하나에의 부축을 받으며 일어섰다. 몸 마디마디의 통증 때문에 단순한 동작에도 상당한 체력이 필요했다. 마음이 늙는 속도보다 훨씬 더 빠른 속도로 몸이 쇠약해지는 듯했다. 나이를 먹는다는 건 여간 힘든 일이 아니로구나, 미노루는 남의 일인 듯 생각했다.

미노루는 힘겹게 자리에서 일어나 한 발짝 내디뎠다. 불현듯 복부에 무지근한 통증이 느껴져 곧바로 발을 멈췄다.

"어, 선생님."

당황하는 하나에를 손으로 제지한 뒤 심호흡을 반복했다. 통증이 더 심해지지는 않으니 곧 괜찮아질 것이다. 미노루는 통증이 느껴지는 부위를 손으로 누른 채로 한 발짝 한 발짝 걸음을 옮겼다.

옆에서 걷던 쿠로가 냐아, 하며 미노루를 올려다보았다. 바람처럼 빠르게 달릴 수 있는데도 미노루의 걸음에 맞춰준다. 참으로 영특하고 다정한 아이다.

"괜찮아, 쿠로. 고마워."

야옹거리는 쿠로를 보고 있노라면 신기하게도 아픔이 잦아든다. 어떤 약보다 쿠로 옆에 있는 게 약효가 가장 좋을지도 모르겠다.

미노루는 작업실에서 나온 뒤 복도를 지나 본채로 향했다.

복도에서 보이는 중정에는 하나에가 정성스레 가꾼 꽃이 화사하게 피어 있었다. 키가 큰 해바라기, 저녁에 피는 공작선인장, 부용과 부겐빌레아, 그 너머의 플루메리아까지. 나무에서는 매미 소리도 들려온다.

더위는 체력을 갉아먹는다. 하지만 미노루는 세상이 선명한 빛깔로 물드는 여름을 아주 좋아했다. 인생이라는 긴 여정에서 떠올리게 되는 사소한 추억도 이 계절일 때가 가장 많았다.

하나에는 최근 들어 식사량이 부쩍 줄어든 미노루에 맞춰 먹기 편한 음식을 열심히 궁리해 만들어주었다. 덕분에 컨디션이 좋다고 할 수 없는 오늘도 남김없이 다 먹을 수 있었다.

식사를 마친 미노루는 미지근한 차를 마시며 쉬었다. 하나에는 주방에서 설거지를 했다. 수돗물 소리와 그릇 부딪치는 소리. 일상적인 소리를 들으면 왠지 마음이 편안해진다.

미노루 앞에 있는 탁자로 쿠로가 폴짝 뛰어 올라왔다. 쓰다듬으라는 듯 눈앞에서 배를 드러내고 눕는 쿠로를, 미노루는 만족스러워할 때까지 만져주었다.

"쿠로, 오늘도 참 예쁘구나. 난 화사한 색을 좋아하지만 네 털은 그 어떤 색보다 화사하고 아름답단다."

이 검은 고양이는 미노루의 유일한 가족이었다. 팔 년 전에 아내를 떠나보내자마자 태어난 지 얼마 되지 않은 새끼고양이를 거두게 됐다. 어미와 떨어졌는지 다 죽어가는 상태로 정원을 헤매고 있던 아이를 데리고 들어왔다. 키울 생각은 없었기에 입양처를 찾으려 했지만, 정성 들여 간호해 건강해졌을 쯤에는 너무 정이 들어 결국 키우기로 했다.

새까만 고양이니까 쿠로_{일본어로 검은색을 의미}라고 이름을 지었다. 예술가라는 직업이 무색할 만큼 단순한 발상이지만 달리 마음에 드는 이름이 떠오르지 않았다.

자녀가 없고 양친도 오래전에 돌아가셨기에 쿠로는 아내 외에 처음으로 생긴 유일하고 특별한 존재였다. 아내가 떠나고 색채를 잃어가던 일상을 쿠로는 다시 환하게 밝혀주었다. 미노루는 이 아이가 언제까지나 행복하게 살 수 있기만을 바라며 지난 팔 년을 보내왔다.

"어머, 쿠로 또 선생님한테 어리광 부리네." 설거지를 마친 하나에가 다이닝 룸으로 들어왔다. "나는 손도 못 대게 하면서."

"후후, 하나에를 분명 좋아할 텐데 말이야."

"일종의 자존심일까요?"

하나에가 목을 이쪽저쪽으로 풀어주며 "빨래 돌리고 올게요" 하고는 테라스로 가려는 찰나, 미노루가 하나에를 불러 세웠다.

"그러고 보니까 하나에, 지난주에 허리를 다쳤다더니 이제 괜찮아 보이네."

살이 쪄서 그런가 보다며 우울해하던 하나에를 달랜 것이 불과 얼마 전이었다. 그런데 지금은 언제 그랬냐는 듯 몸놀림이 가벼워 보였다.

"맞아요. 이제 멀쩡합니다!" 하나에는 허리를 탁 쳤다. "실은 종달새 언덕 마법상점에서 약을 샀거든요. 그걸 먹으니 금방 낫지 뭐예요."

"종달새 언덕 마법상점…… 마녀의 상점인가."

미노루가 사는 종달새 마을에는 마녀가 있다. 이 마을에 상점을 연 뒤로 종달새 언덕의 마녀라 불리며 직접 키운 약초로 약을 만들어 판다고 들었다. 마녀의 약이라 해도 마법 같은 기적의 치료 능력은 없지만, 효능이 매우 뛰어나 평판이 굉장히 높았다.

"요즘 딸이 잠을 통 못 자서 간 김에 그 얘기도 했거든요. 불면증에 좋은 약을 만들어줬는데 그것도 효과 좋더라고요. 역시 마녀의 약은 달라요."

"가벼운 증상이라면 병원보다 나을 수도 있겠군."

"그래도 병원에 가야 할 때는 가야죠. 만병통치약은 아니니까요. 마법이라면 몰라도."

"마법은 안 써준다고 들은 것 같은데. 하긴, 기적을 일으켜달라는 사람이 몰려들 테니 다 들어주다 보면 끝이 없겠어."

꽤 오랜 옛날이라고 들었지만, 종달새 언덕 마법상점이 문을 열자 전국 각지에서 소문을 듣고 사람들이 몰려와 마법을 써달라며 부탁했다고 한다. 그러나 마녀는 스스로 동하지 않는 이상 돈, 눈물, 협박 등 온갖 수단을 동원해도 꿈쩍하지 않았다. 그 사실이 알려지면서 포기하는 사람이 늘어갔다.

물론 지금도 적지 않은 사람이 마녀의 힘을 빌리기 위해 찾아오지만 문전성시를 이룰 정도는 아니다. 만약 이름대로 마법을 파는 곳이었다면 종달새 언덕에는 매일 밤낮으로 대기 행렬이 어마어마하게 이어졌을 터였다. 그랬다면 미노루는 이 마을에 살지 않았을지도 모른다.

"참, 선생님도 거기 가보신 적 있나요?"

하나에의 질문에 미노루는 고개를 가로저었다.

"가까워서 마음만 먹으면 언제든 갈 수 있었는데 말이야."

"어머, 아까워라. 언제든 갈 수 있는 거리에 있으면 오히려 더 안 가게 되는 것 같아요."

"후후, 그러게 말이야."

종달새 마을로 이사 온 지 어언 삼십 년 가까운 세월이 흘렀다. 하지만 미노루는 한 번도 마법상점에 가본 적이 없었다. 흥미는 있었지만 꼭 가야 할 정도의 용무가 없어 찾아가는 일 없이 오늘에 이르렀다.

다만 마녀를 몇 번 보기는 했다. 진녹색 로브를 걸친 채 길고 붉은 머리카락을 흩날리는, 무척 아름다운 소녀였다.

그렇다. 언제 보아도 소녀의 모습이었다. 이사 와서 처음 봤던 삼십 년 전에도, 쿠로를 키우기 시작한 팔 년 전에도.

마녀와 마법사는 일반 사람과 다른 시간의 흐름 속에 살아간다. 일설에는 불로불사의 존재라는 말도 있다. 물론 알고 있었지만, 세월에 따라 늙어가는 자신과 언제나 변함없는 모습의 마녀를 비교하면 왠지 기분이 묘했다.

"하나에, 빨래 끝난 뒤에 부탁 하나 들어줄 수 있을까?"

미노루의 말에 하나에는 귀찮은 내색 하나 없이 "말씀하세요"
라고 대답했다.

"저, 날 종달새 언덕의 마녀에게 데려가줬으면 해."

종달새 마을에는 사십대 때 아내와 둘이 이사 왔다.

운 좋게도 화가로서 이름을 알리게 되어 그림 작업만으로도
생계를 꾸릴 수 있게 됐을 무렵이었다. 작업실을 마련할 수 있
는 넓은 부지에 집을 짓기로 하고, 후보지 몇 군데 중 고른 곳이
이 마을이었다. 도심에서는 떨어져 있지만 미노루의 직업을 생
각하면 별로 불편하지 않을 터였다. 오히려 느긋한 공기가 흐르
는 마을이라 미노루 부부의 생활에 딱이라고 생각했다.

지대가 높은 쪽에 땅을 구입해 개방감 있는 본채와 작업실을
지은 뒤 원예가 취미인 아내를 위해 큰 정원도 꾸렸다. 풋풋한
목재 냄새를 맡으며 이 집을 마지막 보금자리로 삼자고 아내와
이야기했다.

이사를 마친 후에야 종달새 마을에 마녀가 산다는 사실을 알

게 됐다. 이웃 주민에게서 종달새 언덕 마법상점 이야기를 들은 아내가 미노루에게도 전해주었다.

미노루는 그때까지 마녀나 마법사를 만난 적이 없었다. 아내는 젊은 시절 딱 한 번 봤다고 했지만, 마법을 쓰는 모습은 보지 못했다고 했다.

마녀는 오래전부터 종달새 언덕에 살았다고 하니 우리도 여기 살면 마법을 구경할 수도 있겠다고, 아내와 웃으며 말했던 기억이 떠올랐다.

아내는 끝끝내 마법을 보지 못하고 세상을 떠났다. 미노루 자신도 마녀와 연이 닿을 일 없이 떠나게 될 것이라 짐작했다.

"하나에, 괜찮아?"

등 뒤에 있는 하나에의 숨소리가 점점 거칠어졌다. 종달새 언덕은 경사가 가파르고 바닥에는 돌이 깔려 있어 휠체어를 밀기가 무척 힘들었다. 게다가 햇볕이 쨍쨍 내리쬐는 날씨다. 더위도 하나에의 체력을 갉아먹고 있을 테다.

"내릴까?"

"무슨 말씀이세요? 의사 선생님이 무리하면 안 된다고 했잖아요."

"지금은 자네가 너무 무리하는 것 같은데……. 거의 다 왔잖아, 나도 조금은 걸을 수 있어."

"신경 끄시죠. 체력에는 자신 있고, 다이어트라고 생각하면 이 정도는 거뜬합니다!"

집 근처에서 종달새 언덕 아래까지는 마을버스를 타고 올 수 있었다. 하지만 언덕으로는 차가 들어오지 못해 걸어서 올라와야 했다.

평탄한 길을 걷기도 버거운 미노루가 종달새 언덕을 오르기는 어려웠다. 그래서 하나에에게 휠체어를 밀어달라고 부탁했는데, 힘겨워하는 모습을 보니 역시 괜한 부탁을 했다는 생각이 들었다.

"미안해, 하나에."

하나에는 미노루의 목소리도 안 들리는 모양이었다. 하나에를 너무 고생시킨다고 후회하고 있을 때였다.

"아, 여기예요!"

커다란 녹나무 그늘 아래에서 하나에가 걸음을 멈췄다.

오른쪽으로 시선을 돌리자 그림책에서 튀어나온 듯 사랑스러운 나무 집이 보였다. 외벽 곳곳은 담쟁이덩굴로 덮여 있고, 문 앞 계단 틈 사이에 백일홍이 피어 있었다.

정면에 붙은 철제 간판에는 '종달새 언덕 마법상점'이라고 적혀 있다. 마녀가 하는 가게 이름이었다.

"여기로구나……."

미노루는 휠체어에서 일어나 삼단 계단을 천천히 밟고 올라 문을 열었다.

달그랑, 하고 종이 울리며 부드러운 풀 내음이 몸을 감쌌다.

"그래, 어서 와."

상점에는 계절에 맞지 않게 진녹색 로브로 몸을 감싼 마녀가 있었다. 처음 봤을 때와 변함없이 아름다운 소녀의 모습이었다. 목소리는 외모와 어울리지 않게 낮고 허스키했다. 그러고 보니 목소리를 듣는 건 처음이었다.

"마녀님, 안녕하십니까."

"바깥은 무척 덥지? 들어와."

미노루는 마녀의 손짓에 따라 안으로 들어가 카운터 의자에 앉았다. 뒤이어 하나에가 땀으로 흠뻑 젖은 채로 들어왔다.

상점은 냉방 설비가 보이지 않는데도 아주 쾌적하고 시원했다. 옆에 앉은 하나에도 기분이 한결 좋아진 듯했다. 두 사람이 딱 좋다고 느낄 수 있는 온도는 서로 다를 텐데 참 신기하다고, 미노루는 생각했다.

"이런."

작게 발소리가 나서 아래쪽을 보니 회색 고양이가 미노루 옆에 와 있었다. 에메랄드그린 눈동자가 아름다운 고양이다.

고양이는 가볍게 점프해 미노루의 무릎에 자리 잡았다. 그대로 드러누운 고양이의 무방비한 몸을 미노루는 부지런히 쓰다듬어주었다.

"어이쿠, 귀여워라. 예쁜 녀석이구나."

"참, 니케까지 선생님만 좋아하네요."

"이름이 니케인가. 나한테는 쿠로 냄새가 배어 있을 텐데 괜찮을까."

니케에게 푹 빠져 있는 사이에 마녀가 차가운 허브티를 내어주었다. 하나에는 어지간히 목이 말랐는지 유리잔에 든 허브티를 단숨에 들이켰다.

"하나에, 허리는 좀 어때?"

하나에가 한숨 돌렸을 때 마녀가 물었다. 여기에서 약을 사간 것을 기억하는 모양이다. 하나에는 엄지를 세우며 "최고예요"라고 활기차게 대답했다.

"그거 먹고 멀쩡해졌다니까요. 선생님 휠체어를 밀고 언덕을 올라올 수 있을 정도로요."

"그렇군. 그래도 통증이 도지면 병원에 가보도록 해."

"그럼요. 당연하죠."

하나에는 자리에서 일어나 상품이 진열된 선반을 살펴보기 시작했다. 약뿐만 아니라 허브티 같은 것도 파는지 각종 찻잎이 병에 들어 있었다.

미노루는 허브티를 한 모금 마셨다. 매끈하게 목을 타고 내려가는, 목 넘김이 좋은 차였다.

"맛이 어때?"

마녀의 물음에 미노루는 고개를 들었다.

"아주 맛있어요. 저 같은 노인도 마시기 좋네요."

"다행이네."

마녀는 그림 속 천사보다도 아름다운 미소를 지으며 "나는 스이"라고 말했다.

"스이, 멋진 이름이군요."

"고마워."

"전 미노루라고 합니다."

"그래, 미노루. 당신은 무슨 일로 왔지?"

미노루는 잠시 침묵했다.

여기 온 것은 단순한 호기심 때문이 아니다. 목적이 있다. 하나에게 마법상점 이야기를 듣고 생각하게 됐다. 혹시나 하는 기대를 품게 된 것이다.

"한 가지 여쭤보고 싶습니다."

"뭐를?"

"마녀는 동물과 대화할 수 있다고 들었는데 사실인지요?"

마법사와 마녀는 자신들의 이야기를 거의 하지 않기 때문에 수수께끼 같은 존재였다. 그래서 있는 말 없는 말 온갖 소문이 파다했다. 그중에는 모든 생명체와 대화를 할 수 있다는 소문도 있었다.

스이는 한결같이 미소 지으며 "사실이기도 하고 거짓이기도 해"라고 대답했다. "일부는 그런 능력을 갖고 있어. 하지만 대부분은 자신과 계약을 맺은 사역마하고만 마음이 통하지. 내 경우에는 니케. 니케와는 대화를 할 수 있지만 다른 동물과는 불가능해."

"아아, 그렇습니까……."

미노루는 어깨에서 힘이 빠졌다. 미노루의 무릎에 계속 앉아 있던 니케가 스이 말에 동조하듯 냐아 하고 울었다.

"원하던 대답이 아닌가 보네."

"아닙니다. 이상한 질문을 해서 죄송합니다."

"괜찮아."

상점에 온 목적은 달성되었으나 그대로 돌아가기가 머쓱해 뭐라도 사 가기로 했다.

약보다는 마시기 편한 차가 좋았다. 하지만 미노루는 허브티에는 문외한이라 뭘 사야 할지 알 수 없었다. 직접 고르기보다는 골라달라 부탁하는 편이 나을 듯해 상품을 살펴보던 하나에를 부르려던 때였다.

"잠시만." 스이가 말했다.

미노루의 눈이 동그래졌다. 그사이 스이는 카운터에서 나와 벽 한쪽 면을 채운 약 수납장으로 향했다.

커다란 수납장에는 서랍이 수십 개나 달려 있었다. 스이는 조금의 망설임도 없이 서랍을 다섯 개 정도 열었고, 안에서 뭔가를 꺼내 그릇에 담았다.

그리고 카운터로 돌아온 뒤 그릇 안쪽을 보여주었다. 말린 식물 몇 종류가 들어 있다.

"마녀님이 키운 식물인가요?"

"응. 뒤쪽에 온실이 있거든. 식물 종류가 어찌나 많은지 말도 못 해."

"그렇군요. 아내에게도 식물을 키우는 취미가 있었어요. 저는 식물을 잘 모르지만 아내가 가꾸는 초목과 꽃을 보는 건 무척 좋아했답니다."

"잘 알아야지만 사랑인 건 아니야. 그저 보고, 예쁘다고 느끼고, 그거면 충분하다고 생각해."

스이가 손으로 그릇을 덮었다. 알아들을 수 없는 말을 중얼거리자 손바닥에서 빛 알갱이가 가루처럼 떨어졌다.

스이의 목에 걸린 새장 모양의 펜던트…… 그 안에 든 선명한 초록색 돌이 희미하게 빛나고 있었다. 어쩐 일일까. 빛이 닿지는 않은 것 같은데.

"지금의 당신에게 맞는 약초를 골랐어. 끓였다가 살짝 식힌 물에 우려서 마셔봐."

스이는 그릇에 든 내용물을 봉투에 담았다.

"방금 그건⋯⋯?"

"주술을 걸었어."

"주술은 마법과 다른가요? 뭔가 신기한 힘처럼 보였습니다만."

"같다고 보면 같고, 다르다고 보면 달라. 편의상 구분해서 말할 뿐일지도 몰라."

"그렇군요."

"뭐, 아무 맛 안 나는 향신료라고 생각하면 돼. 해롭지 않으니까 안심하고."

미노루는 재료 이름이 적힌 종이와 찻잎을 받아들고 의외로 저렴한 금액을 지불했다. 마녀의 특제 약초차라 값이 꽤 나갈 줄 알았더니 슈퍼마켓에서 파는 찻잎과 별 차이가 없었다.

"전 이걸로 할게요. 피부 미용과 갱년기에 좋은 허브티."

하나에가 봉투 여러 개를 카운터에 놓았다. 본인이 마실 것 외에 친구에게 선물할 것까지 구입한다고 했다.

하나에가 산 차까지 받아들고, 용무를 마친 두 사람은 종달새 언덕 마법상점을 나설 채비를 했다. 미노루가 의자에서 일어나 밖으로 향하자 니케가 배웅하듯 따라와 냐아 하고 울었다.

"니케, 또 보자꾸나."

하나에의 부축을 받으며 쪼그려 앉아 마지막으로 한 번 더 니케를 쓰다듬었다.

카운터 안쪽에서 지켜보는 스이에게 고개 숙여 인사하고 상점을 나섰다. 바깥은 여전히 무더운 여름 공기에 휩싸여 있었다. 하나에는 몇 초 만에 땀을 뻘뻘 흘렸다.

미노루는 문득 스이의 말이 떠올라 고개를 갸웃거렸다. 자신에 관해서는 아무 말도 하지 않았는데 '당신에게 맞는 약초를 골랐다'라니 무슨 뜻일까.

생각해본들 답이 나오는 것도 아니다. 대부분의 노인에게서 나타나는 컨디션 저하에 도움이 된다든지, 호불호 없이 무난하게 마실 수 있는 약초차려니 했다. 마녀의 말이어서인지 아무래도 의미심장해서 재미있다고 생각하며 후훗 웃는 미노루를, 하나에가 더위 먹었나 걱정하는 눈빛으로 바라보았다.

밤이 되어 잘 준비를 마친 뒤 미노루는 스이의 상점에서 산 약초차를 우려보았다.

스이에게 들은 대로 끓인 물을 적당히 식힌 뒤 찻잎을 찻주전자에 붓고 삼십 초 정도 두었다. 우린 찻물을 찻잔에 따랐다. 색은 호지차와 비슷했다. 향은 꼭 생약 같았고 맛도 조금 쓴 편이었다. 미노루는 그 맛이 싫지 않았지만 만인이 좋아할 만한 맛은 아니었다.

스이가 이 차를 자신에게 추천한 이유를 생각하며 찬찬히 두 잔 분량의 차를 마셨다. 잠시 쉬다가 시곗바늘이 밤 10시를 가리켰을 즈음 슬슬 자야겠다 싶어 몸을 일으켰다.

찻잔과 찻주전자를 씻은 뒤 부엌에서 나왔을 때 미노루는 비로소 몸의 변화를 눈치챘다. 늘 느껴지던 통증과 나른함이 어느 틈엔가 말끔히 가셔 있었다. 일어서기도, 설거지를 하는 내내 서 있기도 수월했다. 젊었을 때는 숨 쉬듯이 할 수 있던 행동이 최근에는 무척이나 버거워진 상태였는데.

"거참, 신기한 일일세."

미노루는 탁자에 놓인 남은 찻잎을 바라보았다. 아무리 생각해봐도 이 약초차 덕분에 컨디션이 좋아진 것이 분명했다.

"이래서 나한테 맞는다고 했나."

자신의 몸에 관해서는 아무 말도 하지 않았다. 하지만 종달새 언덕의 마녀는 미노루의 상태를 꿰뚫었다. 어쩌면 미노루 자신보다 더 깊고 정확하게. 그러고는 몸에 맞는 효능의 약초를 선별해 미노루에게 건넸다.

"보통 실력이 아니구먼."

이렇게까지 효과가 극적이라니 놀라울 따름이었다. 하나에가 의사보다 마녀를 먼저 찾는 것도 이해가 됐다.

통증 없는 몸이라니, 이게 얼마 만일까. 체력이 돌아온 것도 아닌데 통증이 없어졌다는 사실만으로도 몸이 상당히 가벼웠다.

"쿠로, 지금이라면 너랑 산책도 갈 수 있겠는걸."

미노루는 자신의 다리에 몸을 갖다 댄 쿠로를 안고 침실로 향했다. 쿠로를 안아 드는 것도 오랜만이었다.

"너 원래 이렇게 무거웠니?"

미노루의 물음에 쿠로는 황금빛 눈을 가늘게 뜨더니 "아옹" 하고 수염을 흔들었다.

시한부 선고를 받은 것은 반년 전이다.

반년 전에, 앞으로 반년이 남았다는 이야기를 들었다. 병이 미노루의 몸을 갉아먹어 더는 손을 쓸 수 없었다.

선고 직후에는 충격이 컸지만 비교적 빠르게 의사의 말을 받아들였다. 아내는 세상을 떠났고 자신도 이미 고령인 터였다. 죽음은 결코 멀리 있는 존재가 아님을 언제나 염두에 두고 있었다.

그때부터 미노루는 죽음을 준비했다. 집과 땅 등 각종 재산 처리를 적당한 곳에 맡기고, 가지고 있던 그림도 신뢰하는 미술상에 관리를 부탁했다.

혼자 지내니 요양 시설에 들어가는 선택지도 있었지만, 집이 좋았기에 가능한 한 집에서 지내기로 했다. 여생을 어디에서 보내든 종착지는 한 곳이다. 그렇다면 가장 마음 편히 지낼 수 있는 곳에서 남은 일상을 보내고 싶었다.

일찌감치 정리할 예정이었던 가재도구는 처분 방법을 한창 고민하던 중에 하나에에게 가로막혔다. 자신이 책임지고 정리할 테니 마지막까지 자유롭게 변함없이 일상을 보내달라고 눈물을 흘리며 만류해서 알겠다고 답할 수밖에 없었다.

"쿠로, 하나에도 널 만질 수 있게 해줘야 해. 안 그러면 앞으로 널 만져줄 사람이 없어."

유일하게 마음에 걸리는 존재인 사랑하는 고양이는 하나에가 키워주기로 했다. 하나에라면 분명 애정을 갖고 돌봐줄 테니 걱정은 없다. 그래도 쿠로와 헤어진다는 생각을 하면 가슴이 아려왔다.

'쿠로, 너와 이야기할 수 있다면 묻고 싶은 게 있단다.'

바람과 달리 쿠로와 대화를 나눌 수는 없었다. 가르릉 목덜미를 울리는 쿠로를 주름진 손으로 어루만지며, 흘러가는 시간을 그저 느릿느릿 살아갔다.

그렇게 의사가 말한 시한부 반년이 끝나가고 있었다.

🦅

미노루는 여느 때와 다름없이 아침부터 작업실에서 그림을 그리고 있었다.

스이의 약초차를 마신 뒤로는 몸이 가벼워져서 장시간 그림을 그려도 피곤하지 않았다. 덕분에 무아지경이 될 때가 많아 하나에게 꾸지람을 듣는 빈도도 늘어버렸지만.

"쿠로, 이제 곧 하나에가 점심 준비 다 됐다고 부르러 올 시간이구나. 오늘은 혼나기 전에 쉴까?"

붓을 내려놓고 의자 밑에 유유자적 누워 있던 쿠로에게 말을 건넸다. 쿠로는 꿈적이며 일어나더니 의자 밖으로 기어 나와 기지개를 쭉 폈다.

쿠로는 원래 활동적인 아이였다. 자유롭게 키운지라 넓은 부지를 돌아다니거나 가끔씩 바깥 산책을 다녀오기도 했다. 하지만 미노루가 아프고 난 뒤로는 마치 그걸 안다는 듯 미노루 곁을 지키는 날이 많아졌다. 너무 얌전해져서 쿠로까지 병에 걸렸나 걱정했을 정도다. 동물병원에서 검사를 받고 나서야 아무 이상이 없다는 걸 알았다. 쿠로는 스스로의 의지로 미노루 곁을 지키고 있었다.

"쿠로, 오늘 점심 메뉴는 뭘까?"

유화 기름통 뚜껑을 닫는데 예상대로 본채에서 하나에가 건너왔다. 뒤이어 하나에와 교대하듯 쿠로가 먼저 본채 쪽으로 자박자박 걸어갔다.

"선생님, 점심 준비 다 됐어요. 쿠로! 혼자 먼저 먹으면 안 돼."

"고마워, 하나에. 지금 갈게."

미노루는 하나에가 내민 손길을 거절하고 스스로 일어섰다. 앞치마를 벗어 의자에 대충 걸어두려는데 하나에가 가져가 가지런히 개켰다.

자, 갈까, 하며 걸음을 떼려는데 하나에가 "어머" 하고 작게 탄성을 내질렀다.

"이 그림도 곧 완성되겠네요."

하나에의 시선이 이젤에 기대놓은 캔버스에 꽂혀 있다. 최근 며칠간 미노루가 계속해서 그리던 그림이다.

"그러게 말이야. 조금만 더 손보면 될 것 같아."

"이번 그림도 멋져요."

"모델이 훌륭하니까."

가로로 긴 캔버스에는 좋아하는 쿠션에서 낮잠을 자는 쿠로의 그림이 그려져 있다. 검은 털을 어떻게 선명하게 표현할지, 햇살 속에서 잠든 쿠로의 사랑스러움을 얼마나 표현해낼 수 있을지 고심하며 공들여 그린 작품이다.

"그러고 보니 정말 많아졌어요."

하나에가 작업실을 빙 둘러보았다. 미노루는 "그렇네" 하며 고개를 끄덕였다.

작업실에는 지금 작업중인 그림 외에도 수십 점의 그림이 놓여 있었다. 본채에도 몇 점이 더 있을 터였다. 대부분이 쿠로 그림이었다. 쿠로와 함께하게 된 뒤 팔 년 동안 미노루는 쿠로만 그렸다.

아내가 떠난 뒤 미노루는 현역에서 은퇴했다. 누군가에게 보여주거나 팔기 위한 그림을 그만두고 온전히 자신을 위해 새로운 가족이 된 쿠로의 그림을 그렸다.

그렇게 그린 그림은 친한 지인에게 일부 선물하고, 나머지는 대부분 집에 남겨두었다. 미노루가 죽으면 학교, 병원, 도서관 등 시설에 기증될 예정이다.

"선생님, 저 좋은 생각이 떠올랐어요." 하나에가 손뼉을 쳤다.

"뭔데?"라고 묻는 미노루에게, 하나에는 눈을 반짝이며 말을 이었다.

"쿠로의 그림을 모아서 개인전을 열면 어때요?"

"개인전?"

"네. 이렇게 멋지고 귀여운 그림이 가득하니 많은 사람이 보면 좋겠다 싶어서요."

미노루는 하나에가 가리키는 캔버스를 눈으로 좇았다. 취미로 그렸다지만 대충 그린 그림은 한 점도 없고 실패작도 없다. 대만족이라 할 작품은 없지만 하나같이 자신 있게 선보일 수 있는 완성도를 갖췄다.

"그러게. 해보는 것도 괜찮겠어."

"와, 정말요? 저도 돕겠습니다!"

"후후, 든든하구면."

최근 들어서는 남들에게 그림을 거의 보여주지 않았다. 작업실에 있는 그림 대부분은 가까운 사람 몇몇을 제외하고는 본 적 없었다.

누군가를 위해 그린 그림이 아니다 보니 살아 있는 동안 세상에 내보일 생각을 애초에 하지 않았다. 하나에의 제안을 듣자 누군가에게 보여주는 것도 좋겠다는 생각이 들었다.

인생의 막바지에 한 번 더 화가로서 자신의 그림을…… 자신의 보물인 가족의 모습을 다른 이들에게 보여주고 싶었다.

개인전 준비는 빠르게 진행되었다.

전시장은 종달새 마을 중심가에 있는 갤러리로 골랐다. 보통 아마추어 아티스트나 취미 동호회, 지역 내 어린이들의 작품을 전시하는 소규모 갤러리였다. 저명한 화가 미노루가 이용하겠다고 하자 갤러리 측에서는 놀라면서도 무척 기뻐했다.

마침 한 달 뒤에 일정이 비어 있었고, 오너가 '그동안 자유롭게 쓰셔도 된다'라고 말해주어 호의를 받아들이기로 했다.

개최 기간은 닷새. 사무 업무는 갤러리 담당자와 하나에가 도맡아주어 미노루는 작품에만 집중할 수 있었다.

미노루가 갖고 있는 모든 작품을 전시할 수는 없었다. 백 점 남짓한 크고 작은 작품 중 열몇 점을 골라 전시하고 다른 작품은 팸플릿을 제작해 싣기로 했다.

전시작을 고르는 과정이 난항이었다. 개인전을 열기로 마음먹고 보니 어느 그림 하나 빼기 아쉬웠고, 모두 직접 보여주고 싶었다.

"정말 네 그림밖에 없구나."

작업실에서 고민을 거듭하며, 미노루는 옆에 찰싹 붙어 있는 쿠로를 쓰다듬었다.

작업실에 있는 그림은 모두 다 쿠로 그림이다. 새끼 때부터 최근 모습까지, 팔 년 동안 많이도 그려왔다. 마치 쿠로의 성장 기록을 보는 듯했다.

"어릴 때 모습도 한 장 정도 있어야겠지? 몸을 길게 뻗은 이 모습도 좋은데. 새침한 표정도 있어야겠고. 그리고 뭐가 좋을까, 가장 최근에 그린 작품도 넣을까."

다채로운 모습의 쿠로를 봐왔다. 쿠로가 성장하고, 놀고, 밥 먹고, 실컷 자고, 따뜻한 호흡을 반복하는 모습을 줄곧 봐왔다.

조금 더, 조금만 더 오래 보고 싶건만. 그건 불가능하니 적어도 자신의 눈으로 보고 그린 지금까지의 모습을, 단 한 명이라도 봐주고 기억해줬으면.

둘이서 함께 보낸 나날을.

"……그래. 한 장만 더 새로 그릴까."

그런 생각이 들자마자 미노루는 바로 행동으로 옮겼다. 이제 막 완성한 그림을 이젤에서 떼어낸 뒤 새 캔버스를 올려놓았다.

개인전을 위해 새로이 그리는 한 장이다. 작품의 주인공은 당연히 쿠로다.

물감을 녹이며 어떤 모습을 그릴지 생각했다. 남기고 싶은 순간이 너무나 많아 도무지 고르기가 어려웠다. 지독히도 행복한 고민이다.

"쿠로, 넌 어떤 그림이 좋니?"

쿠로에게 물었다. 하지만 모델은 자신의 그림일랑 관심도 없다는 듯 바닥에 길게 누워 꼬리를 살랑살랑 흔들 뿐이었다.

미노루는 미소 지은 뒤 엷게 녹인 물감을 캔버스에 얹었다.

"선생님, 개인전 안내장이 완성됐어요."

미노루가 틀어박힌 작업실로 하나에가 환한 표정으로 봉투를 들고 들어왔다. 개인전 개최일까지 보름도 채 남지 않았다.

"이야, 고마워라. 어디 보자……."

미노루는 봉투를 받아들고 종이 다발을 꺼냈다.

"우아, 근사한데!"

"그렇죠? 한눈에 잘 들어오고요. 제법 멋있게 만들어져서 다행이에요."

"정말이야."

정보는 간소했다. 미노루의 그림과 이름, 전시 날짜, 갤러리 지도, 그리고 '쿠로와 나'라는 개인전 타이틀.

"그런데 양이 좀 많은 것 같지 않나? 서른 장 정도면 된다고 말했는데."

"네. 하지만 갤러리 담당자랑 상의해서 삼백 장 정도 인쇄했어요."

"엇, 그렇게 많이?"

"이것도 적어요. 지금까지 개인전 여셨을 때는 훨씬 더 많이 준비하지 않으셨어요?"

"그야 그렇지만 이번에는 보낼 사람도 없고, 이웃분들이 와주시는 정도라고만 생각했으니까."

"그렇다면 이웃들한테도 알려야죠. 상점가 가게 몇 곳에서도 비치해주기로 약속했으니 그것만으로도 반 이상은 없어져요. 아, 이건 오늘 퇴근길에 가져갈게요."

백 장씩 묶였는지 안내장 다발은 세 묶음이었다. 하나에는 그중 한 다발만 미노루에게 건네고 나머지 두 다발은 봉투에 넣어 도로 가져갔다.

"자네는 정말 추진력도 좋고 인맥도 넓군."

"그게 제 장점이잖아요. 아, 그러고 보니 저희 딸도 관심을 보이면서 친구를 데려오겠다고 했어요. 그 김에 학교에도 돌려달라고 할까……."

"마음은 고맙지만 부담 주기 싫으니 안 그래도 돼."

"무슨 말씀이세요, 걔가 누구 딸인데요. 천 장이라도 오 분 만에 다 돌릴걸요?"

농담인지 진담인지 알 수 없어 미노루는 일단 그냥 웃었다. 하나에도 호쾌하게 웃어젖혔다. 그 반응을 봐도 역시나 농담인지 진담인지 알 수가 없다.

"아, 맞다. 갤러리 담당자가 웹사이트에도 공지를 올렸다고 하더라고요. 벌써 반응이 오는지, 선생님 기존 팬들도 올 것 같대요."

"내 팬? 아직 그런 사람이 있나."

"어머나, 겸손하시기는. 선생님 개인전이라면 입장료가 얼마든 모여들 텐데요."

"다 옛날 얘기야."

이번 개인전은 돈을 벌 목적도 없거니와 다른 작업으로 이어질 필요도 없다. 소규모로 소박하게 여는 정도로 충분하다고 생각해 애초에 관람객을 모을 생각은 하지 않았다.

그럼에도 주변 사람들은 개인전 성공을 위해 힘을 모아주었다. 물심양면으로 애써주는 그들의 진심에 성의 있게 보답해야 한다는 생각이 들었다.

그걸 위해서라도 미노루는 자신의 일을 해야 했다. 할 수 있는 것이라고는 예나 지금이나 오직 하나, 그림을 그리는 일뿐이었다.

내려둔 붓을 다시 집으려 했다. 작업중인 그림을 만족스럽게 완성해야 한다는 생각이 더욱 강하게 들었다. 하지만……

"윽……."

갑자기 몸속 깊은 곳에서 통증이 느껴졌다. 몸이 으스러지는 듯한 극심한 통증에 저절로 허리가 구부러졌다.

"선생님!"

하나에가 당황하며 등에 손을 갖다 댔다. 괜찮다고 말하고 싶었지만 가슴이 꽉 막혀 아무 말도 내뱉을 수 없었다.

스이가 만들어준 약초차 덕분에 한동안은 컨디션이 좋았는데, 다시 악화되기 시작한 모양이었다. 굳이 검사를 하지 않아도 몸이 무너져가고 있다는 걸 알 수 있었다.

의사가 말한 반년이 이미 지났으니 당연한 일이다. 이제 미노루는 언제 죽어도 이상하지 않았다.

"선생님, 병원에 가요. 바로 택시를 부를게요."

휴대전화를 꺼내는 하나에를, 미노루가 "됐어" 하며 막았다.

미노루는 가슴을 움켜잡고 호흡을 정돈했다. 통증이 가시지 않았다. 더는 시간이 없다고 몸이 외치고 있었다.

"그보다…… 마법상점에 데려가줄래?"

"이런 상황에 무슨 말씀 하시는 거예요!"

"이런 상황이니 하는 말이야. 이제는 정말 언제 갈 수 있을지 모르니까."

"선생님, 마녀 약이 좋다고는 해도 어디까지나 생약이에요. 중병을 치료하는 기적은 절대 기대할 수 없다고요."

"알아. 치료하고 싶어서가 아니야. 병원에 가도 마찬가지잖

아. 어차피 치료는 못 해."

부탁한다고, 미노루는 호소했다. 하나에는 미간을 찌푸린 채 입을 다물고 미노루를 노려보았다. 그리고 쥐어짜내듯 물었다.

"정말 괜찮으시겠어요? 거짓말 아니죠?"

미노루는 눈을 피하지 않고 고개를 끄덕였다.

"거짓말 아니야."

"……알았어요. 대신 오늘은 버스 말고 택시로 가요."

"응, 그러지."

하나에가 준비를 하러 본채로 간 사이에 미노루는 작업실 의자에 앉아 휴식을 취했다. 통증이 지속되었지만 참을 수 있을 정도다. 아직은 괜찮다. 조금 더 버틸 수 있다.

"쿠로, 걱정 끼쳐서 미안해."

미노루의 고통을 아는지, 쿠로는 발치에 찰싹 달라붙어 미노루를 올려다보았다.

미노루는 떨리는 손끝을 쿠로의 머리 쪽으로 뻗었다. 원래 정수리 만지는 걸 좋아하지 않지만 가만히 손길을 받아들였다.

"넌 정말 다정하구나. 세상에서 제일 다정한 아이야."

진심으로 행복하다고 생각했다. 몸은 병에 잠식당했고 극심한 통증이 엄습해 사랑하는 고양이를 마음껏 만지기조차 힘겨웠지만, 자신은 틀림없이 누구보다도 행복한 사람이었다.

사랑하는 이들 덕분에 누릴 수 있던 이 온화한 행복을, 과연 나도 돌려주며 살아왔을까. 수없이 생각하고 또 생각했지만 절대 스스로 답을 낼 수 없는 물음이다.

　택시 운전사가 언덕 아래에서부터 마법상점까지 휠체어를 밀어주었다. 또다시 하나에를 땀범벅으로 만들기 미안했던 터라 운전사의 호의가 고마웠다.

　운전사에게 감사 인사를 한 뒤 문을 열고 상점에 들어섰다. 이전과 마찬가지로 한 걸음 들여놓는 순간부터 바깥과 다른 공기가 몸을 감쌌다. 마치 이곳만 계절 바깥에 있는 듯했다. 바로 옆에 있는 녹나무에서 울고 있을 매미 소리조차 들리지 않았다.

　"그래, 어서 와."

　카운터 안에서 스이가 로브를 두르고 아름답게 미소 지었다.

　"마녀님, 안녕하세요."

　"더웠지? 이쪽에 앉아."

　"고맙습니다."

　미노루는 의자에 걸터앉았다. 하나에도 땀을 닦으며 옆에 앉았다.

　"선생님, 몸은 괜찮으세요?"

　"응, 괜찮아. 아까보다 편해졌어. 하나에는 괜찮아?"

"여기가 시원해서 그런지 괜찮아졌어요. 밖에서는 녹아내리기 직전이었지만요."

넌더리 내는 표정을 보고 미노루는 소리 내어 웃었다.

그러고는 카운터 안쪽 스이에게 몸을 돌렸다. 스이는 지난번처럼 차가운 허브티를 준비해주었다.

"오늘은 무슨 일로 왔지?"

"저, 제가 지난번에 약초차를 샀는데요."

"그랬지."

"그때와 똑같은 걸 오늘도 살 수 있을까요."

미노루의 부탁에 스이는 고개를 끄덕였다.

"그럼. 바로 준비할게."

"고맙습니다. 아, 어떤 종류인지 적힌 종이를 가지고 왔는데……."

"괜찮아. 기억하니까."

"단골도 아닌데 제가 산 걸 기억하십니까?"

"당연하지. 내가 만든 차, 한 번 만난 적 있는 사람, 그걸 어떻게 잊겠어?"

스이는 종이를 받지 않고 약초가 든 수납장으로 갔다. 역시나 조금도 주저하지 않고 서랍을 열어 약초를 꺼냈다.

미노루는 오른쪽, 왼쪽, 위, 아래로 움직이는 스이의 뒷모습을 넋 놓고 바라보았다. 그러다 어디에선가 울음소리가 들려와 시선을 돌렸다. 모습이 보이지 않아 이상하다고 생각했는데 맞은편에서 회색 고양이가 나타나 카운터로 폴짝 뛰어올랐다.

"이야, 니케, 잘 지냈니?"

가만히 손을 내밀자 니케는 만지게 해주겠다는 듯 미노루의 눈앞에 앉았다. 미노루는 니케의 부드러운 등을 쓰다듬었다. 짧고 깔끔하게 정돈된 털의 결을 보아하니 스이가 정성스럽게 보살펴주는 게 분명했다.

"우리 집에도 고양이가 있어. 새까만 털을 가진 아이인데 이름은 쿠로란다."

니케가 에메랄드그린 눈망울로 미노루를 쳐다봤다. 유리구슬처럼 아름다운 눈동자는, 색은 다르지만 쿠로의 눈동자와 무척 닮아 있었다.

"언젠가 쿠로와 만나면 부디 친구가 되어주렴. 왠지 잘 맞을 것 같은 느낌이 들거든. 어쩌면 이미 친구일지도 모르겠구나."

쿠로는 예전에 바깥 산책을 다니기도 했고 고양이들의 커뮤니티는 넓다고 하니, 어딘가에서 한 번쯤 만난 적이 있을지도 모른다. 물론 그러면 좋겠다는 바람일 뿐 정말로 둘이 아는 사이일 거라 생각하지는 않았다.

하지만 친구가 되어달라는 말은 진심이었다. 만약 기회가 있다면 그 아이와 실컷 놀아달라고. 뛰어다니기를 좋아하는 활발한 아이니까 공원에서 뛰놀고, 나비를 쫓아다니고, 놀다 지치면 햇살 드는 곳에서 같이 낮잠을 자달라고.

"자, 다 됐어."

카운터로 돌아온 스이가 봉투에 담은 찻잎을 내밀었다. 양은 전과 비슷했다. 지난번에는 열 번 정도 마셨으니 미노루에게는 충분한 양이었다.

"감사합니다."

"별말씀을."

미노루는 하나에가 들고 있던 가방에서 지갑과 함께 개인전 안내장을 한 장 꺼냈다.

"이걸 드리고 싶었어요."

"고마워. 이게 뭐야?"

스이가 카운터에 놓인 종이를 집어 들었다.

"조만간 개인전을 열 겁니다. 취미로 그린 그림이지만 모처럼이니 다른 분들께도 보여드리고 싶어서요."

"와, 멋지네."

"괜찮다면 보러 와주시겠어요? 물론 무리하지는 마시고요. 편하게 생각해주세요."

제안은 했지만 스이가 보러 오리라고는 기대하지 않았다. 내키는 대로 살아가는 마녀는 분명 다 늙은 화가의 개인전 같은 데 관심이 없을 터였다. 말을 건네는 것이야 자유이니 그냥 말했을 뿐이다.

그런데…….

"응, 알았어. 갈게."

"정말입니까?"

스이의 대답은 의외였다. 입에 발린 말을 하는 성격은 아닌 것 같은데, 정말로 올 마음이 있는 모양이었다.

"와, 기쁘네요. 기다리겠습니다."

"나도 기대할게."

그러자 지금껏 얌전히 있던 니케가 돌연 냐옹냐옹 울기 시작했다. 스이를 올려다보며 무어라 말을 하는 듯했다.

스이는 고개를 니케 쪽으로 기울인 채 고개를 끄덕거렸다. 사역마인 니케와는 대화할 수 있다고 했는데…… 미노루에게는 단순한 고양이 울음소리로밖에 들리지 않는 이 소리가 스이에게는 언어로 들리는 것일까.

"미노루."

스이가 고개를 기울인 채 미노루에게로 시선을 돌렸다.

"개인전 여는 곳에 고양이도 들어갈 수 있어?"

"음, 글쎄요……. 하나에, 혹시 알아?"

"죄송합니다. 고양이 그림만 있는 전시회라 고양이도 들여보내고 싶은데, 갤러리에는 동물을 데리고 들어가지 못할 거예요. 알레르기 있는 사람이 올 수도 있고……."

"그렇겠군. 어쩔 수 없네. 니케, 포기해."

니케도 미노루의 개인전에 가고 싶다고 말한 모양이었다. 미노루에게는 무척이나 기쁜 일이었고 니케가 와주면 정말 좋을 것 같았지만, 마녀와 마녀의 고양이라고 해서 특별 대우를 할 수는 없다. 스이와 니케가 그런 특혜를 바랄 리도 없었다.

"팸플릿이 완성되면 갖다줄 테니 그걸로 참아주렴."

미노루가 머리를 쓰다듬자 니케는 그걸로 된다는 건지 안 된다는 건지, 무어라 중얼거리듯 울었다.

미노루는 니케의 말을 알아들을 수 없다. 하지만 니케는 미노루의 말을 분명히 이해하는 듯했다. 역시 일반 고양이와는 다르다. 마녀도, 사역마도, 미노루에게는 신기하기만 한 존재였다.

"니케, 네가 다른 사람 손길을 허락하다니 별일이네."

스이가 카운터에 팔꿈치를 얹고 턱을 괴었다.

"미노루가 마음에 드나 봐?"

니케는 같은 높이에 있는 스이의 눈동자를 바라보았다. 사랑스럽게 새어 나오는 울음소리는 스이의 물음에 대한 대답일까.

"질투는 아닌데. 내가 질투해주기를 바란 거야?"

스이가 웃자 니케는 무어라 옹알거리며 이마를 스이에게 갖다 댔다. 스이도 친구의 동그란 머리에 뺨을 갖다 댔다.

흐뭇하기 그지없는 광경이었다. 둘을 바라보며 미노루는 자신의 유일한 가족을 떠올렸다.

"사이가 좋네요."

언어와 마음을 나눌 수 있는 그들이 부러웠다. 말하지 않아도 서로 통한다는 건 안다. 하지만 언어라는 확실한 형태로 전하고 싶을 때도 있다. 꼭 듣고 싶은 말도 있다.

"그야 그렇지. 계속 같이 있으니까."

"네. 무척 끈끈한 인연으로 이어진 것 같아 보입니다."

"고마워. 당신이 그렇게 말한다면 그게 맞겠지."

스이는 몸을 일으켜 니케의 목덜미를 쓰다듬었다.

"그래도 니케는 고양이야. 고양이는 제멋대로니까 외면당할 때도 많아. 내 말을 듣는 경우는 극히 드물어."

"그렇습니까? 상대가 당신인데도?"

"물론이지. 고양이는 상대가 마법사든 사람이든 상관없어. 자기 외에는 다 똑같은 남이야."

"그렇군요."

"당신 친구는 어때?"

예상치 못한 질문에 눈만 끔벅거리자 스이는 아름답게 미소 지으며 말을 이었다.

"변덕스럽고 자유분방한 고양이가 자기 자유보다 타인을 우선한다면, 그건 그 사람을 무엇보다도 사랑한다는 증거야."

동의한다는 듯 니케가 냐아 하고 울었다.

미노루는 쿠로를 떠올렸다.

쿠로는 병들어가는 자신의 곁을 한결같이 지켜주고 있다. 미노루에게는 놀아줄 수 있는 체력이 더는 남아 있지 않은데도 지겹지도 않은지 매일 옆에 있어준다.

쿠로의 온기가 있다는 사실만으로도 얼마나 든든한지, 얼마나 평온하게 일상을 살아갈 수 있는지.

쿠로는 미노루와의 나날을 어떻게 느끼고 있을까. 어째서 옆에 있어주는 것일까.

"언어는 확실히 중요하지. 하지만 마음을 전할 수 있는 방법이 그것뿐인 건 아니야."

마음을 들여다보고 있다는 듯이 스이가 말했다.

미노루는 고개를 끄덕일 수 없었다.

스이에게서 산 약초차를 마시면 확실히 몸이 편안해졌다. 다만 어디까지나 일시적이었고, 약효도 점점 떨어졌다.

날로 몸이 악화되어갔다. 제대로 먹지도 자지도 못하고, 눈가는 움푹 꺼졌으며, 피부는 이미 산 사람의 색이 아니었다. 몸속 깊은 곳에서부터 통증이 극심했다. 독이 될 정도로 강력한 진통제를 복용해도 가시지 않았다.

남은 시간이 속절없이 줄어들고 있다는 게 느껴졌다. 확실하게 죽음이 코앞으로 다가와 있었다.

그런 와중에도 미노루는 계속 그림을 그렸다. 개인전을 위해 새롭게 그려내는 작품이다.

주인공은 당연히 쿠로였다. 처음에는 정면에서 바라본 모습을 그리려 했지만 생각을 바꿔 옆모습을 그리기로 했다.

앞으로 살짝 접힌 귀, 다정한 금빛 눈망울, 매끈한 콧날, 자다 일어나면 한 번씩 엉뚱하게 접혀 있는 긴 수염. 칠흑 같은 밤을 연상시키는 아름다운 검은 털에, 햇빛에 감싸인 둥그스름한 윤곽. 자신의 눈에 비친 쿠로의 모습을 새하얀 캔버스에 붓질을 거듭하며 그려나갔다.

몸 상태는 최악이지만 손놀림은 거침없이 가벼웠다. 의자에 앉아 있기조차 버거워도 손을 멈추지 않았다. 숨 쉬는 것마저 피로하건만 미노루는 결단코 쉬지 않았다.

이상한 상황이다. 다 죽어가는 몸은 지금, 생존을 위한 모든 힘을 그림에 쏟고 있었다.

　미노루는 수십 년간 그림을 그려왔다. 그중에는 많은 사람의 박수를 받은 작품도 있었다. 하지만 지금 그려내는 이 그림이야말로 인생에서 제일가는 걸작이 되리라 미노루는 확신했다.

　반드시 완성해야 한다. 이 작품을 완성할 때까지는 절대 죽을 수 없다.

　"완성하지 못하면, 죽어서도 편히 눈을 감지 못할 거야."

　떨리는 손끝에 힘을 실어, 꽉 쥔 붓으로 캔버스에 색을 입혀 나갔다.

　일심으로 그려나가는 미노루를 검은 고양이 쿠로가 가만히 바라보고 있었다.

　개인전 개최까지 사흘이 남았다.

　대부분의 그림은 전시 준비를 마쳤지만 딱 한 점, 새로 그리고 있는 그림이 준비되지 않았다. 아직 완성되지 않은 것이다.

　미노루는 최근 며칠 동안 오직 그림만 그렸다. 하나에가 쉬라고 만류했지만 캔버스 앞을 떠나는 법이 없었다.

　어차피 자고 싶어도 잠들지 못하는 몸. 미노루는 한계가 올

때까지 붓을 놀리다 오밤중에 기절하듯 잠깐 잠들고, 다시 눈을 뜨면 붓을 들었다. 그러다 몸에 마침내 진짜 한계가 찾아왔다.

미노루는 그림을 거의 완성했다. 완성할 예정이었다.

머릿속으로 그리던 장면이 눈앞 캔버스에 그대로 나타났다. 쿠로의 아름다움, 사랑스러움, 고상함, 다정함, 선명한 생명력이 평면에 깃들어 있다.

짐작대로 미노루 인생 최고의 역작이었다. 이 이상의 그림은 없다고 할 수 있을 정도의 작품이었다.

그런데…… 뭔가 부족했다.

"어째서. 대체 무엇이."

이렇게나 완벽한데, 도무지 완성작이라 할 수가 없었다.

왜일까. 뭐가 빠졌을까. 알 수 없었다. 알 수 없었지만 확실히 뭔가 부족했다. 부족한 상태로는 완성 지을 수가 없다.

"……흡."

거친 소리가 작업실에 울렸다. 그게 자신의 호흡 소리임을 미노루는 깨닫지 못했다.

미노루는 붓을 들었다. 부족하다면 그릴 수밖에 없다. 뭐가 됐든 일단 그려보자, 그런 생각으로 사납게 물감을 떴다.

캔버스로 향하는 오른손에 붓은 없었다. 달그락, 바닥에 뭔가가 떨어지는 소리가 났다.

그와 동시에 여태껏 경험해보지 못한 극심한 통증이 온몸을 뒤덮었다. 정신을 차리고 보니 의자에서 떨어져 바닥에 엎드려 있었다.

"윽……."

장기가 으스러질 것 같다. 숨이 막힌다. 몸이 움직여지지 않는다. 죽는 건가? 이대로 정말 죽어버리는 건가?

통증으로 인한 고통보다, 죽음에 대한 공포보다, 그저 그림을 완성하고 싶다는 초조함이 더 컸다. 아직 죽을 수 없다. 죽고 싶지 않다. 이 그림을 다 그리기 전까지는.

"쿠로."

신음하는 목소리로 퍼뜩 이름을 불렀다.

그제야 미노루는 알아챘다.

쿠로가 곁에 없다는 사실을.

"쿠로?"

흐려지는 시야 속에서 필사적으로 쿠로를 찾았다. 하지만 작업실 어디에도 사랑하는 고양이는 없었다.

언제나 항상 옆에 있었는데. 항상 옆에 있어줬는데.

그런 쿠로가, 어디에도 없었다.

"선생님!"

미노루가 쓰러진 소리에 하나에가 달려왔다.

'하나에, 쿠로가 없어.'

입속에서 맴도는 말을 뱉어내지 못한 채 의식을 잃었다.

아내는 갑자기 세상을 떠났다.

감기에도 잘 걸리지 않는 건강 체질이던 아내는 그날 아침에도 환하게 웃었다.

작업실에서 그림을 그리고 있던 미노루에게, 장을 보러 슈퍼마켓에 다녀오겠다고 말하고 나가서는 다시 돌아오지 못했다. 장을 보던 중 심장 발작을 일으킨 것이다.

연락을 받고 미노루가 병원에 달려갔을 때 아내는 이미 호흡이 멈춘 상태였다. 차갑게 식은 몸만 누워 있었다.

손을 잡아도 마주 잡아주지 않고, 온기를 나눠주지도 않았다.

그저 꿈이길 바라며 눈을 질끈 감았다 뜨기를 몇 차례. 그러나 냉혹한 현실은 그대로였다.

그때 미노루의 몸에서 무언가가 홀연히 빠져나갔다. 이름을 붙일 수 없는, 무척이나 따뜻했던 그것을 아내가 하늘로 가면서 같이 가져가버렸다.

아내는 사랑이 많은 사람이었다. 아내와 함께하는 인생은 너무나도 행복했다.

아내는 미노루에게 넘치도록 사랑을 주었다. 하지만······ 과연 자신도 그만큼의 사랑을 아내에게 주었던가. 미노루는 몇 번이나 자문했다.

아내는 자신의 인생을 어떻게 느꼈을까.

망설인 적은 없었을까. 후회는 없었을까.

둘이 함께 살아온 나날은 아내에게 무엇을 남겼을까.

'당신은, 행복했습니까?'

아내에게 묻고 싶었다. 아직 묻지 못했는데, 아내는 그의 곁을 떠나버렸다.

그래서.

그래서 이번에는 꼭 살아 있는 동안 물어보고 싶었다.

눈물이 날 만큼 애정과 행복을 채워준 소중한 가족에게.

한 번 더, 이 몸을 따뜻한 온기로 채워준 그 아이에게.

세상에서 가장 행복하길 바라는 너에게.

'나와 함께한 시간, 넌 행복했니?'

그렇게, 묻고 싶었다.

눈을 뜨니 낯선 방이었다.

살풍경한 천장이다. 어둡고 조명도 꺼져 있다. 하지만 칠흑같지는 않았다. 문에 달린 작은 유리창으로 복도 불빛이 들어오고 있었다.

침대에 누운 미노루 몸에 몇 개의 호스가 연결되어 있었다.

이곳은 병원이다. 작업실에서 쓰러진 뒤 실려 온 듯했다. 그대로 죽는 줄만 알았는데 어쩐 일인지 살아남은 모양이다.

"아, 일어났네."

목소리가 들리는 쪽으로 천천히 시선을 돌린다.

침대 옆에 아름다운 소녀가 앉아 있었다.

"마녀님……."

갈라진 목소리로 부르자 스이는 환영처럼 미소 지었다.

미노루는 스이가 왜 여기에 있는지 알 수 없었다. 하나에가 연락했을까. 아니, 누군가를 불러야 했다면 평소 가깝게 지내던 사람들을 불렀을 터였다. 안면이 있는 정도일 뿐인 스이에게 연락했으리라는 생각은 들지 않았고, 스이 또한 미노루가 쓰러졌다고 해서 일부러 달려올 리는 없을 터였다.

그런데 어째서 종달새 언덕의 마녀가 여기 있는 것일까.

"마법 의뢰가 들어왔거든."

마음의 소리를 들었다는 듯 스이가 말했다.

스이가 의자에서 일어나자 로브 위에 건 펜던트가 보였다. 새장 모양의 펜던트에는 전처럼 초록빛 돌이 들어 있었다.

그 돌이, 빛을 내뿜고 있다.

다른 빛을 반사하는 게 아니다. 돌 자체가 빛을 발하고 있다.

자세히 보니 미노루 자신의 몸도 같은 색의 희미한 빛에 에워
싸여 있다.

"아, 걱정 안 해도 돼. 마법 때문에 이런 거니까."

스이가 미노루의 가슴에 손을 얹었다. 알아들을 수 없는 말을
중얼거리자 몸을 감싸고 있던 빛이 사라졌다. 사라졌다기보다
는 미노루의 몸속으로 스며든 것처럼 느껴졌다.

"병이 몸을 완전히 집어삼키려는 걸 아주 잠깐 멈췄어. 아무
것도 하지 않았다면 지금쯤 죽은 사람이겠지만, 내 멋대로 생명
의 기한을 잠시 연장했어."

스이가 담담하게 늘어놓은 사실은 상상을 뛰어넘는 것이었
다. 하지만 이해할 수 있었다. 그렇지 않다면 살아 있을 리 없으
니까. 마법이란 정말로, 어떤 기적도 일으킬 수 있는 모양이다.

"……누구의 의뢰입니까?"

미노루는 소원을 빈 기억이 없다. 그렇다면 하나에일까. 하지
만 하나에가 이 시점에 이런 의뢰를 했으리라는 생각도 들지 않
았다. 그럼 누가…… 짐작 가는 사람이 없었다.

"쿠로."

스이가 대답했다.

미노루는 화들짝 놀라 탁해진 눈을 휘둥그레 떴다.

"쿠로가요?"

"나한테 의뢰했어. 아주 잠깐이라도 좋으니 미노루의 수명을 늘려달라고."

"동물과는 대화를 할 수 없을 텐데요."

"맞아, 못 해. 하지만 니케와 쿠로는 대화할 수 있지."

그리고 니케와 스이도 의사소통할 수 있다. 스이는 니케가 전한 쿠로의 소원을 들어준 것이다.

"당신의 친구는…… 아니, 가족은 아주 다정한 아이더군."

스이의 눈이 돌연 창문으로 향했다. 미노루도 그쪽으로 시선을 돌렸다.

창문이 열려 있고, 낮게 뜬 달을 등지고 고양이 두 마리가 창틀에 앉아 있었다. 한 마리는 에메랄드그린 눈동자를, 다른 한 마리는 황금빛 눈동자를 반짝였다.

미노루를 부르듯 귀에 익은 울음소리가 들려왔다. 알아들을 수 없는데도 분명 자신을 부르고 있다는 확신이 들었다.

"쿠로는 이렇게 말했어. 미노루를 조금만 더 살게 해달라고. 마지막 그림을 완성할 때까지만."

고양이 한 마리가 창문에서 폴짝 내려와 미노루 쪽으로 뛰어들었다. 침대에 올라온 쿠로는 동그란 이마를 미노루의 뺨에 갖다 댔다.

"쿠로……."

밤의 빛깔을 머금은 털에서 따스한 햇살의 향기가 느껴졌다.

자그마한 몸이 나눠주는 온기가 죽어가는 몸에 생명을 불어넣었다.

"쿠로."

미노루는 힘이 들어가지 않는 팔을 간신히 들어 올려 쿠로를 어루만졌다. 눈물이 흘러내렸다.

볼을 맞댄 한 사람과 한 고양이. 그들의 모습을 종달새 언덕의 마녀가 조용히 바라보았다.

다음 날, 미노루는 집으로 돌아왔다.

미노루가 뜻밖에 기운을 차려 퇴원을 희망한 점, 입원하더라도 근본적인 치료는 불가능하다는 점에서 주치의가 퇴원을 허락해주었다. 하지만 이른 아침 병원에 온 하나에는 역시나 맹렬히 반대했다.

"쓰러진 지 얼마나 됐다고 집에 가시겠다는 거예요. 절대로 안 돼요. 병원에서 제대로 치료를 받으세요."

"하지만 병원에서도 이 이상 해줄 수 있는 게 없대. 집으로 돌아가서 그림을 그리고 싶어. 부탁이야."

"무리해서 그리다가 쓰러지셨잖아요! 또 그러시려고요?"

"이제는 안 그럴 거야. 상태 살펴가면서 그릴게."

"……정말이죠? 약속하시는 거예요?"

"응. 약속해."

"조금이라도 몸에 이상이 느껴지면 바로 저 부르세요. 절대 무리하지 마시고요."

그러지 않으면 침대에 묶어서라도 입원시키겠다고 해서 미노루는 연신 고개를 끄덕였다. 걱정 끼쳐서 미안하다고 사과하자 하나에는 얼굴이 벌게지더니 눈물을 쏟았다.

집으로 돌아오자마자 작업실로 향했다. 작업실에서 쿠로가 미노루를 올려다보며 "냐아" 하고 울었다.

"다녀왔어, 쿠로. 금방 완성할 테니 조금만 기다려줘."

미노루는 의자를 바로 하고 앉았다. 정면에는 미완성 상태의 캔버스가 놓여 있었다.

분명 다 그렸는데도 뭔가가 부족했다. 부족하던 게 무엇인지 이제는 안다.

"쿠로."

나지막이 부르자 쿠로는 폴짝 뛰어올라 미노루의 무릎에 앉았다. 미노루는 오른손으로 붓을 움직이며 왼손으로 쿠로를 쓰다듬었다.

"나는 말이야, 종달새 언덕의 마녀가 동물과 이야기할 수 있다면 네 말을 통역해달라고 부탁하고 싶었어. 네게 묻고 싶은 게 있었으니까. 나와 함께 지낸 시간이 행복했는지 물어보고 싶었어."

쿠로는 가르릉가르릉 소리를 냈다. 미노루는 캔버스의 공백에 색을 얹어나갔다.

"그런데 그럴 필요가 없더구나. 말하지 않아도 이제는 알아. 너와 나 모두 행복했다는 걸. 서로를 만나 무척이나 행복했다는 걸 말이야."

둘은 이루 말할 수 없이 소중한 나날을 보냈다.

그 시간이, 그토록 알고 싶던 물음에 대한 대답이었다.

"쿠로, 그렇지?"

고양이는 대답이 없었다. 그저 미노루에게 몸을 기대고 있을 뿐이었다.

앙상하고 차가운 손에 온기를 나눠주기라도 하듯, 마지막까지 쿠로는 한순간도 떨어지지 않았다.

종달새 언덕 상점가에 있는 작은 갤러리 1층에서 '쿠로와 나'라는 타이틀로 개인전이 열렸다. 대대적으로 홍보하지 않았음에도, 저명한 화가가 십몇 년 만에 개인전을 연다는 사실이 화제를 모아 마을 안팎에서 많은 사람이 찾아왔다.

하지만 닷새간의 전시 기간 동안 화가는 한 번도 갤러리에 모습을 드러내지 않았다.

전시 마지막 날, 종료 시각인 오후 5시를 십 분 남긴 시점에는 갤러리에 관람객이 거의 없었다.

아직 바깥은 환한 데도 어딘가 노을 질 무렵의 적적함이 감돌던 갤러리에 한 소녀가 찾아왔다. 아름다운 용모에 진녹색 로브를 두른 소녀는 마을에 사는 종달새 언덕의 마녀, 스이였다.

스이는 천천히 그림을 둘러보았다. 벽에 걸린 그림에는 온통 검은 고양이가 그려져 있었다. 태평하게 잠든 얼굴, 새침한 얼굴, 심기가 불편해 보이는 얼굴, 방심한 듯 풀어진 얼굴. 고양이의 다채로운 표정이 선명하게 담긴 그림에는 고양이를 향한 화가의 애정과, 화가를 향한 고양이의 신뢰가 묻어나는 듯했다.

차례차례 보다가 어느덧 갤러리 가장 안쪽에 전시된 그림 앞에 섰다. 스태프 말에 따르면 개인전 첫날 아침에야 완성된 작품이라고 했다.

역시나 검은 고양이가 그려져 있다. 하지만 나머지 작품과는 다른 점이 있었다.

검은 고양이 옆에 한 노인이 있었다. 노인을 부드러운 눈빛으로 올려다보는 검은 고양이 쿠로와, 인자한 미소로 사랑하는 고양이를 내려다보는 미노루의 옆얼굴이었다.

스이는 마지막 그림을 보고 갤러리에서 나왔다.

문을 연 곳에 검은 고양이가 앉아 있는 게 보였다. 검은 고양이는 스이를 올려다보며 한 번 울고는 어딘가로 걸어가버렸다.

스이는 그 뒷모습을 배웅하듯 바라보다 반대 방향으로 걷기 시작했다.

늦여름의 미적지근한 바람이 불어왔다. 종달새 언덕의 마녀는 자신의 가게로 발걸음을 옮겼다.

3
장

가을비의 이정표

하루코는 노트를 찢어 버렸다. 휴지통은 이미 구겨진 종이로 가득했다.

인명, 지명, 색, 풍경. 머리에 떠오르는 것이든 그렇지 않은 것이든 닥치는 대로 노트에 적었다. 하지만 진전이 없었다. 무의미한 말만이 백지를 채우고는 쓰레기가 되어 버려졌다.

하루코는 관자놀이를 꾹 눌렀다. 어떻게든 아이디어를 짜내야 했다. 하지만 고민하면 할수록 아무 생각도 떠오르지 않고 시간만 흘러갔다. 아주 사소한 계기만 쥐어 짜내면 어떻게든 굴러갈 것 같은데, 그 사소한 무언가조차 나오지 않는다. 머릿속에 이야기가 떠오르지 않는다.

하루코가 소설가로 데뷔한 지도 어언 팔 년이 되어간다.

지금까지 단행본 일곱 권과 문고본 열다섯 권을 출판했다. 화제가 된 작품이 없어 결코 잘나간다고는 할 수 없지만 계속해올 수 있던 것만으로도 운이 좋은 편이라고 생각한다.

하지만 그렇게 근근이 이어온 작가 생활도 이제는 정말 끝나 버릴지 모른다.

소설을 출판한 지 거의 일 년이 다 되어간다. 일 년 동안 하루코는 소설가로서의 활동을 한 번도 하지 않았다. 아니, 하려고는 했다. 담당 편집자에게 차기작 요청도 받았고, 집필에 쓸 수 있는 시간도 충분했다.

하지만 쓰고 싶은 이야기가 없었다. 편집자가 테마와 키워드를 제시해줬지만 거기에서 이야기가 부풀어 오르지 않았다. 그렇다면 내가 쓰고 싶은 걸 써보자 생각했지만 역시나 아이디어가 떠오르지 않았다.

지금까지도 몇 차례 슬럼프에 빠진 적이 있다. 원고가 막혀서 쓰지 못하는 날이 이어지기도 하고, 제출한 소재가 거절당하기도 했다. 개연성 있는 전개가 떠오르지 않아 플롯을 만드는 데 오랜 시간을 할애하기도 했다.

이번은 그때와 완전히 달랐다. 제로 상태에서 한 발짝도 나아가지 못하는 상태. 이야기가, 부스러기조차 잡히지 않았다. 원고를 쓰기는커녕 플롯을 만드는 일조차 못 하고 있으니 소설을 쓰려 해도 도무지 쓸 수가 없었다.

적어도 소재라도 있으면 담당 편집자에게 제시해볼 수 있을 텐데. 지금은 달랑 줄거리 세 줄도 못 쓰고 있다. 연락을 하지도 못하겠고, 편집자는 단순한 업무 상대이지 그다지 친근한 사이가 아니라 자신이 처한 상황을 의논할 수도 없었다.

어떤 출판사에서도 원고를 재촉하지 않았다. 무슨 수를 써서라도 하루코의 작품을 출판하고 싶다면 먼저 연락을 해올 터였다. 즉, 하루코의 작품을 원하지 않는다는 뜻이었다.

소설을 쓰고 싶다.

의욕이 없는 게 아니었다. 날이면 날마다 소재 노트를 펼치고 앉아 내키는 대로 썼다가 버리기를 반복하는 것이다.

소설을 쓰고 싶다. 그런데 쓰고 싶은 소설이 없다.

하루코는 막막했다. 이 상태로는 괜찮을 리 없다, 그렇게 생각하면서도 돌파구를 찾지 못한 채 초조하기만 한 하루하루를 보내고 있었다.

"어서 오세요."

평일 아침 7시. 하루코는 여느 때와 같이 집에서 그리 멀지 않은 찻집에서 아르바이트를 시작했다.

스트레스 때문에 밤잠을 설친 탓인지 이상하리만치 몸이 무거웠다. 눈 밑 그늘은 점점 짙어지고 거울 속에는 열 살은 더 들어 보이는 자신이 들어앉아 있다. 하루코는 거칠어진 피부를 화장으로 가리고 에너지 드링크를 마신 뒤 일을 시작했다.

문을 열고 들어오는 손님들을 향해 미소를 지었다.

"하루코 씨, 안녕? 늘 먹는 걸로 부탁해."

"나도 같은 걸로."

"네, 알겠습니다."

이 시간대에는 단골손님만 온다. 안내하지 않아도 늘 앉는 자리에 앉아 메뉴를 보지도 않고 주문했다.

하루코는 주문표에 햄 토스트와 뜨거운 커피를 두 개씩 체크한 뒤 주방으로 보냈다.

그러고는 얼마 지나지 않아 준비된 접시를 두 중년 여성 손님의 자리로 가져갔다. 일주일에도 몇 번은 오는 그들은 수다를 좋아하고 소문을 좋아했다. 언제나 있는 얘기 없는 얘기 즐겁게 나누며 찻집에서 오전 시간을 보냈다. 하루코는 그들의 이야기를 슬쩍 엿듣고 소설 소재로 참고하기도 했다.

"자기, 종달새 언덕의 마녀 알아?"

탁자에 햄 토스트를 내려놓는데 한 여성이 다른 여성에게 물었다. 이런 화제를 꺼내는 쪽은 늘 그쪽이다.

"들은 적은 있어. 어딘가에서 상점을 운영하고 있다지?"

"맞아, 맞아. 지인한테 들었는데 직장 후배가 거기 갔다 왔다더라고."

"그래서?"

"마녀가 마법을 써줬다더라."

어머, 하며 듣는 쪽이 놀람과 동시에 하루코도 마음속으로 같이 놀랐다. 뜨거운 커피를 내려놓던 손이 일순 멈췄다. 손님들은 눈치채지 못하고 이야기를 이어갔다.

"웬일이래. 원래 부탁해도 잘 안 들어준다며."

"맞아. 밑져야 본전이라는 심정이었는데 들어줬다지 뭐야."

"와, 부럽다. 어떤 마법이었을까?"

"글쎄, 그것까지는 모르겠어. 그래도 마법으로는 뭐든 다 가능하잖아. 자기라면 어떤 마법을 의뢰할 거야?"

"음⋯⋯. 단 걸 아무리 먹어도 살 안 찌는 마법?"

"그 전에 혈당치랑 체지방률부터 낮춰달라고 해."

"그래야겠다. 아니면 남편을 잘생긴 부자랑 바꿔치기해달라고 하든가."

"그래야겠네."

두 사람이 함께 깔깔거리며 웃었다. 하루코는 전표를 탁자에 올려두고 "맛있게 드세요"라고 말한 뒤 자리를 떴다.

종달새 언덕의 마녀. 하루코도 이름을 들어보았다. 하루코가 사는 도심부에서 제법 떨어진 시골 마을에 작은 상점을 운영하는 마녀가 있다고 했다. 마녀의 상점이지만 마법으로 장사하는 곳은 아닌데, 마법을 부탁하러 찾아가는 사람도 적지 않았다.

유명한 이야기라 소문 정도는 알고 있었다. 하지만 자신과는 아무 상관 없다고 생각했다. 마녀와 마법사는 부탁을 받아도 타인을 위해 마법을 쓰는 일이 거의 없다고 들었기 때문이다.

최근에도 글로벌 기업의 창업자가 병을 고치기 위해 어느 마법사에게 의뢰했지만 거절당했다는 뉴스를 본 참이었다. 보통 사람들이 평생 벌어도 모을 수 없는 거액을 사례금으로 제시했음에도 끝끝내 거절했다고 한다.

자유분방한 그들은 자신의 가치관에 따라서만 움직인다. 인간이 그들이 가진 기적의 힘을 사용할 기회를 얻는 것 자체가 그야말로 기적이었다.

그러니 하루코 자신과는 무관한 일이었다. 지금까지는 그렇게 생각했다.

"잘 먹었습니다."

세 시간 동안 충분히 수다를 즐긴 두 손님은 흡족하다는 듯 자리에서 일어났다. 하루코는 계산대로 가 계산을 했다. 거스름 돈을 건네고 포인트카드에 스탬프를 찍고 언제나처럼 "감사합니다"라고 하기 전, 하루코는 "저기⋯⋯" 하고 입을 뗐다.

"종달새 언덕의 마녀 이야기 하시는 걸 잠깐 들었는데요."

여성은 눈을 번쩍 떴다.

"혹시 하루코 씨도 관심 있어?"

"아, 아뇨, 관심이라기보다는."

"왜, 하루코 씨는 작가니까 일에 도움 될지도 모르잖아."

"어머, 그렇겠네."

자기들끼리 맞장구치는 두 사람을 향해 하루코도 애매하게 고개를 끄덕였다. 꼭 틀린 말이라고도 할 수 없다.

"마녀가 마법을 걸어줬다는 말이 사실인가요?"

"아, 그건 진짜인가 봐. 그 말을 해준 애가 거짓말할 타입은 아니거든. 정말 지인 부탁을 들어줬대. 엄청나지?"

"그, 마녀가 있는 곳이⋯⋯."

"가만 있자, 종달새 마을이라는 곳이고, 여기에서 가려면 좀 멀긴 한데⋯⋯ 그 마을에 있는 종달새 언덕 마법상점이래."

종달새 마을의 종달새 언덕 마법상점. 하루코는 여성의 말을 머릿속으로 되뇌었다. 거기에 마녀가 있다.

"알려주셔서 감사합니다."

"고맙기는. 혹시 마녀 소설 쓰게 되면 알려줘."

"날 소설에 등장시켜줘도 좋고."

두 사람은 밝게 웃으며 가게를 나섰다.

하루코는 손님을 배웅한 뒤 업무로 돌아왔다. 아직 안 한 다음 달 휴무일 신청은 오늘 하기로 마음먹었다.

하루코는 처음 와본 역의 개찰구에서 인적이 드문 작은 로터리를 내려다보았다.

시골이라고 들어서 논밭뿐이거나 산속일 거라 생각했는데, 종달새 마을 역 주변에는 의외로 건물이 들어서 있었다. 로터리 옆에 아치형 간판이 선 걸 보니 상점가가 있는 듯했다.

역에서 올려다보이는 언덕에 조성된 마을에는 집이 즐비했다. 나름대로 큰 마을인 모양이었다.

하지만 주위를 둘러보니 높은 건물은 하나도 없었다. 오가는 행인도 보이지 않았다. 이곳이 마을의 유일한 역인 데다 상점가가 바로 옆인데도.

하루코는 왠지 모를 불안함을 느끼며, 전화로 들은 약속 장소인 역 앞 로터리 느티나무 아래에서 기다렸다. 가을이라지만 블라우스에 카디건을 걸쳤더니 은근히 더워 소매를 걷어 올렸다.

종달새 마을에는 일주일 머무를 예정이다.

근무 일정을 조율해 아르바이트를 쉬고, 마을에 세 채 있던 민박집 중 한 곳을 예약했다. 일주일이나 숙박하는 사람은 극히 드물다고 했지만 그렇다고 수상히 여기지도 않았기에 계획한 일정대로 무난히 예약할 수 있었다.

짐이라고 해봐야 갈아입을 옷과 노트북, 새 노트 한 권, 필기도구가 전부. 마을에 머무르는 일주일 사이에 분명 모든 게 달라질 것이다. 그렇게 믿고 종달새 마을에 왔다.

로터리에서 십오 분가량 기다렸을 때, 자동차 한 대가 와서 섰다. 차량 옆면에는 하루코가 묵을 민박집 이름이 적혀 있다.

시동을 켠 상태로 차에서 사람이 내렸다. 오십대 정도일까, 키 작고 통통한 체형의, 사람 좋아 보이는 여성이었다.

"혹시 예약하신 분?"

이름을 물어와 하루코는 고개를 끄덕이며 대답했다. 여성은 자신을 민박집 주인이라고 소개했다.

"이렇게 일찍 와 있을 줄 몰랐네. 내가 시간을 착각했나 봐. 미안해요, 기다리게 해서."

"아뇨, 착각하지 않으셨어요. 제가 앞 열차를 타버렸거든요."

원래 하루코가 탈 예정이던 전철이 도착하려면 아직 삼십 분이나 남았다. 늦기는커녕 상당히 빨리 나와주었다.

"미리 연락 주지 그랬어요."

"기다리는 걸 별로 싫어하지 않아서요."

"이렇게 아무것도 없는 곳인데?"

주인은 웃으며 어깨를 으쓱였다.

뒷좌석의 문을 열어주어 짐 가방부터 실은 뒤 차에 올라탔다. 민박집은 마을에서도 특히 더 위쪽에 있었다. 마을 중심가를 내려다볼 수 있는 입지로, 경치가 좋은 게 민박집의 자랑이라고 주인이 말했다.

종달새 마을의 마을버스 중에는 역에서 민박집 근처까지 가는 노선이 없었다. 거리만 놓고 보면 아주 멀지는 않지만 가는 길이 대부분 언덕이라 도보로 가려면 상당히 힘들다고 했다.

"종달새 마을에는 언덕이 많아서 말이야. 어릴 때부터 살아서 나름대로 익숙하지만 이 나이가 되니 영 힘드네. 무릎이 비명을 지른다니까."

아줌마한테는 버거워, 하고 민박집 주인이 한탄했다. 하루코는 흔들리는 차에 몸을 맡긴 채 정말 그렇겠다고 생각했다. 아까부터 계속 완만한 언덕길을 오르고 있었기 때문이다. 짐 가방을 들고 이 길을 오른다 상상하니 말 그대로 진땀 꽤나 뺄 것 같았다. 분명 땀범벅이 되어 도중에 카디건도 벗어던지겠지.

"그나저나 젊은 여성분이 혼자 일주일씩이나 있다니. 이렇게

말하기도 좀 그렇지만 여기, 별로 즐길 거리는 없는데. 괜찮겠
어요?"

주인이 조심스럽게 물었다. 하루코를 파헤치려는 기색은 없
었고 여기에서 보낼 시간을 순수하게 걱정하는 듯했다.

"관광이 아니라 조용히 지내고 싶어서 왔어요. 게다가 생각보
다 젊지도 않아요."

"어머, 그래? 뭐, 내세울 건 없지만 평화로운 마을이니 느긋하
게 보낼 수 있을 거야. 여유 있게 지내다 가요."

백미러 너머로 주인과 눈이 마주쳤다. 악의 없는 미소에 하루
코는 입가로만 웃으며 화답했다.

달린 지 십 분이 채 되지 않아 목적지에 도착했다. 민박집은
경사면을 따라 펼쳐진 종달새 마을의 가장 높은 지대에 자리해
있었다. 뒷편은 더 높은 산으로 이어졌다.

하루코가 묵을 민박은 아담한 정원이 있는 오래된 전통 가옥
이었다. 모르고 보면 영락없는 일반 주택 같다. 슬쩍 물어보니
역시나, 원래는 주인 가족이 평범하게 생활하던 집이라고 했다.
부모님이 돌아가시면서 새로 단장해 민박집을 열었다고 한다.

우선 1층에서 접수를 마쳤다. 원래는 방 두 개였다는 널찍한
공간에 탁자와 소파를 놓고 공동 거실로 사용하고 있었다. 다른

투숙객에게 피해를 주지 않는 범위에서 자유롭게 이용할 수 있고, 식사도 할 수 있다고 주인이 설명해주었다.

"아, 그거? 멋진 그림이지?"

하루코가 벽에 걸린 그림을 보고 있다는 걸 알아챈 주인이, 종달새 마을에 사는 화가의 그림인데 약 십 년 전에 구입했다고 말해주었다. 예술에 문외한인 하루코는 처음 들었지만 저명한 화가라고 했다.

다음으로 2층 방을 안내받았다. 다다미방 두 칸이 이어진 곳으로, 입구에서 가까운 방에 사각 좌탁, 텔레비전, 냉장고가 있고 안쪽 방에는 금고와 이불이 있었다. 화장실, 세면실, 욕실은 공용이지만 지금은 투숙객이 적어 혼잡하지 않을 거라고 했다.

안쪽 방에는 벽 두 면에 커다란 창이 있다. 서쪽 창은 마을 쪽으로 나 있어 아랫마을과 선로, 저 멀리 바다까지 내다보였다.

"석식 시간은 저녁 7시. 방이나 아래층 거실 중 편한 데서 먹으면 되는데, 어떻게 할래요?"

멍하니 경치를 바라보던 하루코에게 차를 내주며 주인이 물었다.

"아, 네. 거실에서 먹을게요."

"그래요. 마을에서 가보고 싶은 곳이 있으면 안내해줄 테니 편하게 얘기하고."

"네…… 저, 그럼 지금 여쭤봐도 될까요?"

하루코는 저도 모르게 카디건 소매를 꽉 움켜쥐었다.

일주일이나 머무르기로 한 데에는 이유가 있다. 마을에 온 가장 중요한 목적을 뒤로 미루려고 그런 결정을 한 건 아니다.

"종달새 언덕 마법상점에 가고 싶어서요."

하루코는 큰 결심을 하고 꺼낸 말이었는데 주인은 별반 놀라지 않았다.

"그래요? 혹시 마녀 약 사러 온 건가? 아, 이런 거 캐물으면 실례겠다. 마녀 약은 효과가 좋아서 나도 추천해요. 그리고 맛 좋은 차도 팔고."

"그렇군요."

"지금 건 평범한 녹차지만 우리 민박에도 마법상점 차가 몇 종류 있거든. 저녁에는 그걸로 준비해줄게요."

"감사합니다……."

하루코의 예상보다 더 많은 사람이 종달새 언덕의 마녀를 만나기 위해 이곳을 찾는 모양이었다. 마법 때문만이 아니라 마녀가 만드는 약이나 차를 사기 위해 멀리서 걸음하는 사람도 있다고 했다.

"마법상점 갈 거면 잠시만 기다려봐요. 요리 재료 손질만 얼른 끝내고 올 테니까."

"아니에요, 저기, 길만 알려주시면 혼자 갈게요."

"그래요? 걸어가려면 시간이 좀 걸릴 텐데."

"괜찮습니다. 산책도 하고 싶어서요."

주인은 고개를 끄덕이더니 일단 방을 나갔다가 다시 돌아왔다. 건네받은 종이에는 민박집에서 종달새 언덕 마법상점까지 가는 길이 지도로 그려져 있었다. 하루코는 거기 의지해 곧장 종달새 언덕의 마녀를 찾아가기로 했다.

마법상점은 종달새 언덕이라는, 마을과 이름이 같은 언덕 중턱에 있다고 한다. 종달새 언덕은 민박집보다 낮은 지대이지만 언덕 위쪽 길이 복잡하니 지도상에는 아래쪽으로 내려갔다 다시 올라가라고 표시되어 있었다.

종달새 언덕은 차가 들어갈 수 없는 좁은 돌길로 된 오르막이었다. 담장 안쪽에서 자란 키 큰 나무가 때때로 지붕처럼 언덕길에 그늘을 드리웠다. 둘러봐도 사람은 없었다. 고요하고도 태평한 공기가 흐르는 느낌이다.

하루코는 굽 낮은 펌프스를 신고 언덕을 오르기 시작했다. 지도에 상점이 오른쪽에 있다고 해서 길 오른편 건물을 주의 깊게 살폈다.

그러다 한 건물에 눈길이 갔다.

문 양쪽에 창문이 난, 세모난 지붕의 아담한 나무 집. 문으로 이어지는 계단 옆의 긴 직사각형 화분 두 개에는 용담이 피어 있었다.

내걸린 간판에 '종달새 언덕 마법상점'이라고 적혀 있다. 착오 없이 목적지에 도착한 듯했다.

하루코는 심호흡을 한 뒤 철제 문손잡이를 잡아당겼다.

딸랑, 경쾌하게 종소리가 울렸다.

"그래, 어서 와."

식물이 가득한 실내에 한 소녀가 있었다. 인형으로 착각할 만큼 아름다운 소녀였다. 진녹색 로브에 붉고 긴 머리카락. 자연광 외에는 조명이 없는 실내에서도 홀연히 떠오르듯 반짝이는 눈동자. 그대로 판타지 소설의 주인공이 될 수 있을 것 같았다.

소녀는 식물에 물을 주기 위해 들고 있던 양철 물뿌리개를 내려놓고 "나는 스이"라며 미소 지었다.

하루코는 자신의 이름은 밝히지 않고 작게 "안녕하세요"라고 인사했다.

"당신은 무슨 일로 왔지?"

"저기, 저는 종달새 언덕의 마녀를 만나러 왔는데요."

"그래."

"종달새 언덕의 마녀는 어디에 계시죠?"

"상점에는 나밖에 없어. 여기는 내 가게니까."

"그럼……."

스이는 빨간 눈동자로 하루코를 바라보았다. 하루코는 어깨에 걸친 가죽끈을 꽉 움켜쥐었다.

"당신이 종달새 언덕의 마녀라는 뜻인가요?"

하루코가 묻자 스이는 미소를 띤 채 동그란 눈을 가늘게 떴다.

"그렇게 불리기는 해."

"아니…… 당신이?"

가보면 알 수 있을 거라 생각하고 마녀의 생김새까지는 물어보지 않았다.

마녀들은 하나같이 아름답다. 스이의 외모를 보면 마녀의 특징을 충족하고도 남는다. 그래도 설마 열다섯 남짓의 소녀 모습일 줄은 몰랐다.

물론 마녀이니 신기해할 일은 아니다. 열다섯으로 보여도 실제 나이가 열다섯이라는 보장은 없다. 실제로는 하루코보다 나이가 훨씬 많을지도 모른다. 아니, 종달새 언덕 마법상점의 역사를 생각하면 확실히 나이가 더 많다.

하지만 하루코는 스이를 보고 영문 모를 위화감을 느꼈다. 어쩐지 얼떨떨했다. 정말 이 소녀가 종달새 언덕의 마녀인가.

"그…… 스이, 씨."

"스이라고만 해도 돼."

"스이…… 저기, 저는."

의심해본들 뾰족한 수는 없었다. 여기에는 누가 봐도 스이뿐 이니 그 말을 믿을 수밖에……. 이 소녀가 종달새 언덕의 마녀 라고 믿을 수밖에 없었다.

"당신에게 마법을 부탁하러 왔어요."

하루코의 고백에 스이는 조금도 놀란 기색 없이 "오호"라고 중얼거렸다.

"어떤 마법?"

"재미있는 소설 아이디어가 샘솟는 마법요."

"소설?"

"네. 저에게 머릿속에 끊임없이 이야기가 샘솟는 마법을 걸어 주세요."

아르바이트를 하는 찻집에서 종달새 언덕의 마녀 이야기를 들었을 때가 떠올랐다.

마법은 어떤 기적이든 행할 수 있다고들 한다. 그렇다면, 마 법의 힘을 빌릴 수 있다면 한 번 더 소설을 쓸 수 있지 않을까.

문장을 쓰는 일 자체는 고통스럽지 않다. 머릿속에 있는 이야 기를 글로 풀어낼 수는 있다. 지금 결여된 건 아이디어였다. 풀 어나갈 이야기가 없으면 아무것도 쓸 수 없다. 그러니 마법으로

끄집어낼 수 있으면 좋겠다고 생각했다.

마법으로 그 구멍을 메울 수만 있다면, 하루코는 소설을 계속 쓸 수 있다.

앞으로도 소설가로 살아갈 수 있다.

"부탁드립니다. 부디 제게 희망을 주세요."

하루코는 허리를 깊숙이 숙였다.

수수한 회색 롱스커트와 낡아빠진 펌프스의 발끝이 시야에 들어왔다. 어느덧 사회에서 말하는 결혼 적령기의 마지노선에 들어섰다. 나이를 먹었다는 뜻이다. 그럼에도 멋 부리는 데는 관심이 없었다. 최소한으로 매무새만 정돈할 뿐, 미용이며 화려한 라이프스타일에도 흥미가 없다. 연애와도 거리가 멀다. 하물며 결혼 같은 건 더더욱 상관없는 이야기다.

그걸로 충분했다. 단조로운 생활이지만 남들에게 손가락질받을 일도 아니다. 하루코에게는 이 인생이야말로 최선이었다. 만족스러웠다. 소설만 계속 쓸 수 있다면 더 바랄 것이 없었다.

"고개 들어."

스이의 말에 천천히 상체를 들었다.

눈앞에는 소설 속 주인공처럼 아름다운 소녀가 있다. 진녹색 로브 차림으로, 붉고 긴 머리카락을 부드럽게 살랑이며.

목에는 새장 모양의 펜던트를 걸고 있다. 새장 안에는 돌이 들어 있는 듯했다. 소나무처럼 영원히 푸르를 것만 같은 초록빛이었다. 무슨 돌일까.

"하루코."

스이가 작게 발소리를 내며 걸어오더니 하루코 바로 앞에 멈춰 섰다. 이름을 말한 적이 없는데 자신을 불러 깜짝 놀랐다.

"마법으로 소원을 들어줄 수는 있어."

스이는 뒤이어 "하지만" 하며 말을 이었다. "그렇게 해서 훌륭한 소설을 쓸 수 있게 된다면, 당신은 행복할까?"

뜻밖의 질문이었다.

그러나 하루코는 망설이지 않았다.

"행복할 거예요."

하루코는 냉큼 대답했다. 스이는 "그렇군" 하고 짧게 내뱉더니 한동안 침묵을 지켰다.

스이의 두 눈이 하루코를 응시했다. 하루코는 눈길을 피하지 않고 부자연스러운 호흡을 반복하며 대답을 기다렸다.

"너의 부탁, 거절할게." 스이가 말했다.

하루코는 눈이 동그래졌다. 어깨에 멘 가방끈이 팔꿈치까지 주르륵 흘러내렸다.

"······어째서요?"

"아무리 생각해봐도 내키질 않아."

"왜요? 안 돼요. 부탁드려요. 제발요. 뭐든지 할게요."

"네가 해주지 않더라도 내 힘으로 뭐든 할 수 있어."

"뭐든 할 수 있다면 제게 마법을 걸어주세요!"

"뭐든 할 수 있어도 할지 말지는 내 자유야."

하루코가 매달려도 스이는 표정 하나 바뀌지 않았다. 시원스러운 눈길로 내려다보기만 할 뿐, 아무리 애원해도 고개를 끄덕이지 않았다.

"제발…… 부탁이에요."

"같은 말 계속해봐야 소용없어. 나도 계속 같은 말 할 테니까."

소원은 들어줄 수 없다고, 스이는 딱 잘라 말했다.

"……말도 안 돼."

하루코는 갈라진 목소리로 탄식했다.

이 마녀에게 인정이라고는 없는 걸까. 이렇게 애원하는 모습을 보고도 마음이 흔들리지 않는 걸까.

인형처럼 아름다운 마녀는 심장까지도 인형인 듯했다. 이렇게 필사적으로 부탁하는데. 이렇게 간절히 마법을 원하는데.

이제 마법 말고는 방법이 없는데.

"아, 알았다……. 그래, 역시, 그런 거였어."

하루코는 스이에게서 떨어진 뒤 한 발짝 한 발짝 뒷걸음질 쳤다. 가구에 등이 통 부딪히고 뭔가 넘어지는 소리가 났지만 개의치 않았다.

눈을 부릅뜨고 스이를 노려보았다. 질끈 깨문 입 안쪽에서 불쾌한 피 맛이 났다.

"당신, 사실은 종달새 언덕의 마녀가 아니지?"

그렇게 생각할 수밖에 없었다.

이 소녀는 가짜다. 진짜 종달새 언덕의 마녀는 여기에 없다.

"마녀인 척하는 거야. 아름다운 용모만 있으면 간단하잖아. 본인이 마녀라고 우기면 되니까. 마법을 보여주지만 않으면 사람과 마녀를 구별할 수 없잖아?"

"······."

"당신은 마법을 안 쓰는 게 아니야. 못 쓰는 거지. 그래서 거절하는 거야. 나는 마녀에게 마법을 부탁하러 왔는데!"

하루코는 날카롭게 소리쳤다.

하루코를 바라보는 스이의 눈동자는 하루코와 달리 조금도 흔들림이 없었다.

"진짜 마녀는 어디에 있어?"

"네가 찾는 존재는 나야."

"그렇다면 마법을 걸어줘. 안 그러면 마녀로 인정할 수 없어."

"좋을 대로 생각해. 대답은 바뀌지 않을 테니까."

스이는 하루코에게 등을 보이며 카운터 안으로 들어갔다. 문이나 벽으로 막혀 있지는 않았다. 같은 공간에 있고 얼굴도 보였다. 시선도 마주하고 있다.

고작 카운터 하나를 사이에 뒀을 뿐인데 스이가 아주 멀리 떠나버린 기분이었다. 하루코는 완전히 거절당했다는 사실을 깨달았다. 스이는 하루코의 소원을 절대 들어주지 않을 것이다.

"잘 가, 하루코. 여기서는 네가 진정으로 원하는 걸 얻을 수 없어."

하루코는 잔뜩 긴장한 어깨에서 힘을 뺐다. 더는 아무 말도 할 수 없었다.

하루코는 발끝만 내려다보며 민박집으로 향했다.

지도를 보지 않으니 길을 알 수가 없다. 자신이 지금 어디에 있는지도 모르겠다.

힘없이 걷다 두껍고 하얀 선이 눈에 들어와 발길을 멈췄다. 횡단보도다. 고개를 드니 빨간불이 켜져 있다. 차도 사람도 다니지 않는 사거리에서 신호가 바뀌기를 기다리며, 하루코는 무심코 왼쪽을 바라보았다.

사거리 모퉁이에 서점이 있었다. 처음 보는 이름이다. 대형 서점이 아니라 개인 서점인 듯했다.

한동안 그 자리에 서서 얼룩진 건물 외벽을 바라보았다. 눈앞의 신호가 파란불로 바뀌었지만, 하루코는 횡단보도를 건너지 않고 뭔가에 이끌리듯 서점에 들어섰다.

작은 서점이지만 책장이 많고 책 종류도 다양했다. 손님은 하루코밖에 없었다. 점원은 하루코의 등장에도 아랑곳하지 않고 책장 정리를 계속했다.

하루코는 입구에서 대충 둘러본 뒤 주저 없이 문학 코너로 향했다. 진열대에는 인기작과 화제작이 표지가 보이는 형태로 놓여 있었다. 집 근처 서점과 라인업이 별반 다르지 않아 딱히 흥미롭지는 않았다.

그런데 눈에 띄는 책이 있었다. 진열된 책 속에서 잘 아는 작가 이름을 발견한 것이다. 하루코와 같은 시기에 데뷔한 작가였다. 그의 작품이 다양하게 진열되어 있었다.

하루코는 자신의 책도 찾아보았다. 데뷔작 한 권만 책장에 꽂혀 있다.

하루코는 다른 코너는 거들떠보지도 않고 서점을 나왔다. 이 서점에 두 번 다시 오지 않겠노라 결심하면서.

발길 닿는 대로 얽히고설킨 골목길을 걸었다. 호흡이 거칠어진 건 낯선 오르막길을 계속 오르고 있어서만은 아니었다.

온몸을 쥐어뜯으며 소리 지르고 싶었다. 하지만 충동을 억누른 채 양손을 꼭 쥐고, 입술을 깨물고, 그저 묵묵히 걸었다.

질투한들 아무 의미도 없다는 건 알고 있다. 성과를 내지 못한 자신의 잘못이다. 노력 끝에 작품을 완성해 성공한 작가와 소설을 쓰지도 않는 자신을 비교하다니 가당치 않다. 지금 자신에게는 질투할 자격조차 없다.

머리로는 아는데, 넘쳐흐르는 감정을 부여잡을 수가 없다. 대체 왜 그 작가 책은 팔리고 내 책은 팔리지 않을까. 어째서 그는 작가로서 작품을 계속 발표하는데 나는 아무것도 쓰지 못할까. 내 작품을 원하는 사람이 없는 이유가 뭘까. 그 작가와 내 작품의 무엇이 다를까.

뭐가 문제지? 어떻게 해야 하지?

모르겠다. 아무것도 모르겠다.

지긋지긋하다. 미칠 것 같다. 아니, 이미 미친 것 같다. 제정신이 아닌 지 오래다.

소설을 쓰지 못하게 됐을 때부터, 소설을 쓰는 게 무서워졌을 때부터, 이미 예전의 자신은 사라져버렸다.

똑.

목덜미에 차가운 감촉이 느껴졌다. 아스팔트에 하나둘 얼룩이 생기더니 손등에도 작은 물방울이 떨어졌다.

하루코는 걸음을 멈추고 고개를 들었다.

머리 위가 온통 먹구름이었다. 하늘에서 물방울이 토도독 떨어졌다.

비다, 하고 하나 마나 한 생각을 했다. 일기예보에는 비 소식이 없었다. 그러니 우산은 없다. 서둘러 돌아가고 싶어도 정처 없이 걸은 탓에 민박집까지 어찌 가야 할지 모르겠다.

하루코는 멈춰 선 채 천천히 시선을 돌렸다. 언덕길에 설치된 가드레일 너머로 시야가 탁 트여 있었다. 완만한 경사에 펼쳐진 마을이 멀리까지 한눈에 내다보였다.

종달새 마을은 아름다운 마을이다. 풍요로운 자연 풍경과는 또 다른, 집과 상점 같은 건축물이 자아내는 따스함을 함께 느낄 수 있다.

예전에는 이런 풍경을 보면 바로 이야기가 떠올랐다. 이 장소에 어떤 사람이 살고 어떤 마음으로 어떤 하루를 보내는지, 생각할 때마다 답이 샘솟고 무한한 세계가 펼쳐졌다.

지금은 아무것도 떠오르지 않는다. 텅 비었다. 하루코의 머릿속에는 살아 숨 쉬는 세계가 단 하나도 존재하지 않았다.

이야기를 만들어내지 못하는 소설가가 또 있을까.

아니, 있을 리 없다. 그래, 어디에도 그런 작가는 없다.

알고 있다.

"나는 이제……."

이미 오래전에 소설가가 아니게 되어버렸다.

＊

어렸을 때부터 책 읽는 걸 좋아했다. 같이 살던 할아버지의
영향이었다.

할아버지는 엄청난 독서가이자 책 수집가였다. 서재에 무너
져 내릴 정도로 높은 책 산을 몇 개나 만들었다가 할머니에게
매번 꾸지람을 들었다.

할아버지는 하루코가 당신의 책을 마음껏 읽게 해주었고, 갖
고 싶다고 조르는 책은 무엇이건 바로 사다주었다.

낯가림이 심하고 내향적이던 하루코는 스스로를 썩 좋아하
지 않았다. 하지만 소설을 읽을 때만큼은 달랐다. 이야기 속에
빠져들면 자신이 아닌 다른 사람이 될 수 있었기 때문이다. 미
지의 세계에 뛰어들어, 새로운 사고방식을 발견하고, 경험해보
지 못한 인생을 사는 일.

이렇게나 가슴 뛰는 경험은 책을 읽을 때만 얻을 수 있었다.
하루코는 틈만 나면 소설을 읽었고, 언제부터인가 자신도 이야
기를 쓰고 싶다고 생각했다.

초등학교 5학년 때 처음으로 소설을 완성했다. 또래인 여자아이가 신비한 세계에 발을 들이고, 그곳에서 만난 멋진 남자아이와 세상의 비밀을 파헤치는 여행을 한다는 이야기였다.

매일 자기 전에 책상 앞에 앉아 노트를 펴고 연필로 써 내려갔다. 반년에 걸쳐 완성한 소설은 미숙하고 볼품없었지만 당시 자신에게는 세계 최고의 걸작이었다.

그 소설은 아무에게도 보여주지 않았다. 보여주기는커녕 소설을 쓰고 있다는 말조차 하지 않았다. 만약 할아버지가 계셨다면 보여드렸겠지만 그때는 이미 돌아가신 뒤였다.

하루코는 오직 자신만을 위해서 소설을 써나갔다.

그렇게 이야기를 빼곡히 적은 노트가 열 권이 됐을 때, 하루코는 고등학교 2학년이 되어 있었다.

내향적이라 교우 관계가 서툴렀지만 2학년 때는 같은 반 여자아이와 친해졌다. 하루코는 지금까지 누구에게도 보여준 적 없던 소설을, 그 친구에게만 보여주기로 마음먹었다.

자신이 쓴 소설이 재미있다고 생각했다. 하지만 그렇다고 자신 있는 건 아니었다. 다른 사람에게 보여줬을 때 어떤 반응이 돌아올지 내심 무척 두려웠다. 소감을 듣고 싶으면서 아무 말도 하지 않아주기를 바랐다.

친구는 하루코의 최신작을 사흘에 걸쳐 읽었다. 금요일에 노

트를 건넸고, 친구는 월요일 아침에 등교하자마자 하루코에게
노트를 돌려주었다.

친구는 '이 작품을 다른 사람에게도 꼭 보여줘야 한다'라고
했다. 멋진 작품이라면서. 하루코는 농담하지 말라며 웃었지만
친구의 표정은 진지했다.

귀가 후 바로, 노트에 적은 소설을 원고지에 옮겨 적었다. 그
리고 유명한 잡지사가 주최하는 소설 공모에 투고했다. 결과는
1차 심사 탈락.

원하던 결과는 얻지 못했다. 하지만 그때부터 소설을 대하는
마음가짐이 달라졌다. 남몰래 끄적이던 소설을 누군가 읽어줬
으면 좋겠다고 생각했다. 더 알리고 싶다. 인정받고 싶다. 읽은
사람의 감상을 듣고 싶다. 소설가가 되고 싶다. 하루코는 이렇
게 소망했다.

하루코는 꾸준히 소설을 썼고 공모에도 계속 도전했다. 고등
학교를 졸업해 대학교에 입학하고, 사회인이 되었다. 일상은 이
렇게 저렇게 달라졌지만 소설 쓰는 일만큼은 멈추지 않았다.

처음으로 응모한 공모에서는 1차 예선에서 떨어졌지만 이윽
고 2차, 3차까지 올라갔고 최종 심사에 남는 경우도 있었다.

그리고 스물여섯이 됐을 때 여러 차례 도전한 어느 신인문학

상 공모에서 대상을 수상하며 등단했다.

데뷔작은 《물과 불의 꿈》이라는, 혈연관계가 없는 일그러진 형태의 가족을 그린 작품이었다. 단행본으로 출판된 이 작품은 큰 화제를 불러일으키지는 못했지만 판매 실적이 그럭저럭 괜찮아 출판 직후에는 차기작도 계약했다.

전업 소설가가 된 건 데뷔한 지 이 년이 지났을 무렵. 회사를 관두자니 불안하기도 했지만 소설을 쓸 수 있는 시간이 많아진다는 기쁨이 더 컸다.

전업으로 쓰는 건 취미로 쓰는 것과는 달랐다. 원고가 대폭 수정되기도 하고 독자의 혹평을 받을 때도 있었다. 괴로울 때도 많았다. 그럼에도 역시나 즐거웠다.

소설가는 내 천직이다. 하루코는 남은 평생을 소설가로서 살아가리라 믿어 의심치 않았다.

언제부터 변하기 시작했는지는 정확히 모른다. 언제부터인가 변하기 시작했다, 그렇게 말할 수밖에 없다.

애초부터 쓰고 싶은 대로 자유롭게 쓸 수 있던 건 아니었고 어느 정도 정해진 사항과 제약은 있었다. 그런데 플롯에 브레이크가 걸리는 빈도가 점점 늘어갔다. 하루코가 제시한 플롯은 집필 승인을 받지 못했고, 대신 담당 편집자에게 구체적인 작품 내용을 지시받게 됐다.

내용의 대부분이 다른 작가가 쓴 인기 작품과 흡사했다. 당연히 다른 소설을 베끼라는 뜻은 아니었다. 인기작과 같은 테마, 비슷한 키워드를 사용해 인기작 독자들이 좋아할 만한 작품을 쓰라고 요구받은 것이다.

이미 세상에 있는 작품과 비슷한 소설을 써봐야 무슨 의미가 있단 말인가. 하루코는 그렇게 생각했지만, 직접 구상한 소재는 기획 회의의 안건으로조차 다뤄지지 않았다. 책을 내고 싶으면 시키는 대로 쓸 수밖에 없었다.

어딘가에서 본 듯한 테마여도 자신만의 색을 입히려 노력했다. 시작한 계기가 무엇이든 자신의 손끝에서 태어난 작품은 자신의 것이자 무엇보다 소중한 보물이었다.

하지만 작가의 마음이 어떤지 독자는 모른다. 작품이 전부다. 하루코가 쓴 책은 편집부 기대대로 인기작의 팬들이 많이 구매했지만 그만큼 비교 대상이 되었다. '재탕 소설'이라는 딱지가 붙어 혹평받기도 했다.

하루코는 도서 평론가의 블로그에 적힌 자기 작품의 비평을 읽고 작가가 된 뒤 처음으로 울었다. 그러나 눈물은 누구에게도 가닿지 않았다. 편집부의 의뢰는 계속됐고 하루코는 요구하는 대로 쓸 수밖에 없었다. 소설을 쓰는 게 점점 괴로워졌다. 자신을 원하니 의뢰도 들어오는 것이라고 필사적으로 되뇌었다.

소설을 쓰는 의미를 조금씩 잃어갔다. 이 작품을 내가 쓰는 게 과연 의미가 있을까. 다른 사람도 쓸 수 있지 않을까. 애당초 남의 작품을 흉내 내는 작업에 불과하지 않나. 그런 소설은 내가 아니어도 누구나 쓸 수 있지 않을까.

세상이 자신의 소설을 원하지 않는다는 걸 하루코는 마침내 확실히 깨달았다. 사람들은 잘 팔리는 작품을 원한다. 작가의 이름 따위 한낱 장식에 불과하다.

하루코는 그때부터 소설을 쓰지 못했다. 무얼 쓴다고 한들 필요로 하는 사람이 없다. 가치 없는 소설을 만들어내는 자신도 아무 가치 없다. 언제나 머릿속에 있던 이야기들이 무너져내리고 사라져갔다. 공백이 되어버린 자리에 새로운 이야기는 태어나지 않았다.

그럼에도 소설가이길 원했다. 하루코에게는 소설이 전부였기 때문이다. 어떻게든 해보려고 발버둥질하다가 옴짝달싹 못 하게 되었지만, 자신이 더는 소설가가 아니라는 사실만큼은 인정할 수 없었다.

빗줄기는 굵어지기만 할 뿐 멎을 기미가 보이지 않았다. 온몸이 흠뻑 젖은 채 어찌어찌 민박집으로 돌아왔다.

주차장에 들어서는데 마침 현관에서 주인이 우산을 들고나오는 모습이 보였다. 주인은 하루코를 보고 화들짝 놀라더니 황급히 뛰어왔다.

"아이고, 다 젖었네! 어유 참, 어디서 비 좀 피하지 그랬어."

"……죄송해요."

"내가 미안하지. 비가 오는 걸 조금 전에 알았지 뭐야. 막 마중 나가려던 참이었는데."

주인은 현관으로 하루코를 데려가 잠시 기다리라고 한 뒤 안에서 수건을 몇 장 챙겨 나왔다. "제가 할게요"라고 말하는 하루코를 무시하고, 주인은 어린아이 대하듯 하루코의 젖은 머리카락을 수건으로 닦아주었다.

"이게 뭐람. 감기 걸리면 안 되니 바로 따수운 물에 몸 좀 담가요. 욕조에 물은 받아놨으니."

"네…… 감사합니다."

"참, 이렇게 터무니없는 사람으로는 안 보이던데."

머리에 덮인 수건 사이로 힐끔 보니 주인은 눈썹을 팔자로 한채 웃고 있었다. 하루코는 같이 웃지 못하고 눈을 내리깔았다. 얇은 카디건 소매에서 물방울이 떨어졌다.

목욕을 마치고 나오니 비가 그쳐 있었다. 좀 전에는 멎을 기미가 안 보이더니 가을 날씨란 참 변덕스럽다고, 아직도 버티고 있는 구름을 올려다보며 생각했다.

방 창가에 앉아 멍하니 밖을 내다보았다. 얼마 지나자 날이 어두워졌고, 주인이 하루코를 부르러 왔다.

"저녁 준비 다 됐어. 그만 내려와요."

"아, 네……. 지금 갈게요."

대답을 한 뒤 일어나려 했다. 하지만 다리에 힘이 들어가지 않아 똑바로 일어설 수가 없었다. 몸이 아파서가 아니다. 그저 뭔가를 할 기력이 없었다.

"어머, 괜찮아?"

"네, 괜찮습니다……."

대답은 그렇게 했지만 도무지 무릎을 들어 올릴 수가 없었다. 몸을 지탱하던 힘이 모조리 빠져나간 듯했다. 살과 뼈 따위보다도 삶을 살아가는 데 훨씬 중요한 무언가를 잃어버리고 만 듯한 기분이었다.

스이더러 인형 같다고 생각했지만 지금 자신이야말로 영혼 없는 인형처럼 여겨졌다. 텅 빈 마음이 움직이지 않는다. 아무 쓸모도 없는 빈껍데기다.

"……하루코 씨."

문 앞에 서 있던 주인이 방으로 들어왔다. 주인은 넋 놓고 주저앉은 하루코 옆에 앉아 가만히 등에 손을 얹었다.

"혹시 마법상점에서 무슨 일 있었어? 아니면, 뭔가 일이 있어서 이 마을에 온 거야?"

하루코는 자신을 들여다보는 주인의 얼굴을 가만히 바라보았다. 주인은 본인이 아프기라도 한 듯한 표정이었다.

"캐물을 생각은 없어. 말하고 싶지 않으면 아무 말 안 해도 돼. 그래도 혹시나 누군가에게 털어놓고 싶은 이야기가 있으면 나한테 해도 되고."

"……."

"얘기한들 현실이 달라지지는 않겠지만, 얘기하면 쓸데없는 곳에 들어가 있던 힘이 빠지기도 하니까."

주인이 "그렇지?" 하며 하루코의 등을 어루만졌다.

"……저."

내뱉는 숨이 조금씩 뜨거워졌다. 눈자위가 묵직이 아파오더니 오른눈, 왼눈에서 차례로 눈물이 떨어졌다.

"마법의 힘을 얻고 싶었어요."

하루코는 이곳에 온 이유를 주인에게 이야기했다.

소설가라는 것. 소설을 쓰지 못하게 됐다는 것. 소설가로 살아가기 위해 마법을 부탁하려고 이 마을에 왔다는 것. 하지만 종달새 언덕의 마녀에게 거절당했다는 것.

충격을 받아 악에 받쳐 마녀에게 폭언을 퍼부은 것. 오다 들른 서점에서 너무나 추한 생각을 했다는 것. 자신은 더는 소설가가 아니라는 사실을 깨달아버렸다는 것까지.

"알고 있었어요. 마법에 의지하려고 한 시점에 이미 소설가가 아니게 되었다는 사실을요. 그렇게 해서 소설을 써봐야 결국 지금과 달라지는 건 없겠죠."

'그렇게 해서 훌륭한 소설을 쓸 수 있게 된다면, 당신은 행복할까?'

스이는 하루코를 시험하려고 그렇게 물은 게 분명하다.

하루코는 주저 없이 행복할 거라고 대답했다. 분명 스이는 꿰뚫어 보았으리라. 그런 대답을 하는 사람은 작가 자격이 없다는 것을. 마법의 힘을 빌린들 그런 사람이 쓴 이야기가 심금을 울릴 리 없다.

알고 있었다. 그래도 소설가로 살고 싶었다. 오직 그것만이 하루코의 바람이었니까.

"그래, 그랬구나."

손등에 눈물방울을 뚝뚝 떨구는 하루코의 등을 주인은 몇 번이고 어루만져주었다.

음식이 식어가고 있을 것이다. 감감무소식인 주인과 하루코를 부르러 누군가가 올지도 모른다.

"이 마을에는 마법의 힘을 얻기 위해 오는 사람이 하루코 씨 말고도 많아." 주인은 혼잣말을 하듯 나지막한 음성이었다. "그 중 정말 마법으로 소원을 이루고 가는 사람은 거의 없어. 마녀 는 선인이 아니라서 모든 사람의 소원을 다 들어주지 않아. 자 기 마음이 동해야지만 움직이지."

"……."

"마녀에게 거절당하고 우울해하거나 화를 내면서 마을을 떠 나는 사람도 있고, 어딘가 후련해진 모습으로 돌아가는 사람도 있고. 마녀의 판단을 어떻게 받아들이는지는 사람 나름이라고 생각해."

"사람 나름이요?"

"음…… 하루코 씨는 어떨까? 이 마을을 떠날 때 어떤 표정일 지 궁금하네."

하루코는 고개를 들었다.

맞는 말이다. 결과가 하나일지라도 받아들이는 방식은 하나 가 아니다. 다만 하루코는 스이의 대답을 긍정적으로 받아들일 수 없었다.

너무 울어서 눈이 퉁퉁 부은, 한심하고 볼품없는 지금 모습이 이곳을 떠날 때 자신의 모습일 터였다. 남은 시간 동안 바뀔 것 같지는 않았다.

하루코가 민박집을 일주일간 예약한 이유는 이 마을에서 소설을 쓰기 위해서였다.

종달새 언덕의 마녀가 소원을 들어주리라 믿었기에 넘치는 아이디어를 바로 구체화할 작정이었다. 숙소에 틀어박혀 소설을 쓴 뒤 당당하게 담당 편집자를 찾아갈 계획이었다.

하지만 마법을 거절당한 지금, 남은 엿새를 마을에서 보내는 건 의미 없는 일이었다. 집으로 돌아간들 할 일이 없기는 매한가지. 어차피 아무것도 못 하는 데다 아르바이트 하는 찻집에도 휴가를 낸 상태다.

원래라면 돌아가야 했지만 그럴 마음도 생기지 않아 다음 날도 종달새 마을에 머물렀다.

오전 내내 넋 놓고 민박집 방에만 박혀 있었더니 주인이 안 되겠다는 듯 쫓아내 오후에는 억지로 산책을 나왔다.

"바깥 공기를 쐬면 기분 전환이 될 거야."

주인이 그렇게 말하니 순순히 따를 수밖에 없었다. 폐를 끼쳤고, 마음을 써준다는 게 느껴졌다. 미안했지만 그 마음에 어떻게 감사를 표해야 할지 알 수 없었다.

하루코는 발길 닿는 대로 마을을 거닐었다. 이리저리 얽힌 좁은 길이 많았다. 주택에 둘러싸여 좌우 분간이 안 되는가 하면, 갑자기 시야가 탁 트여 주위가 한눈에 들어오기도 했다.

이윽고 언덕길 한쪽에 있는 작은 공터에 다다랐다. 적당한 높이의 울타리만 쳐진 그곳에서 마을 풍경이 내려다보였다.

한동안 아무 생각 없이 그 자리에 서 있었다. 하늘이 조개구름으로 뒤덮여 있다.

"하루코."

자신을 부르는 목소리에 하루코는 이번에도 별생각 없이 돌아보았다.

바로 옆에 종이봉투를 안은 소녀가 서 있었다. 종달새 언덕의 마녀, 스이다.

"안녕?" 하고 스이가 인사했다.

하루코는 당황해서 인사말이 바로 나오지 않았다.

스이는 개의치 않고 아름다운 미소를 띤 채 하루코 옆에 나란히 섰다.

"어딘가 석연치 않은 표정이네."

"그, 그렇지 않아요."

"나 때문이라면 미안해."

"아뇨…… 저기, 저야말로 어제 무례를 범해 죄송했습니다."

"신경 쓰지 마. 아무렇지도 않으니까."

하루코는 스이 얼굴을 차마 보지 못하고 시선을 떨구었다.

몇 초간 침묵이 흘렀다. 어째서인지 스이는 자리를 뜰 기색이 없었고, 그렇다고 딱히 뭔가를 하려 하지도 않았다. 하루코는 가시방석에 앉은 기분이었다.

"장 보고 오셨나요?"

하루코가 침묵을 견디지 못하고 묻자 "응" 하고 짤막한 대답이 돌아왔다.

"건너편에 무척 맛있는 빵집이 있거든. 시간 되면 한번 가봐."

"마녀도 장을 보는군요. 마법으로 뭐든지 다 할 수 있을 줄 알았는데……."

"마법 없이 할 수 있는 일에는 마법을 쓰지 않아."

하루코가 "그렇구나……" 하고 중얼거린 뒤에는 다시 대화가 끊겼다.

주변에 둘 외에 다른 사람이 없었고 이상하리만치 고요했다. 스이는 여전히 자리를 뜰 기색이 없다.

"……."

우연히 마주칠 수는 있다. 하지만 왜 계속 머물러 있는 걸까. 스이가 어제 한 대답을 번복할 가능성은 만에 하나라도 없을 터였다. 같이 있으면 어색하기만 하니 얼른 다른 곳으로 가줬으면 좋겠다는 마음밖에 들지 않았다.

그런 생각을 하는데 스이가 "있지……" 하고 입을 열었다.

"내가 의뢰를 거절해서 화났어?"

생각지 못한 질문에 하루코는 고개를 들었다.

"화? 아뇨, 화나지는……."

"그럼 슬퍼?"

하루코는 대답하지 않았다. 그게 질문에 대한 대답이 됐다.

아니, 솔직히 말하면 슬프다는 감정과도 조금은 달랐다. 하지만 분노보다는 슬픔 쪽에 훨씬 더 가까운 건 사실이었다.

"저기, 저는."

"너에게 해주고 싶은 이야기가 있어."

스이는 그렇게 말하더니 갑자기 하루코에게서 시선을 돌렸다. 하루코는 커다란 눈망울로 먼 곳을 응시하는, 아름다운 옆얼굴을 바라보았다.

"실은 예전에 너와 같은 소원을 가진 사람이 찾아온 적이 있어. 그 사람은 조각가였지. 자신만이 만들어낼 수 있는 무언가를 창조한다는 점에서는 소설가인 너와 다르지 않을 거야."

"……."

"그 사람도, 작품을 만들지 못하게 됐다고 했어. 아무것도 떠오르지 않는다고. 기술은 그대로인데 아이디어가 점점 고갈돼서 다 말라버렸다고. 그래서 나한테 온 거야."

하루코는 놀랐다. 자신 같은 사람이 또 있었다는 것에도, 스이가 그 이야기를 자신에게 해주는 것에도.

"그런 부탁은 처음이었어. 재미있겠다고 생각했지. 그래서 소원을 들어줬어."

하루코는 숨을 멈췄다. 그랬구나, 머릿속으로 침착하게 중얼거렸다.

같은 바람을 가졌던 언젠가의 누군가, 그 사람의 소원은 마녀가 들어줬구나.

"그 사람은 무척 기뻐하며 돌아갔어. 나한테 몇 번이나 고맙다고 했지. 그리고 일 년 정도 지났을까. 그 사람이 한 번 더 나를 찾아왔어. 마법을 부탁하러 온 것도, 상품을 사러 온 것도 아니었어. 보고를 하러 왔더라. 조각가 일을 관둘 거라고."

"엇" 하는 소리가 하루코의 입에서 튀어나왔다. "그만두다니, 어째서……."

"왜일 것 같아? 나보다 네가 더 잘 알 거야."

스이는 다시 하루코를 보았다. 스이의 키는 하루코와 비슷했다. 같은 높이에 있는 눈동자가 하루코의 마음 깊은 곳을 뒤지듯 파고들었다.

스이는 미소 지었다. 그 표정이 더는 인형 같아 보이지 않았다.

"내 마법 덕분에 멋진 작품을 많이 만들었대. 그런데 자신이 만들었지만 자신의 작품이 아니었다고 했어."

그 뒤 조각가는 다시는 찾아오지 않았다.

하루코는 살짝 벌린 입술 사이로 아무 말도 내뱉지 못했다. 스이가 하루코의 절규를 받아들여주지 않은 이유를 깨달았다.

만약 스이가 부탁을 들어줬다면 하루코는 그 조각가와 같은 미래를 맞았으리라. 조각가도, 하루코도, 종달새 언덕의 마녀를 원하게 된 시점에 이미 자신이 원하던 자신이 아니게 된 것이다.

"하루코. 마법으로 소설을 쓸 수 있게 된다고 치자. 과연 네 소설이라 할 수 있을까?"

하루코는 아무 대꾸도 하지 못하고 고개만 가로저었다.

스이는 끄덕였다.

"네가 만약 여전히 소설가로서 살고 싶다면, 네게 지금 필요한 건 마법이 아니야."

그렇다면 무엇이 필요한지 스이는 알려주지 않았다.

스스로 실마리를 찾지 않으면 의미가 없다. 그것은 하루코에게 유일하게 남은 얇디얇은 거미줄인 것이다.

해 질 무렵 민박집으로 돌아왔다. 오래 걸어 피곤하고 배도

고팠지만 석식 시간까지는 아직 더 기다려야 했다. 아래쪽 편의점에서 뭐라도 사 올 걸 그랬다고 후회하며 방으로 올라가려던 참이었다.

"어, 왔네!"

커다란 목소리가 들려와 계단을 오르다 말고 멈춰 섰다. 난간 너머로 얼굴을 내밀자 1층 주방에서 주인이 다급히 손을 흔들었다. 하루코를 부르는 듯했다.

"왜 그러세요?"

"저기, 잠깐, 잠깐만 기다려!"

주인은 하루코에게 그 자리에 있으라고 하더니 안쪽 방으로 들어갔다. 하루코는 고개를 갸우뚱하며 일단은 잠자코 있었다.

얼마 지나지 않아 주인이 돌아왔다. 손에는 책 한 권이 들려 있었다.

"이거, 하루코 씨 책 맞지? 오늘 아침에 사러 갔다 왔어."

주인이 보여준 책은 어제 들른 서점에 유일하게 꽂혀 있던 하루코의 데뷔작 《물과 불의 꿈》이었다.

"작가라고 듣고 나니까 어떤 책을 썼는지 궁금하더라고. 서점에 가 보니까 정말 하루코 씨 이름으로 쓰인 책이 딱 있지 뭐야. 감동받아서 바로 사버렸어!"

주인이 하루코의 등을 찰싹 때렸다. 하루코는 "아, 네" 하고 싱겁게 대답했지만 주인은 개의치 않는 듯했다.

"다 읽고 나서 말하려고 점심 때는 비밀로 했어. 미안해. 오후에 시간이 나서 조금만 읽어보려고 펼쳤는데 말이야."

"네."

"읽다 보니 푹 빠져서 끝까지 다 읽어버렸어!"

"⋯⋯그러셨어요?"

감사하다고 덧붙이며 하루코는 내심 긴장했다. 읽어주셔서 감사하다는 건 거짓이 아니었지만, 읽고 어떤 느낌을 받았을지 생각하니 무서웠다.

재미없었다고 하면 어쩌지. 그 정도가 아니라 작품이 완전히 부정당한다면⋯⋯. 그렇다고 입에 발린 칭찬을 듣고 싶지도 않다. 지금은 무슨 말을 들어도 마음을 짓누르는 짐처럼 느껴져 흘려들을 수 없을 것 같다.

이야기가 이어지기 전에 자리를 뜨고 싶었다. 하지만 주인은 계단을 올라가려는 하루코를 멈춰 세웠다.

"있잖아."

하루코는 주인의 입에서 나오는 말을 들을 수밖에 없었다.

"정말 좋았어. 하루코 씨 소설."

그러더니 주인은 하루코가 쓴 소설의 내용을 자세히 이야기하며 가슴을 울린 대목을 언급하고, 마음에 든 등장인물과 대사를 이야기하고, 제목의 의미에 대한 견해를 내놓았다.

얼떨떨한 마음에 "아……"하며 무미건조하게 반응했는데, 주인은 아랑곳없이 작가를 앞에 두고 이 소설이 얼마나 멋진지 입이 닳도록 칭찬했다.

"이야기에 빨려 들어가서 마지막에는 나도 모르게 울어버렸어. 나이 먹으니 눈물이 많아져서 주책이야."

"아, 그러셨어요?"

"그렇다니까! 하루코 씨, 진짜 대단해. 정말 놀랐어. 솔직히 말하면 이런 이야기를 쓸 수 있는 사람인 줄 몰랐거든. 뭐랄까, 왠지 어딘가 맹해 보인달까, 불안정해 보인달까, 누가 옆에서 붙들지 않으면 혼자서는 제대로 서 있지도 못할 것 같았는데."

"그건……."

"그런데 당신이 쓴 소설은 가차 없이 가슴에 꽂히더라. 뭐랄까, 둔기로 사정없이 때리는 느낌? 물론 좋은 의미로. 작가와 작품은 별개라고 생각하지만, 그래도 이 이야기는 틀림없이 하루코 씨 안에 있었을 거야. 완전히 사람 잘못 봤어. 내 불찰이야."

주인은 《물과 불의 꿈》을 들고 눈가에 주름이 지도록 웃었다.

"나 이 책 정말 좋아. 하루코 씨는 이렇게 멋진 소설을 쓸 수 있는 사람이구나."

그렇지 않다고, 하루코는 말하려 했다.

데뷔작이라 허술한 구석이 많고 테마도 특별하지 않다고. 더 날카롭게 심리를 묘사할 여지가 있었는데 미숙해서 그러지 못했다고. 이 정도 소설은 마음만 먹으면 누구나 쓸 수 있다고. 그저 운이 좋아 책으로 나왔을 뿐이라고.

그렇게 말하려 했다. 그런데.

"네, 맞아요. 무척 즐겁게 쓴, 자신 있는 작품이에요."

입에서 그런 말이 튀어나왔다.

스스로도 놀랐다. 무슨 소리일까. 지금 무슨 말을 한 걸까.

그래, 이게 지금껏 누군가에게 말하고 싶던 마음속 본심이다.

"완성하고 어느 누구에게 보여줘도 부끄럽지 않다고 생각했어요. 인정을 받아 책으로 나왔으니, 정말 소중한 작품입니다."

소설을 쓰는 건 쉽지 않다. 스토리 구상만 해도 시간이 많이 걸리고, 정신력과 체력을 요구한다. 원고가 매끄럽게 쓰이지 않아 손이 멈추는 때도 많다. 도중에 정말 재미있을지 몇 번이나 자문하고, 그때마다 자신감을 잃는다.

그럼에도 소설을 쓰는 이유는 소설을 쓰는 게 좋아서다. 비록 괴롭지만 즐거웠으니까.

소설을 읽은 사람이 좋아하는 모습을 보면 행복했으니까. 이 책을 몇 번이나 다시 읽고 있다고, 당신의 작품을 또 읽고 싶다고, 독자가 그렇게 말해줬으니까.

그래서.

살을 깎아내며 써 내려간 이야기가 어딘가의, 내가 알지 못하는 누군가의 보물이 되기를 바라며.

사력을 다해 소설을 썼다.

"소중한 작품입니다."

꼭 잘 팔려야만 하는가. 잘 팔린 작품만 좋은 작품인가. 잘 팔리지 않으면 의미가 없는가. 지당한 말이다. 잘 팔릴수록 가치가 있는 법이니까.

무슨 말을 듣든 꿋꿋해야 하는가. 상처받으면 안 되는가. 독자가 어떤 독설을 내뱉든 무조건 받아들여야 하는가. 당연하다. 그게 작가의 책임이니까.

설령 그렇다 해도 딱 잘라 결론지을 수는 없다.

팔리지 않으면 거들떠보는 사람 하나 없이 사라졌다. 팔리지 않는다는 이유로 존재해보지도 못한 채 부정당했다. 잘 팔리는 이야기를 쓰면 모방작이라는 둥 가짜라는 둥 손가락질당했다. 하지만 그런 말을 들은 모든 작품이, 하루코에게는 유일무이하고 소중한 보물이었다.

마음을 나눠 담은 이야기가 가치 없다는 말을 들으면 날카로운 칼에 찔리는 심정이다. 온몸에 상처를 입고 피투성이가 되면 언젠가는 걸을 수 없게 되는 게 당연지사.

이러자고 소설을 써온 것이 아니다.

그렇다면 무엇을 위해 이야기를 쓰는가. 이야기를 쓰는 의미는 무엇이었나. 아무에게도 보여주지 않고 자신만을 위해 이야기를 써온 날에 종지부를 찍고, 남들에게도 보여주고 싶은 소설을 쓰려 한 이유는 무엇인가.

물론 잘 팔렸으면 좋겠다는 마음은 있다. 밑바탕에는 많은 사람이 읽어주면 좋겠다는 바람이 있다. 작품이 많은 사람에게 읽히기를, 사랑받기를 원했다.

그랬다. 언제나. 내 안에 만들어진 작은 세계가 사랑받으리라 믿었다.

목숨과 견줄 수 있을 만큼 사랑스러운 이야기들이, 어딘가의 누군가에게, 모르는 누군가에게, 작품을 선택해준 그 사람에게 사랑받기를.

사랑받기를 바라면서 이야기를 쓴다.

"저기…… 감사합니다."

무엇에 대한 고마움인지는 스스로도 알 길이 없었다.

하루코는 알 수 없는 마음으로 주인에게 깊이 고개 숙여 인사한 뒤 자신의 방으로 뛰어갔다. 가방에 처박아둔 새 노트를 꺼내고 손에 익은 만년필을 집어 들었다.

노트북은 사회인이 되고 나서 샀다. 본가에는 컴퓨터도 문서 편집기도 없어서 어릴 적에는 손으로 글을 썼다.

　그때처럼 하루코는 새 노트에 펜으로 글을 써 내려갔다. 아무 것도 떠오르지 않는다. 이야기의 전개 따위 안중에 없다. 그럼에도 계속해서 이야기를 자아냈다.

　새벽녘까지 계속 쓰다 다음 날에는 노트를 가지고 중심가로 나갔다. 맛있다는 빵집에서 크루아상과 카레빵을 사 들고 공원 벤치에서 먹으며 노트를 펼쳤다.

　저 멀리 울려 퍼지는 전철 소리를 듣고, 학교 종소리를 듣고, 개와 산책하는 할아버지를 보고, 엄마와 그네에서 노는 꼬마 아이를 보았다. 종달새 마을의 경치와 마을 사람들의 모습을 바라보며 하루코는 노트의 공백을 채워나갔다.

　"뭐해요?"

　어느샌가 눈앞에 와 있던 꼬마가 말을 걸었다. 하루코는 펜을 놀리던 손을 멈췄다.

　"이야기를 쓰고 있어. 엄마가 그림책 읽어주신 적 있니?"

　"네, 있어요. 어제도 자기 전에 읽어줬어요."

　"그래. 그 그림책처럼, 사람들이 읽을 책을 만들고 있어."

　하루코의 말에 아이는 눈을 반짝였다. 하루코는 노트를 보여 준 뒤 손가락으로 글자를 쓸어내리며 조금 읽어주었다. 유아용 이야기가 아니라 어려울 텐데도 아이는 진지하게 하루코의 이야기를 들었다.

"죄송합니다. 얘도 참, 방해하면 안 되지."

허둥지둥 서두르는 엄마에게 붙들려 멀어지면서도 아이는 못내 아쉽다는 듯한 표정이었다. 하루코는 손을 흔들었다.

"조금 더 크면 내 이야기 또 읽어주렴."

언젠가 저 아이가 서점에서 자신의 책을 만나면 좋겠다고 생각하며, 하루코는 다시 펜을 들고 이야기를 써 내려갔다.

나흘째에는 첫날 들린 서점에 갔다. 두 번 다시 안 오겠다고 결심했는데 의외로 거침없이 자동문 안으로 들어섰다.

전에 둘러본 문학 코너에는 역시나 데뷔 동기의 책이 잔뜩 진열되어 있었다. 하루코의 책은 한 권도 없었다.

"저기."

고민한 끝에 점원에게 말을 걸었다. 중년 남성이었는데 명찰에 점장이라고 적혀 있었다.

하루코는 점장에게 명함을 건넨 뒤 자신을 소설가라고 소개했다. 갑자기 찾아와 성가셔할 수도 있겠다고 생각했는데 점장은 오히려 기뻐하며 유쾌하게 응대해주었다.

"아, 작가님 책, 엊그제 팔렸어요. 지금은 없지만 금방 또 들어올 거예요."

점장은 문구 코너에서 파는 보드를 가져오더니 하루코에게 사인해달라고 했다. 하루코는 흔쾌히 승낙했다. 얼마만의 사인인지. 오랜만인 탓에 꽤 긴장하고 말았다.

"와, 멋지다. 기쁘네요. 작가님이 와주신 건 처음이에요."

점장은 보드를 비닐로 감싸더니 계산대 뒤쪽 선반에 잘 보이도록 올려두었다.

"작가님 책, 더 많이 주문할 수 있는지 확인해볼게요. 혹시 주문이 가능하면 코너를 따로 만들어서 거기에 사인을 올려둬도 될까요?"

"아, 네, 그럼요."

"이야, 고마워요. 우리 서점이 많이 작긴 하지만 앞으로 작가님 열심히 응원할게요."

미소와 함께 건네는 말에 눈물이 날 뻔했다.

"감사합니다. 열심히 쓸게요."

어색하게 웃으며 하루코는 머리 숙여 인사했다.

닷새째도 엿새째도 밖으로 나갔다. 마을 곳곳을 돌아다니고, 마주친 사람들과 이야기하고, 이 마을과 그들의 이야기를 듣고, 또 글을 썼다.

하루코는 다양한 장소를 거닐었지만 스이와 마주치는 일은 없었다. 종달새 언덕에 가지는 않았지만 머릿속 한구석에는 언제나 스이가 있었다.

'혹시 스이도 후회했던 걸까?'

스이는 자신의 마법이 다른 사람에게 상처를 줬다고 생각한다. 그래서 하루코의 소원을 완강히 거절하고 하루코에게 과거 일을 이야기해줬으리라.

마녀는 완전히 다른 생명체인 줄 알았다. 스이를 처음 만났을 때는 영혼 없는 인형 같다고 생각했다. 하지만 그녀도 사람처럼 감정이 있고, 고민하고 화내고 슬퍼하며 살아가는 존재일지도 모른다.

"종달새 언덕의 마녀라……."

하루코는 진실을 알 길이 없었다. 스이는 하루코에게는 절대 속마음을 내보이지 않을 테고, 하루코도 스이의 마음을 헤아릴 수 있을 정도로 도량이 넓지는 않았다.

그래서 상상했다. 내키는 대로 떠올리고, 해석하고, 그것을 스이가 아닌 다른 누군가의 마음에 투영했다. '다른 누군가'란 소설 속 주인공이다. 하루코는 그 누군가가 살아가는 세상을 언어로 그려냈다.

자신은 알 수 없는 것, 도저히 불가능한 것도 이야기 속에서는 이루어진다. 말이 되지 않는 일조차 말로 만들어 풀어낼 수가 있다.

하루코는 이야기를 계속 써 내려갔다.

그리고 종달새 마을에 머무르는 마지막 날 아침. 마침내 노트 한 권 분량의 소설을 완성했다.

꽃

"저…… 혹시 괜찮다면 이걸 한번 읽어주시겠어요?"

아침 7시. 하루코는 조식 먹으라고 부르러 온 주인에게 그새 제법 해어진 노트를 내밀었다. 주인은 딱 봐도 수면 부족 상태인 하루코부터 걱정했지만, 괜찮다고 웃자 한숨을 내쉬며 노트를 받아들었다.

"《제비 마을 3번가의 마법사》?"

주인은 표지에 적인 글자를 기계처럼 소리 내어 읽었다.

"소설 제목입니다."

"소설이라니, 혹시 이 노트가?"

"네. 마을에 있는 동안 끝내고 싶어서 밤까지 새버렸는데…… 완성해서 다행이에요."

"근데 하루코 씨는……."

주인은 거기에서 말을 끊었다. 소설을 못 쓰겠다며 힘들어하지 않았느냐, 그렇게 말하고 싶은 눈치였지만 답이 노트에 있음을 알아챈 듯했다.

"만약 읽으시면 언제가 됐든 상관없으니 소감을 들려주세요. 여기로 연락해주시면 감사하겠습니다."

하루코가 명함을 내밀었지만 주인은 받지 않았다.

"아니, 지금 바로 읽을게. 그리고 하루코 씨가 마을을 떠나기 전에 얘기해줄게. 조금만 기다려줘."

주인은 그렇게 말하더니 방에서 나갔다.

하루코가 집으로 돌아갈 준비를 마친 오전 10시 50분. 체크아웃은 11시까지여서 곧 민박집을 나서야 하는 시간이었다.

짐을 들고 1층으로 내려가다가 마침 2층으로 올라오던 주인과 마주쳤다. 하루코의 방에 오려 한 모양이었다.

"기다리게 해서 미안해. 지금 막 다 읽었어."

"정말 벌써 읽으셨어요?"

"당연하지. 약속했잖아. 나, 접시는 잘 깨도 약속은 안 깨는 사람이야."

주인은 하루코에게 노트를 건넸다.

"이 소설, 종달새 마을이 모델이지?"

"어…… 네, 맞아요."

"역시. 그래도 종달새 마을이랑은 좀 다르더라. 하루코 씨가 보는 세상에 자리한, 어딘지 신비로운 마을이 무대였어."

하루코가 쓴 소설 《제비 마을 3번가의 마법사》는 마법사가 있는 마을에 찾아온 주인공, 주인공이 제비 마을에서 만난 사람들, 주인공과 마법사의 교류를 그린 이야기였다. 자신이 종달새 마을에서 보낸 시간을 참고해 제비 마을이라는 가상의 마을을 배경으로 이야기를 풀어냈다.

마음 가는 대로 쓴 터라 클라이맥스 따위도 없었다. 이렇다 할 사건 없이 담담하게 흘러가는 이야기였다. 하지만 그 안에 마음을 담았다. 온기, 정, 고독, 남모를 슬픔. 시간의 흐름과 후회, 앞으로 나아가는 발걸음.

"저기, 어떠셨어요?"

하루코는 조심스럽게 물었다. 언제나 소감을 묻는 순간에는 심장이 터져나갈 것 같다. 어떤 이야기를 쓰건 마찬가지다. 의견을 듣는 건 언제나 두렵지만 언제나 갈망하게 된다.

"응, 정말 좋았어." 주인은 가식이 느껴지지 않는 미소를 띠었다. "이전에 읽은 소설이랑은 또 조금 다른데…… 스토리도 그렇지만 마디마디에서 따뜻함이 묻어나는 느낌이었어."

"네."

"특히 마지막 이야기인 세 번째 에피소드가 좋았어. 별로 알려지지 않은 마법사의 내면을 다룬 부분. 그런 마음은 크든 작든 누구나 갖고 있는 것 같아."

"네" 하고 하루코는 한 번 더 대답했다.

노트를 꽉 끌어안았다. 온기가 있을 리 없는, 그저 잉크가 배었을 뿐인 노트 한 권이 가슴속에 꺼져가던 등불을 다시 밝혀주는 느낌이었다.

순수하게 이야기를 좋아하던 시절의 마음, 처음으로 소설을 친구에게 보여줬을 때의 긴장감, 등단이 확정됐을 때의 환희, 열심히 엮어낸 작품이 책이라는 형태로 사람들 손에 가 닿을 때의 희열.

하루코가 잊고 있던 감정이 다시 한번 품으로 들어왔다.

"……저기."

하고 싶은 말은 태산 같은데 세련된 말이 나오지 않았다. 대신 하루코는 돌려받은 노트를 도로 내밀었다.

"혹시 괜찮다면 이 노트를 받아주시겠어요?"

소중한 작품이다. 그래서 더더욱 품에만 두고 싶지 않았다.

"그래도 돼?"

"이 마을을 모델로 했으니 주민과 손님 들이 봐주시면 좋을 것 같아서요."

"그래? 나야 좋지. 실은 나도 달라고 부탁해볼까 했어." 주인은 양손으로 노트를 받아들었다. "이웃이나 다른 지역에서 오는 손님들도 분명 좋아할 테니까, 누구든 자유롭게 읽을 수 있도록 여기 두면 좋을 것 같아서. 많은 사람이 읽었으면 좋겠어. 이 소설이 정말 마음에 들거든."

하루코가 원하던 말이었다. 마법 따위가 아닌, 하루코의 이야기가 좋다고 말해주는 누군가의 목소리가 필요했다.

짤막한 한마디로 소설을 쓸 용기를 얻는다.

만인에게 사랑받는 이야기는 세상에 없다. 그럼에도 이야기를 사랑해주는 사람을 위해, 앞으로 사랑해줄 사람을 위해, 이야기는 끊임없이 태어난다.

소설가는 끊임없이 이야기를 써 내려간다.

"……네. 잘 부탁드립니다."

하루코는 그렇게 민박집을 뒤로하고 종달새 마을을 떠났다.

청명한 가을 하늘 아래, 역까지 바래다준 주인에게 개찰구 너머로 마지막 인사를 건넸다.

"저, 또 와도 될까요?"

주인은 환하게 웃었다.

"언제든 환영해. 기다릴게."

하루코는 전철에 몸을 실었다. 열차가 움직이기 시작하자 일주일을 보낸 마을이 금세 시야에서 사라졌다.

익숙한 도시로 돌아가는 긴 여정을 떠나는 동안, 머릿속에는 이다음에 쓸 이야기가 떠오르고 있었다.

일 년 뒤, 종달새 마을에 딱 하나 있는 서점에 어느 작가의 최신작이 수십 권 쌓였다. 대형 문학상에 후보로 오른 화제작이다.

이윽고 작품이 대상을 수상하자 작가와 연이 있는 숙소가 종달새 마을에 있다는 이야기가 퍼졌고, 멀리서 수많은 팬이 찾아왔다.

숙소에 있는 이 세상에 딱 하나뿐인 책, 노트에 적힌 이야기는 많은 사람에게 읽히고 사랑받게 되었다.

4
장

겨
울
이

끝
나
면

차가워진 목덜미에 머플러를 두르며, 도키오는 다시 이 계절
이 와버렸구나 생각했다. 살을 에는 듯한 1월의 공기. 그로부터
벌써 일 년이 지났다.

"도키오, 벌써 가?"

현관에 앉아 스니커즈 끈을 묶는데 등 뒤에서 목소리가 들려
왔다. 도키오는 매듭을 꽉 조여 맨 뒤 몸을 돌렸다.

"강의 전에 교수님이 보자고 하셔서. 일찍 가야 해."

"그렇구나. 조심히 다녀와."

"형도 따뜻하게 입고 출근해. 오늘 무척 춥겠더라."

"응. 고마워."

도키오는 부드럽게 미소 짓는 형 요시히코에게서 눈을 돌리

며 일어섰다.

"다녀올게."

현관문을 여는 도키오를, 요시히코는 "잘 갔다 와" 하고 배웅
했다. 도키오는 요시히코를 돌아보지 않았지만 아무 걱정 없다
는 듯 웃고 있을 형의 표정이 눈에 선했다.

연일 최저 기온을 갈아치우는 한겨울. 차디찬 바람이 체온을
앗아간다.

도키오는 머플러 속으로 목을 움츠리며 다운재킷 지퍼를 올
렸다. 그리고 하얗게 피어오르는 입김을 가만히 바라보았다.

대학 강의가 재미있다고 생각한 적은 없다. 어떤 강의도 별로
흥미롭지 않다. 의무감에 듣고 있기 때문이라는 걸 스스로도 알
고 있다.

도키오는 여느 때와 같이 대충대충 오전 강의를 듣고, 오후
일정이 시작될 때까지 교내 식당에서 시간을 때웠다. 진작 다
먹어서 깨끗해진 돈가스 카레 접시를 반납하지도 않고 물만 마
시며 몇십 분째 창밖을 바라보고 있다.

가루눈이 폴폴 흩날렸다. 일기예보에서는 내일까지 이어진다
고 했으니 자고 일어나면 하얗게 쌓여 있을지도 모른다.

싫다, 하고 도키오는 생각했다. 원래는 눈이나 추위를 딱히

싫어하지 않았는데. 하지만 오늘처럼 눈이 내리면 온통 눈이 쌓였던 작년의 그날이 선명히 떠올라 조금은 우울해지는 기분이었다. 눈이 안 내리는 날이라고 해서 잊고 지낸 건 아니지만.

"도키오."

자신을 부르는 목소리에 도키오는 고개를 돌렸다. 리사가 차슈 라멘을 쟁반에 받쳐 들고 옆에 서 있었다.

"리사, 수업 끝났어?"

"응. 점심 일찍 먹었네."

"2교시 휴강했거든. 아침 일찍 나오느라 밥을 못 먹어서 배고팠어."

"그랬구나."

리사는 도키오 맞은편에 앉아 짧은 머리카락을 귀 뒤로 넘기고 라멘을 먹기 시작했다.

도키오는 턱을 괸 채 여자친구가 식사하는 모습을 빤히 바라보았다.

"그렇게 보면 먹기 불편해."

"네가 먹는 모습을 보는 게 그렇게 좋더라."

"그래? 고마워. 그래도 불편해."

"대신 다음에는 내가 먹는 모습 보게 해줄게."

"고마워, 그러지 뭐."

리사는 국물에서 건져낸 면발에 입김을 후 불었다. 불편하다고 할 때는 언제고 기세 좋게 후루룩거리며 면을 빨아들인다.

"추웠어?"

리사에게 답이 뻔한 질문을 했다.

"추웠지. 눈도 내리기 시작했고."

"그렇지? 아, 나가기 싫다."

"내일이면 쌓일지도 몰라."

"응. 그럴 것 같아."

면발과 건더기를 먹어 치운 리사는 마지막 국물 한 방울까지 다 마신 뒤 그릇을 내려놓았다. 아무것도 바르지 않은 입술을 일회용 냅킨으로 닦고 물을 마시고는 다시 도키오를 바라보았다.

"도키오, 무슨 일 있어?"

참 잘 먹는단 말이야, 하며 속으로 감탄하던 도키오는 리사의 말에 눈이 동그래졌다. 뜻밖의 질문이었지만 정곡을 찌르는 질문이기도 했다.

어떻게든 얼버무리려 했으나 리사의 속쌍꺼풀 눈이 이미 도키오의 속마음을 꿰뚫고 있었다. 이렇게 된 이상 피할 수 없다는 건 지금까지의 경험으로 잘 알고 있다.

"무슨 일이 있는 건 아니고."

도키오는 한숨을 내쉰 뒤 입을 열었다. 어차피 혼자서는 답을 낼 수 없으니 리사와 상담해보는 게 좋을지도 모른다.

"얼마 안 있으면 일주기더라고."

"유카 언니…… 맞아, 이맘때였지. 나도 기억해."

"응. 그래서…… 형을 어떻게든 좀 해주고 싶어서."

내내 그 고민을 하느라 마음이 붕 떠 있다. 다른 생각을 하려 해도 머릿속에 그 생각만 떠올랐다. 집에 돌아가 형의 얼굴을 볼 때마다 눈물이 쏟아질 것 같았다.

"요시히코 오빠? 그러고 보니 못 본 지 꽤 됐네. 무슨 일이라 도 있어?"

도키오는 고개를 갸웃하는 리사에게 투덜대듯 내뱉었다.

"그게…… 우리 형, 계속 웃기만 하고 너무 태평해."

"응?"

"계속 그런 모습이니까 부모님도, 이웃 아주머니랑 회사 동료 들도 형을 보고 안심한다고 해야 하나. 다행이라 여기는 것 같 더라고."

"응. 그렇겠지. 나도 그럴지도."

"그렇지? 역시 다들 그렇게 보는구나."

잠깐만, 하고 리사가 도키오의 말을 끊었다.

"그게 나쁜 거야? 우울해한다면 걱정되겠지만 좋아졌다는 뜻 이잖아. 좋은 거 아니야?"

도키오는 미간을 찌푸렸다. 하나같이 그렇게들 말한다. 이상한 일이 아니라고. 좋은 방향으로 나아가고 있다는 증거라고. 하지만.

"나도 처음에는 형이 괜찮아진 줄 알았어."

울부짖는 모습까지 봤으니, 요시히코가 다시 웃었을 때는 이제 괜찮은가 싶어 안도했다. 하지만 시간이 지나면서 깨달았다. 요시히코의 표정이 부자연스럽다는 사실을.

"정말 괜찮은 것 같은지 들어봐. 종일 웃기만 해. 뭘 하든지. 화를 내지도 울지도 않아. 원래 화를 잘 내는 성격은 아니지만 그걸 감안하더라도 이상해."

요시히코는 계속 한결같이 웃었다. 늘 온화하게 미소 지었다. 최근 일 년간 도키오는 형의 다른 표정을 본 적이 없다.

"정말 괜찮은 걸까? 난 괜찮다는 생각이 안 들어. 내 눈에는 부자연스럽고 어딘가 잘못된 것 같아."

"무슨 뜻이야? 네가 보기엔 정상이 아니라는 거야?"

"맞아. 형의 마음은 지금 정상이 아니야. 다들 그걸 모르거나 보고도 못 본 체하는데, 절대 좋은 상태가 아니야. 좋아진 게 아니라 고장 난 거야."

그날부로 형은 이상해지고 말았다.

도키오는 알고 있었다. 형은 울지 않게 된 것이 아니다. 울지 못하게 됐다. 요시히코가 웃기만 하는 이유는 기분이 좋아서도 즐거워서도 아니다.

"우리 형, 유카 누나가 죽은 뒤로 웃을 줄밖에 모르는 사람이 돼버렸어."

요시히코의 연인 유카는 작년 1월, 백혈병으로 세상을 떠났다. 약 일 년간의 투병 끝에 숨을 거뒀다. 눈이 잘 오지 않는 이지역에 눈이 몇 센티미터나 쌓인 날이었다. 며칠 내내 내린 눈이 유카의 장례를 치르는 동안 주변을 새하얗게 물들였다.

요시히코와 유카는 고등학교 동창이었다. 두 사람은 고등학교 2학년이 됐을 때부터 사귀기 시작했다.

모두가 인정할 정도로 사이가 좋던 둘은 자연스럽게 늘 붙어다녔다. 도키오는 그 모습이 마치 노부부 같다고 생각했다. 아직 고등학생인데도 둘 사이에는 오랜 세월을 함께한 듯한 공기가 감돌았다. 그만큼 서로 잘 맞았다. 사람에게도 윤곽이라는게 있다면 두 사람은 딱 들어맞았을 터였다. 이런 사람은 다시는 못 만날 거라던 요시히코의 말을 도키오는 지금도 기억한다.

요시히코는 일찍이 가족들에게 유카를 소개했고, 도키오도 그때부터 유카와 가깝게 지냈다.

외동인 유카는 다섯 살 아래 도키오를 제 남동생처럼 귀여워했다. 진로 상담을 해주기도 하고 요시히코 생일 때 같이 깜짝 이벤트를 준비하기도 했다. 도키오는 자상하면서도 강인하고, 그러면서도 재치 있고 밝은 유카가 좋았다. 이성으로서가 아니라 형을 향한 마음과 같은 감정으로, 한 인간으로서 존경했다.

사이좋은 둘을 보고 있기만 해도 도키오는 기분이 좋아졌다. 평생 이렇게 지냈으면 하고 생각했다. 요시히코와 유카가 나란히 앉아 도키오에게 결혼을 약속했다고 말했을 때 도키오는 너무 기쁜 나머지 펑펑 울어 두 사람을 걱정시켰을 정도였다.

하지만 두 사람이 결혼하는 일은 없었다. 유카가 죽었으니까.

결혼을 약속한 직후에 병을 알게 됐고, 스물넷이라는 젊은 나이에 세상을 떠났다. 유카가 있었기에 그릴 수 있었던 꿈, 희망, 미래, 그 모든 걸 가지고 유카는 사라져버렸다.

요시히코는 마지막 순간까지도 유카가 병을 이겨낼 수 있으리라 믿었다. 반드시 나을 테니 걱정 말라고, 나으면 바로 결혼하자고 몇 번이고 유카에게 말했다.

마지막까지 희망을 포기하지 않았다는 말은, 바꿔 말하면 잃을 각오가 되어 있지 않았다는 의미이기도 하다.

유카가 죽었을 때 요시히코의 모습은 그야말로 참담했다. 죽은 사람 같은 얼굴로 하염없이 울며, 어째서 유카여야 하느냐며 통곡했다. 누구의 목소리도 듣지 못하고 누구의 존재도 인식하지 못했다. 오로지 슬픔과 분노와 후회, 그리고 다시는 볼 수 없게 된 유카의 잔영이 요시히코의 마음을 가득 채우며 괴롭혔다.

도키오는 형에게 아무 말도 해주지 못했고, 옆에서 어깨를 감싸 안아주지도 못했다. 도키오 자신도 요시히코가 보이지 않는 곳에서 계속 울기만 했다.

유카가 죽은 다음 날 쓰야장례 전날 죽은 이 곁에서 밤을 지새우는 의식가, 그다음 날 장례식이 치러졌다.

초췌한 모습으로 장례식에 참석한 요시히코는, 유카가 한 줌의 재가 되는 모습을 지켜보고 집에 돌아와서는 고열과 함께 쓰러졌다.

사흘 내내 온몸이 불덩이 같았다. 그러다 마침내 열이 떨어지고 눈을 뜨더니 요시히코는 도키오를 향해 부드럽게 웃었다.

도키오는 안도의 한숨을 내쉬며 침대에서 몸을 일으킨 요시히코에게 매달려 울었다. 요시히코는 어렸을 때처럼 도키오가 울음을 그칠 때까지 머리를 쓰다듬어주었다. 여전한 손바닥의 온기를 느끼며 도키오는 이제 형이 괜찮을 거라 생각했다.

하지만 유카가 죽은 지 한 달이 지나고 두 달이 지나면서 도키오는 형이 이상해졌다는 느낌을 받기 시작했다.

요시히코는 결코 괜찮지 않았다. 그의 마음은 여전히 산산조각 난 상태로 아무도 듣지 못하는, 스스로도 듣지 못하는 비명을 지르고 있었다.

요시히코는 슬픔에 젖지도 않고, 분노하거나 후회하지도 않고, 그날 이후로 연신 부자연스럽게 미소만 지었다.

사랑하는 사람을 떠나보낸 충격으로 웃음 외의 감정을 잃고 망가진 가슴으로 살고 있었다.

"……그랬구나."

리사는 중얼거리며 고개를 끄덕였다. 입을 꾹 다문 채 한동안 말이 없다가 다시 입을 열었다.

"아무도 모르는 변화와 아픔을 넌 알아챈 거네. 못 본 지 좀 돼서 나는 잘 모르겠지만, 네가 그렇게 말한다면 맞을 거야."

"……넌 내 생각을 부정하지 않는 거야?"

"적어도 나보다는 네가 오빠를 훨씬 더 잘 알 테니까. 네 판단을 우선해야지."

리사는 담담하게 말하더니 오른손 집게손가락으로 탁자를 톡톡 두드렸다. 리사가 생각에 잠길 때 나오는 버릇이다.

"일단 심리적 요인이 틀림없으니 전문가한테 가보는 게 맞지 않을까? 상담센터나 정신건강의학과 같은 곳."

리사의 의견은 타당했지만 도키오는 고개를 가로저었다.

"부모님한테 말씀드려봤는데, 병원에 다니면 남들 눈에 어떻게 보이겠냐며 반대하셨어. 두 분 다 형은 아무 이상 없다고 하셔. 여차하면 억지로라도 데려가려고 생각중이지만."

"부모님은 그렇다 치고, 요시히코 오빠는 어떻게 생각해?"

"형이랑은 아직 직접 얘기해보지 않아서 모르겠어. 물어볼 용기가 안 나더라. 그래도 평소처럼 일상생활은 하고 있어. 문제를 일으킨 적도 없고 예전처럼 지내."

"흠. 그래서 주변 사람들이 걱정을 안 하는구나."

"부모님은 특히 더. 유카 누나가 죽었을 때 형이 어땠는지도, 그 뒤에 쓰러진 것도 다 아시니까. 걱정을 안 한다기보다는 자극하지 않으려 하시는 것 같아. 차분히 지내고 있으니 이대로도 괜찮겠거니 하는 거지."

"그렇구나. 어떤 마음인지 이해는 돼."

그랬다. 도키오도 부모님 마음을 이해했다. 그래서 도키오를 부정하는 부모님에게 더 강하게 말하지 못하고 당사자인 형에게도 말을 못 하고 있다. 두려운 것이다. 어쭙잖게 자극했다가 요시히코가 정말로, 완전히 무너져버릴까 봐.

"하, 역시 자연스럽게 좋아지기를 기다리는 것 말고는 방법이 없을까."

도키오는 머리를 싸쥐었다. 방도가 없다면 그냥 둘 수밖에 없다. 하지만 시간이 해결해줄 거라는 보장도 없다. 영원히 이 상태라면? 아니, 오히려 더 악화된다면?

비정상인 지금의 상태가 요시히코 마음에 부담을 주지 않을 리 없다. 이대로 요시히코의 마음이 계속 망가져 언젠가 요시히코마저 잃게 된다면…….. 상상하고 싶지 않은 곳까지 자꾸 생각이 미쳤다.

"아, 맞다!" 리사가 목소리를 드높였다. "종달새 언덕의 마녀한테 상담해보는 건 어때?"

도키오는 눈을 치뜨고 리사를 보며 미간을 찌푸렸다.

"종달새 언덕의 마녀?"

"응. 나도 안 가봐서 자세한 위치는 모르는데, 옆 마을 마법상점 알지?"

물론 알고 있다. 종달새 언덕의 마녀는 이웃 마을인 종달새 마을에 사는 마녀로, 종달새 언덕 마법상점이라는 가게를 운영하며 약과 찻잎을 팔고 있다. 엄마가 거기 다녀왔다는 이야기를 몇 번 들은 기억이 났다. 엄마가 사 오는 차에서는 한약 맛이 나서 도키오의 입에는 잘 맞지 않았다.

"마녀한테 상담한들 달라지는 게 있을까?"

"생각해봐, 마법으로는 뭐든 할 수 있잖아. 잃어버린 감정도 되돌릴 수 있을걸?"

"리사, 너도 알잖아. 종달새 언덕의 마녀는 사람들 소원을 안 들어줘. 마법을 써달라고 부탁해봐야 소용없어."

유명한 이야기다. 돈을 아무리 많이 가져가도, 당장 죽을 것 같은 사람이 눈앞에서 생명 연장을 애원해도 마음이 내키지 않으면 절대로 마법을 쓰지 않는다. 그리고 마녀의 마음이 내키는 경우는 거의 없다.

도키오에게는 절실한 고민이지만 마녀에게도 가닿을지는 자신이 없었다. 물론 마녀를 설득할 자신도 없었다.

"그래도 가보지 않으면 모르는 거야. 가능성은 제로에 가깝지만 아무 행동도 안 하는 것보다는 낫잖아."

"그렇긴 해."

"밑져야 본전이라고 생각해. 당장 오빠를 데려가지 않더라도 일단 혼자 가서 이야기를 들어봐도 좋고. 혼자 가기 뭐하면 내가 같이 가줄게."

"아냐…… 괜찮아."

도키오는 오른손을 내저으며 의자 등받이에 몸을 기댔다.

손목시계를 확인했다. 슬슬 수업 준비를 해야 했다.

"고마워, 리사. 일단 내가 할 수 있는 것부터 해볼게."

"응. 도울 일 있으면 언제든 얘기해."

"응."

도키오는 쟁반을 들고 일어섰다. 식기를 반납한 뒤 식당을 나와 다음 강의실로 향했다.

　중정을 지나는데 어깨에 가루눈이 내려앉았다. 숨을 내뱉으면 바로 허옇게 탁해졌다.

　도키오는 양손을 주머니에 찔러 넣고 강의실을 향해 걸음을 재촉했다.

　　　　　　　　　　　🦅

　주말에 도키오는 산악자전거를 타고 종달새 마을로 향했다.

　마녀를 만나기 위해 마법상점으로 향했지만 정확한 위치를 몰라 상당히 길을 헤맸다. 미리 엄마에게 물어볼 수도 있었지만 이유를 물으면 대답을 못 할 것 같아 관뒀다. 행인에게 물어보기를 몇 차례나 반복하며 엄청난 시간을 들인 끝에 마침내 상점이 있는 언덕 기슭에 다다랐다.

　"종달새 언덕…… 이 길이군."

　마을 이름과 같은 이름이 붙은 그 언덕은 자동차가 다닐 수 없는 좁은 돌길로 되어 있었다. 가파른 오르막길이라, 산악자전거를 단순히 이동 수단으로 이용하는 도키오에게는 오르기가 쉽지 않아 보였다.

　그래서 얌전히, 처음부터 자전거를 밀며 올라가기로 했다. 자꾸 흘러나오는 콧물을 훌쩍이며 조용한 언덕길을 묵묵히 걸어 올라갔다.

주택 몇 채를 지나 도키오는 어느 건물 앞에서 걸음을 멈췄다.

"……여기인가?"

언덕길 중간쯤에 나무로 된 오두막집이 보였다. 꽤 귀여운 집이었다. 밖에는 화분이 줄지어 있고 색색의 삼색제비꽃이 싱그럽게 피어 있다.

문 대각선 위쪽에는 철제 간판이 걸려 있다. 간판에 적힌 이름을 보아하니 목적지가 맞는 듯했다.

도키오는 남들에게 방해가 되지 않을 만한 곳에 산악자전거를 세워두고 장갑을 벗은 뒤 문을 열었다. 닫혀 있으면 어쩌지 싶었는데, 걱정이 무색하게도 부드럽게 열렸다.

종소리와 허브 향기가 퍼졌다. 이내 식물로 가득한 실내에 있는 아름다운 소녀의 모습이 눈에 들어왔다.

"그래, 어서 와."

품에 안은 병을 선반에 정리하던 소녀가 미소를 지으며 도키오를 돌아보았다.

"네, 아, 안녕하세요."

도키오는 나사 하나 빠진 로봇처럼 주뼛거리며 인사했다.

영화에서도 본 적이 없을 만큼 아름다운 소녀였다. 상상을 초

월하는 미모에 똑바로 바라보지도 못할 정도였다. 꽁꽁 언 뺨이 벌겋게 달아오르는 모습을 리사가 봤다면 엉덩이를 걷어차였을 것이다.

"당신은 무슨 일로 왔지?"

소녀의 물음에 도키오는 시선을 다잡지 못한 채 대답했다.

"아, 그게, 종달새 언덕의 마녀를 만나러 왔는데."

상점에는 소녀밖에 없었다. 그렇다면 이 소녀가 마녀라는 뜻인가.

"혹시 네가 종달새 언덕의 마녀?"

도키오가 갈 곳 잃은 시선을 조심스럽게 소녀에게로 돌리자, 소녀는 아주 살짝 입꼬리를 올렸다.

"그렇게 불리기도 해."

"그렇구나."

어려 보이는 이 소녀가 마법상점의 주인이자, 실낱같은 희망을 품고 만나러 온 종달새 언덕의 마녀인 듯했다.

"저기…… 상담을 좀 하고 싶은데."

도키오가 말하자 마녀는 카운터 안으로 들어가더니 도키오를 손짓해 불렀다. 도키오는 순순히 카운터 앞 의자에 앉았다.

"나는 스이."

"스이? 아, 이름? 나는 도키오라고 해."

"날씨가 무척 춥지? 따뜻한 차를 준비해줄게."

"아, 괜찮아. 허브티지? 나 그런 거 잘 못 마셔."

"입맛에 안 맞는 차만 마셨다면 그럴 수 있어. 몸이 풀릴 테니 사양 말고 마셔봐."

스이는 휴대용 가스버너에 주전자를 올리고 물을 끓였다. 다른 사람은 보이지 않고 음악도 흐르지 않는 조용한 실내. 도키오는 담담하게 차를 준비하는 스이를 한껏 긴장한 채 바라보았다.

오 분도 되지 않아 도키오 앞에 찻잔이 놓였다. 투명한 황금빛 액체 속에 말린 과일 따위가 잠겨 있다.

"자."

"고, 고마워."

도키오는 입김을 몇 번 분 뒤 조심스럽게 한 모금 마셨다. 설탕 아닌 단맛이 섞인, 감귤 계열의 맛이 느껴졌다.

"어, 의외로 괜찮네."

엄마가 사 온 차는 입에 맞지 않았는데 이쪽은 오히려 취향이었다. 속까지 차갑게 식었던 몸에 서서히 온기가 감돌았다.

"그래, 어떤 상담을 하려고?" 스이가 물었다.

맞다, 하며 도키오는 찻잔을 내려놓았다. 마녀의 존재와 맛있는 차에 빠져 깜박 잊을 뻔했지만 티타임을 가지러 여기 온 게 아니었다.

"우리 형 때문에. 마법의 힘을 빌리고 싶어."

"형?"

"응."

도키오는 마녀를 찾아온 이유를 꺼내놓았다.

"우리 형 이름은 요시히코인데…… 일 년 전에 소중한 사람이 병에 걸려 세상을 떠났어. 그때 충격으로 마음의 병을 얻어서 감정을 잃어버렸어. 지금 형은 웃기만 해."

"흠."

"정말 좋아서 웃는 거라면 괜찮아. 그런데 형은 그게 아니야. 슬픔을 망각했을 뿐이야. 슬픔뿐만 아니라 분노, 외로움, 그런 감정까지 다 잊었어. 형의 감정을 되돌리고 싶어. 부정적인 감정을 상기시키면 형이 괴로워질지도 모르겠지만, 그래도 멀리 내다보면 없는 것보다 있는 게 낫다고 생각하거든."

기쁨과 즐거움은 가능하다면 언제까지고 누리고 싶다. 반대로 슬픔은, 가능하다면 느끼고 싶지 않다는 생각마저 들 정도로 쓰라린 감정이다. 하지만 도키오는 슬픔이야말로 살아 있는 인간에게 무엇보다 중요한 감정이라고 생각했다.

살다 보면 마음이 무너지는 커다란 상실을 몇 번이나 조우한다. 그럴 때 슬픔이라는 감정이 있기에 무너지지 않고 마음을 지켜낼 수 있다. 올바르게 슬퍼하고, 아픔을 자각하고, 잃은 존재를 그리워하고, 몸부림치며 울고, 감정을 토해낸다. 그런 뒤에 사람은 다시 앞을 본다. 그렇게 살아가게 되어 있다.

유카를 잃고 계절이 몇 번 바뀌었다. 도키오는 아무리 생각해봐도 일 년 사이에 요시히코의 상처가 아문 것 같지 않았다. 형이 슬퍼하지 않는 이유는 그 감정을 극복했기 때문이 아니다. 요시히코는 마음에 새겨진 깊은 상처가 필사적으로 호소하는 아픔을 무시할 뿐이다.

"그렇네. 나도 그렇게 생각해. 모든 감정은 필요하니까 있는 거야."

"그렇지? 내 말 맞지? 그래서 말인데, 네 마법으로 형의 감정을 되돌려줬으면 좋겠어. 마법으로는 무슨 일이든 다 할 수 있다고 들었어."

부탁한다며, 도키오는 양손으로 카운터를 짚고 깊이 고개를 숙였다.

스이가 소원을 들어주기를 진심으로 바랐다. 그와 동시에 절대 들어주지 않을 거라고 생각했다.

마녀가 소원을 들어주는 경우는 극히 드물다고 했다. 자신이 그런 행운을 잡을 리 없었다.

분명 거절당하겠지. 그럼 아주 조금만 더 조르자, 그렇게 생각하고 있었는데.

"해줄 수 있어."

스이의 대답은 도키오의 상상과 달랐다.

도키오는 고개를 들었다.

"……뭐라고?"

"마법으로 당신 부탁을 들어줄 수 있다고."

"정말? 정말로? 형이 잃은 감정을 원래대로 돌려준다고?"

"응."

도키오는 입을 떡 벌린 채 정면에 선 아름다운 소녀를 바라보았다. 이제 스이의 외모에 두근거리지도 않았다. 그럴 때가 아니었다. 마녀가 마법을 들어주겠다고 하다니, 상상으로도 떠오르지 않은 일이었다.

기적이 일어났을지도 모른다.

눈을 연신 깜박이며 그런 생각을 하는 도키오에게 스이가 "그런데" 하고 덧붙였다.

"그게 무슨 뜻인지 정확히 알고 있어?"

도키오는 고개를 갸웃거렸다. 스이의 표정에는 변화가 없다.

"무슨 뜻인지라니…… 그게 무슨 말이야?"

"마법으로 요시히코의 감정을 되돌리는 거. 그건 바꿔 말하면 마법으로 요시히코의 마음을 억지로 조작한다는 뜻이야."

"조작?"

"그게 좋다고도 나쁘다고도 하지 않겠어. 어떻게 받아들일지
는 너희 몫이니까."

도키오는 다시 입을 떡 벌린 채 꿀 먹은 벙어리가 되었다. 좀
전과 표정은 똑같은데, 마음은 불과 몇 초 전과 완전히 달라져
있었다.

잔뜩 흥분된 마음이 가라앉고 마음속에서 형언할 수 없는 감
정이 소용돌이쳤다. 천천히 뛰는 심장 소리가 들렸다.

"잘 생각해보고, 그래도 괜찮다면 요시히코를 데리고 여기로
와. 그때는 요시히코의 마음을 원래 상태로 되돌려줄게."

마녀는 눈을 가늘게 뜨고 그렇게 말했다.

도키오는 어떻게 해야 할지 알 수 없었다.

결국 고민만 하다 새로운 한 주가 시작됐다. 얼마나 고민이
깊었는지 밤새 못 자고 뒤척이는 바람에 늦잠을 자서 1교시에
보란 듯이 지각까지 했다.

혼자 생각해봐도 답이 안 나온다는 결론에 다다른 도키오는
리사에게 상담해보기로 했다. 1교시에 지각한 김에 2교시 강의
도 빼먹고 리사가 있는 강의실 근처에서 기다리다가, 강의를 다

듣고 나오는 리사를 붙잡아 세웠다.

용건을 말하기도 전에 리사는 요시히코에 관한 이야기임을 눈치챈 듯했다.

"종달새 언덕의 마녀한테 다녀왔어?"

리사의 질문에 도키오는 고개를 끄덕였다. 그러고는 일단 식당으로 가자는 말에 리사를 따라나섰다.

주변에 사람이 없는 자리에 앉아 점심을 먹으며, 도키오는 스이와의 일을 리사에게 들려주었다.

"그랬구나."

이야기를 들은 리사는 라멘 국물이 스며든 나무젓가락을 불량스럽게 잘근거리며, 손가락으로 탁자를 톡톡 두드렸다.

"마녀 말이 맞을지도 몰라. 마음을 조작한다는 사실은 부정할 수 없으니까. 너도 그 말에 동의하니 고민중일 테고."

도키오는 다 식어버린 돈가스 끄트머리를 살짝 베어 먹었다.

"스이는…… 마녀는 '좋다고도 나쁘다고도 하지 않겠다'라고 했어. 마녀는 그게 나쁘다고 보지 않는 듯하지만, 왠지 일이 생각보다 더 커지는 느낌이야."

예를 들어 마법을 써서 같은 학부의 퀸카가 도키오에게 홀딱 반하게 하려 했다고 치자. 도키오가 실제로 원하는 일도 아니고 그런 시도는 할 생각도 없지만, 어쨌든 뿌리는 같다. 사람의 마음을 부자연스러운 방법으로 억지로 바꾸려 한다는 점에서.

마법으로 마음을 되돌리는 게 최선이라고 생각했다. 그게 요시히코를 위하는 길이라고. 하지만 자신의 생각이 얼마나 무시무시한지 도키오는 비로소 깨달았다. 그리고 무서워져버렸다.

"확실히 관두겠다는 건 아니야. 하지만 하자는 쪽으로도 못 움직이겠어."

"응."

"넌 어떻게 생각해? 답을 낼 수 있을 것 같아?"

"응. 나는 하는 쪽이 좋다고 생각해."

리사는 또박또박 대답하고는, 탁자에 턱을 괴고 도키오 쪽으로 몸을 기울였다.

"네가 어떻게든 해보려 하는 게 문제야. 사람이 사람 마음을 조작하려는 건 틀림없이 윤리적으로 좋지 않으니까."

"어? 그런데 조금 전에는."

"요시히코 오빠가 본인 의지로 자신에게 마법을 걸어주기를 원한다면, 그럼 아무 문제 없잖아."

리사가 젓가락 끝으로 도키오를 가리켰다.

도키오는 인상을 찌푸린 채 머리를 벅벅 긁었다.

"형이 자기 의지로 마녀에게 마법을 걸어달라고 부탁하게 하라는 거야?"

"맞아. 어차피 마법을 부탁하려면 같이 가야 하잖아. 그러려면 결국 오빠한테도 얘기해야 하고. 설마 당사자 몰래 하려던 건 아니지?"

"그야 당연하지……."

"아직 제대로 얘기 안 해봤다며. 오빠 생각이 어떤지도 알아야 하니까, 이렇게 된 김에 진지하게 대화해보면 어때?"

구구절절 맞는 말이었다. 도키오도 이제는 형과 이야기해야 한다고 생각하던 참이었다.

요시히코 본인은 자신의 상태를 어떻게 느끼고 있을까. 어떻게 달라지고 싶을까. 어떤 상태이고 싶을까. 요시히코를 위한 행동이라면, 그 전에 요시히코의 마음을 알아야 했다.

"도키오, 네가 두려워하면 아무것도 달라지지 않아. 오빠를 돕고 싶잖아."

마음을 들여다본 리사가, 도키오가 입을 열기도 전에 그런 말을 했다.

결심을 굳힌 도키오는 제일 큰 돈가스 조각을 젓가락으로 찌르며 고개를 끄덕였다.

그날 밤, 도키오는 요시히코의 방문을 두드렸다. 형 방에 들어가는 게 그렇게 긴장할 일은 아니다. 그런데 마라톤이라도 완주한 것처럼 심장이 쿵쾅거렸다.

"응."

"형, 저기, 잠깐 들어가도 돼?"

"그럼, 들어와."

도키오는 문을 열었다.

요시히코의 방은 옛날부터 단출했다. 책꽂이 두 개에 침대, 아빠에게 받은 오래된 레코드플레이어, 어릴 때부터 사용한 책상이 전부였다. 잡동사니가 많은 도키오의 방과 달랐다. 요시히코의 방에는 언제나 필요한 것만 놓여 있다.

"무슨 일이야?"

요시히코가 레코드플레이어의 바늘을 들어 올렸다. 방에 흐르던 음악이 멈췄다.

"음악 듣고 있었어?"

"응. 요즘 자주 들어. 왠지 마음이 편안해져서."

"그렇구나……. 그게, 잠깐 할 얘기가 있어."

요시히코는 침대에 등을 기댔다. 도키오는 형 앞쪽에 무릎을 꿇고 앉았다.

도키오의 딱딱한 자세를 보고 요시히코는 고개를 갸우뚱했다. 역시나 온화하게 미소 짓고 있었다.

"저기, 나 얼마 전에 종달새 언덕의 마녀한테 갔다 왔어."

도키오는 크게 심호흡한 뒤 말을 꺼냈다.

"형도 종달새 언덕의 마녀 알지? 종달새 마을에서 마법상점을 운영해."

"엄마가 자주 가시는 곳이잖아. 심부름 다녀왔어?"

"아니. 내가 가고 싶어서 갔어. 거기서 파는 물건을 사러 간 게 아니라, 마녀의 힘 때문에."

"마녀의 힘?"

"마법을 걸어달라고 부탁하러 갔어."

요시히코는 "그렇구나" 하며 고개를 끄덕였다. 충분히 놀랄 만한 고백이었을 텐데도 요시히코의 표정은 그대로였다.

"부탁은 들어줬어?"

"아니, 아직. 그래도 들어주겠다고 마녀가 약속해줬어."

"대단하다. 잘됐네."

"그래서 말인데, 내가 마녀한테 어떤 부탁을 했느냐면……."

도키오는 무릎에 얹은 양손을 힘껏 쥐고, 저도 모르게 숙이고 있던 얼굴을 들어 올렸다.

"형의 감정을 되돌려달라고 부탁했어."

요시히코는 눈을 세 번 깜박였다. 도키오가 한 말의 뜻을 곱씹는 듯했지만 역시나 놀라는 기색은 없었다.

"내 감정? 뭐야 그게. 무슨 뜻이야?"

"……형 말이야, 요즘에, 예를 들면 싫다든지 화난다든지 그런 감정 느낀 적 있어?"

"그러고 보니 없는 것 같아."

"그럼 슬픈 감정은?"

"음, 없어. 이유는 모르겠지만 항상 행복해. 딱히 슬퍼할 일이 없는데."

요시히코가 순수하게 미소 지었다.

원래라면 보고 안심했을 표정이지만, 도키오의 불안은 커져만 갔다.

"형, 그게 이상하다고 생각 안 해?"

"이상하다니?"

"진심으로 행복해? 만약 그렇다면 상관없어. 하지만 지금 형은 그게 아니지 않아? 그런 감정밖에 못 느끼는 상태가 된 거 아니야? 나 형이 걱정돼."

"뭐가? 걱정할 일이 뭐 있어."

"형, 부탁이야. 나랑 같이 종달새 언덕의 마녀한테 가자."

도키오는 자신의 왼손을 요시히코의 오른손 위에 포갰다. 어릴 때는 자주 잡던 손이다. 다섯 살 연상의 형은 똑 부러지는 성격이라 도키오를 잘 돌봐주었다. 혼자 뒤처지지 않도록, 위험한 일이 생기지 않도록, 도키오의 작은 손을 꼭 잡아주었다.

큰 뒤로는 손잡는 일이 없어졌다. 혼자서도 충분히 잘 걸을 수 있으니 잡아줄 필요도 없다.

그래도 요시히코의 손을 잡고 다니던 날의 기억이 선명했다. 그때의 안도감, 든든함, 온기. 언젠가는 자신을 지켜주는 형과 나란히 설 수 있는 남자가 되겠다고 결심했던 마음도 지금까지 잊지 않고 있다.

"도키오, 왜 그래? 너 좀 이상해."

요시히코는 웃었다.

도키오는 웃을 수 있을 리 없었다. 요시히코의 미소에 전부 부정당한 느낌이었다. 도키오의 호소에도, 나왔을 턱이 없는 자신의 깊은 상처에도, 요시히코는 눈길조차 주려 하지 않는다.

"이상한 소리를 하네. 무슨 일 있었어?"

"……이상한 건 내가 아니야. 형, 형도 알잖아. 지금 형 상태는 정상이 아니야. 형은 변해버렸어."

"하나도 변하지 않았어. 걱정하지 마. 난 정상이니까."

"이게 어떻게 정상이야! 울지도 화내지도 우울해하지도 놀라지도 않고 웃기만 하는데. 그거밖에 모르는 사람 같잖아."

"웃는 게 어때서? 매일 평온하게 지내고 있다는 뜻이잖아. 좋은 거 아니야?"

"좋지 않아. 좋은 게 아니라고, 형. 이대로 평생 웃는 것밖에 못 하면 어쩌려고 그래? 화나거나 울고 싶은데도 웃기밖에 못 하면, 그럼 너무 고통스럽잖아."

"도키오."

"형, 마녀한테 가자. 마녀는 도와주겠다고 했어. 형을 원래대로 되돌려준대. 그러니까."

"잠깐, 도키오. 너 좀 이상해. 왜 뜬금없이 그러는 거야?"

"누구한테 안 좋은 소리라도 들었어?" 하며 요시히코는 심통 부리는 아이를 달래듯 부드럽게 도키오의 어깨에 손을 얹었다.

도키오는 입술을 꽉 깨물었다. 분노이기도 슬픔이기도 한 감정이 몸속에서 솟구쳐 올랐다.

이 감정을 다 쏟아내면 형의 감정을 되돌릴 수 있을까. 단 한 방울의 눈물이라도 흘려주면 좋을 텐데. 그러면 요시히코가 웃는 모습을 기쁘게 받아들일 수 있을 텐데.

"갑자기가 아니야. 내내 생각했어. 형이 계속 이상하니까. 마음이 정상이 아니란 말이야. 병에 걸렸다고. 이대로 두면 안 돼. 왜 그걸 모르는 거야!"

"도키오……."

"형은 이상해! 그때…… 유카 누나가 죽었을 때부터 계속!"

유카라는 이름을 입에 올릴 생각은 없었다.

원래는 더 차분하게 이야기하려 했다. 괜한 소리는 하지 말자

고 다짐했고, 요시히코가 긍정적으로 받아들일 수 있도록 잘 설
득해보자고 생각했다.

"유카?"

요시히코의 얼굴에서 미소가 사라졌다. 요시히코 입에서 그
이름이 나온 건 아주 오랜만이었다.

도키오는 무심코 숨을 삼켰다.

일 초, 이 초, 침묵이 흘렀다. 그리고.

"오랜만에 듣는 이름이네. 그러고 보니 이제 곧 일 년인가."

요시히코는 다시 미소를 지으며 책상에 있는 탁상용 달력으
로 시선을 돌렸다.

책상에 놓여 있던 요시히코와 유카의 사진은 어느샌가 사라
져 있었다.

"……."

도키오는 온몸의 힘을 빼듯 기나긴 숨을 내쉬었다. 시선이 남
색 카펫으로 향했다. 더는 고개를 들 수 없었다.

요시히코에게 유카는 과거의 사람이 되어버렸다.

아니, 아니다. 정말로 잊었다면 차라리 괜찮다. 유카에게는
미안하지만 과거보다 앞으로의 삶이 더 중요하니까. 유카를 잊
어서 요시히코가 미래를 살아갈 수 있다면 그래도 좋다고, 도키
오는 생각했다.

하지만 요시히코는 절대 유카를 잊지 않았다. 유카를 잊지 못해서, 잊어버렸다.

갈기갈기 찢어질 것 같은 자신의 마음을 지키기 위해.

"……흑."

유카를 잃은 슬픔은, 요시히코에게는 그만큼이나 큰 아픔이었다. 극복할 수 없을 정도의 고통이었다. 그래서 절망의 감정과 함께 모든 걸 잊을 수밖에 없었다.

그것이 옳은 방법이 아니라 해도, 결국 자신의 마음에 부담을 준다고 해도. 형은 그럴 수밖에 없었던 것이다.

"흑…… 흑흑……."

도키오는 흐르는 눈물을 억누를 수 없었다.

입술 사이로 알아듣기 힘든 소리를 내보내며, 이마를 바닥에 찧은 채 울었다.

"도키오?"

요시히코가 도키오의 등을 어루만졌다. 도키오는 대답하지 못하고 터질 듯한 울음을 필사적으로 참았다.

자상한 형. 너무나 사랑하는 형. 도키오를 향한 애정도, 닿은 손에서 느껴지는 온기도, 옛날과 무엇 하나 달라지지 않았다.

"오늘따라 유독 이상하네. 안 좋은 일이라도 있었어?"

요시히코에게 감정을 되찾아주고 싶었다. 그것만이 요시히코를 돕는 방법이라고 생각했다.

하지만 그렇게 하는 건 감정을 없애야 했을 만큼의 고통과 상실감을 요시히코에게 상기시키는 일이기도 했다.

심장이 뜯겨 나가는 듯한 슬픔을. 아무리 그리워해도 돌아오지 않는 온기를. 소중한 사람을 잃고 사랑한 만큼 놓아버린 고통을. 그 모든 걸 한 번 더 형에게 느끼게 하는 짓은…….

"울지 마, 도키오."

그런 짓은 차마 할 수 없었다.

1월 31일은 유카의 기일이었다.

도키오는 전날부터 형의 상태를 살폈지만 형은 아는지 모르는지, 당일에도 아무 일 없다는 듯 출근했다.

도키오는 결석하면 안 되는 1교시에만 출석한 뒤 형을 대신해 유카의 묘에 가기로 했다. 학교 건물을 나서다가 리사와 마주쳤는데, 어디에 가는지 말하자 리사도 강의를 결석하고 같이 가겠다고 했다.

기일이니 다른 사람도 왔을 터였다. 도키오가 준비하지 않아도 묘에는 신선한 꽃이 놓여 있겠지만, 둘 자리가 없으면 집에 가져가면 된다는 생각으로 묘원墓園 근처 꽃집에서 유카와 어울리는 사랑스러운 꽃다발을 샀다.

유카의 묘는 절에 인접한 묘원에 있었다. 딱 한 번 가보았다. 유카의 부모님이 봉안을 마쳤다며 정확한 위치를 알려주셨을 때였다. 그때는 자발적인 의지가 아니라 부모님에게 형 대신 가달라는 부탁을 받고 갔다. 부모님은 형의 정신이 불안정해질 것을 우려해 형에게는 연락이 왔다는 이야기를 하지 않았다.

"분명 이 근처였는데……."

두리번거리며 유카의 묘를 찾았다. 비슷비슷하게 생긴 비석이 늘어서 있어 헤맸지만, 간신히 기억을 더듬어 어느 통로로 들어섰다.

"앗."

앞에서 묘를 정돈하고 있는 사람을 보고 도키오는 놀라서 소리를 뱉어냈다.

그 사람도 뒤를 돌아보았다.

"자네는……."

낯익은 얼굴, 유카의 아버지였다.

"안녕하세요. 유카 누나 기일이라서 왔습니다. 괜찮을까요?"

도키오는 유카의 아버지에게 다가가 인사했다.

"네가……."

"요시히코의 동생, 도키오입니다. 이쪽은 여자친구 리사예요."

처음 뵙겠습니다, 하고 고개 숙이는 리사에게 유카의 아버지도 인사하며 미소 지었다.

"유카의 장례식에도 와줬지. 오늘도 고맙구나."

"아닙니다……. 저, 형은 오늘 도저히 못 오는 상황이라……. 죄송합니다. 그래서 제가 대신 왔습니다."

"그랬구나. 요시히코는 잘 지내니?"

"아, 네."

"그래, 다행이다."

유카의 아버지는 마음이 놓인다는 듯 웃더니 비석으로 눈길을 돌렸다. 화강암 비석 정면에 유카의 성씨가, 측면에 유카의 이름이 새겨져 있다.

"눈 깜짝할 새 일 년이 지났네. 우리 가족은 아직 마음 정리를 못 했지만, 이제는 조금씩 앞으로 나아가보려 한단다."

"네……."

"도키오도 유카와 가까이 지냈다고 전해 들었는데, 어떻게 지내니?"

"누나를 잊지는 못했지만, 그래도 누나 없는 일상에 익숙해져버린 느낌이에요. 죄송합니다. 표현이 좀 그렇죠."

"죄송하기는. 그거면 됐어. 너한테는 네 미래가 있으니까."

유카 아버지는 그러고는 "요시히코는?" 하고 물었다.

도키오는 곧장 대답할 수 없었다. 그 반응을 어떻게 받아들였는지는 알 수 없지만 유카 아버지는 어딘가 슬퍼 보이는 미소를 머금었다.

"요시히코가 유카를 깊이 사랑했다는 걸 알아. 그래서 요시히코가 부디, 유카에게 얽매이지 않고 새 인생을 살아줬으면 좋겠구나. 그게 딸의 바람이기도 할 거야. 그 아이도 요시히코를 사랑했으니까."

추위에 빨갛게 물든 손끝이 묘비를 어루만졌다.

묘는 유골을 보관하는 장소이고 비석은 그 자리를 표시하는 돌일 뿐이다. 유카의 체온은 없다. 하지만 아버지의 손짓과 눈빛 모두 그곳에 가장 사랑하는 딸이 있다는 듯 한없이 따스했다.

"……이런 말을 해놓고 모순될지도 모르겠다만."

유카의 아버지가 묘 앞에 놓여 있던 종이봉투를 도키오에게 내밀었다.

"오늘, 혹시라도 요시히코를 만난다면 주려고 가져왔어. 괜찮다면 대신 전해줄래? 필요 없다면 처분해도 괜찮다는 말도 전해줬으면 해."

도키오는 봉투를 받아들었다. 안을 들여다보니 직사각형 종이 상자가 들어 있다.

과자 세트인가 싶었지만 '처분'이라는 말이 걸렸다.

"이건……?"

"안에 오르골이 들어 있어. 얼마 전에야 유품을 정리하기 시작했는데 그때 찾았단다. 포장은 안 되어 있지만 상자에 있었으니 새 제품일 거야."

"누나가 형에게 선물하려던 오르골이란 말씀인가요? 하지만 포장이 안 돼 있었다면 그게 아닐 수도 있을 테고…… 혹시 형이 선물한 걸까요?"

"글쎄다. 예전에 요시히코한테 오르골을 선물받았다고 한 적이 있는데 이거랑은 달라. 그건 상자에 넣지 않고 방에 꺼내뒀었거든. 그러니 요시히코가 선물한 오르골은 아닐 거다."

"그럼 왜 이걸 형에게……?"

요시히코와 관련이 있다면 받겠지만, 그렇지 않다면 왜 굳이 가져와서 전하려고 한 걸까.

"그게, 잘은 모르겠지만 직감 같은 거라 딱 집어 설명하기 어렵구나. 하지만 어째서인지 요시히코에게 줘야 할 것만 같았어. 유카가 그렇게 말하는 느낌이 들었거든."

유카의 아버지는 눈을 내리깔고 입으로만 미소 지었다.

"미안하다. 유품을 나누는 것 같아 부담될지도 모르겠구나."

"아, 아니에요…… 괜찮습니다. 잘 가져갈게요."

"고맙다. 오늘 널 만나서 다행이야."

도키오는 유카 아버지의 눈을 보지 않고 고개를 끄덕였다.

차디찬 바람이 촛불에 핀 작은 불꽃을 흔들어댔다.

헌화를 하고 리사와 향을 피워 올린 뒤, 유카의 아버지에게
인사한 후 묘원에서 나왔다.

돌아가는 길, 한동안 말없이 걷는데 리사가 "도키오" 하고 입
을 열었다.

"그거 오빠한테 줄 거야?"

리사의 시선은 도키오가 든 종이봉투에 가 있었다.

도키오는 잠시 생각한 뒤 고개를 가로저었다.

"아니. 그래도 내 멋대로 버리지는 않을 거야. 언젠가 줘야겠
다는 생각이 들 때 줄래."

"마녀한테 부탁하는 건 관두기로 했어?"

"응. 형이랑도 그 뒤로는 다시 얘기해본 적 없어."

그날 이후로도 요시히코는 여전했다. 그 모습이 도키오에게
는 역시나 부자연스러워 보였지만, 요시히코의 감정을 되돌리
고 싶다는 말을 더는 할 수 없었다.

"한심하지? 먼저 말 꺼내놓고 결국 아무것도 못 했잖아."

실소가 나왔다. 결국 처음부터 표면만 보고 있었다.

요시히코를 생각하는 척했지만 마음 깊은 곳까지는 헤아리지 못했고, 자신의 생각이 곧 정의라고 착각했다. 어리석었다. 모든 게 다 마음 편하자고 한 위선일 뿐이었다.

　"그렇지 않아. 형을 생각해서 끝도 없이 고민하는 사람을 어떻게 한심하다고 하겠어?" 리사가 눈살을 찌푸리며 도키오를 노려보았다. "그리고 방금 그 말, 나를 무시하는 말이기도 해. 넌 날 그런 사람이라고 생각해?"

　"앗, 아니, 그런 뜻은 아니야."

　"난 네 노력을 부정한 적 없어. 방법과 결과가 어찌 되었든 네가 오빠를 위해서 행동했다는 건 확실해. 그게 상대방한테 피해를 줬다면 모르지만, 요시히코 오빠가 그렇게 생각할 사람도 아니잖아."

　"글쎄. 그럴까?"

　"네 진심은 오빠한테도 전해졌어. 그러니까 그렇게 기죽을 필요 없어. 자, 기운 내!"

　리사가 등을 두드리자 도키오는 왠지 울음이 터질 것 같았다. 티 내지 않으려 코를 훌쩍인 뒤 한숨을 뱉어냈다.

　"네가 이 세상에 없다면 나는 너무 우울해서 아무것도 못 했을 거야."

　요즘 들어 생각하게 됐다. 유카는 도키오에게도 너무나 소중한 사람이었지만 요시히코가 느끼는 정도의 감정은 아니었다. 도키오는 유카를 잃은 형의 마음을 온전히 공감할 수 없었다.

그렇다면 만약 리사가 죽으면 어떨까 상상해보았다. 그랬더니 요시히코가 지금 어떤 기분일지 뼈저리게 공감됐다. 리사가 없어진다면 분명 숨도 쉬지 못하리라. 리사가 없는 세상에서 어떻게 살아야 할지 전혀 답이 떠오르지 않는다.

"그렇겠지. 넌 내가 죽으면 오 년은 내리 울기만 할걸? 주변 사람들이 도와주지 않으면 일상생활도 제대로 못 하는 폐인이 될 거야."

"……부정할 수 없어서 싫네."

"그래서 난 오기로라도 네 옆에 백 년 정도는 더 있어줄 생각이야."

"하지만" 하고 리사는 목소리 톤을 조금 바꿔서 말을 이었다. "사람 일은 모르는 거니까. 만약 그런 일이 생긴다면, 내가 없어도 네가 잘 살면 좋겠어."

좋은 얘기도 아닌데 리사의 표정은 밝았다. 반면 도키오는 울상을 지었다.

"그럴 수 있을까?"

"그래야지."

"네 몫까지?"

"아니. 내 몫 같은 거 말고 그냥 네 인생을 살았으면 좋겠어. 내가 없는 미래라도, 네 마음속에서 내가 없어져도 괜찮아. 네가 날 잊는 것보다 상처에서 헤어나지 못하고 그 자리에 멈춰 있는 게 훨씬 더 슬플 테니까."

도키오는 걸음을 멈췄다. 리사도 눈치채고 몇 발짝 앞에서 걸음을 멈추고 도키오를 돌아보았다.

"……넌 내가 너 없는 미래를 잘 살았으면 좋겠어?"

"응. 꼭."

"그럴 수 있을까?"

"하하, 그래서 방금 말했잖아. 이거 안 되겠네. 내가 먼저 죽게 되거든 네가 다시 일어설 수 있도록, 힘을 줄 수 있는 뭔가를 준비해둬야겠다."

리사는 눈을 맞추고 부드럽게 웃었다.

장갑 낀 손을 마주 잡고, 도키오는 자신보다도 작은 몸에 이끌려 걷기 시작했다.

발개진 리사의 코끝이 하늘로 향했다. 도키오도 하늘을 올려다봤다. 구름 한 점 없이 맑은 날이었다. 지금 이 순간이 영원하기를 기도하고 싶을 만큼 투명한 하늘이다.

"분명 유카 언니도 같은 마음이었을 거야."

리사가 혼잣말하듯 중얼거렸다.

그날 밤, 도키오는 유카 아버지에게서 받은 오르골을 꺼내보았다.

방문이 제대로 닫혀 있는지 확인하고 봉투에서 종이 상자를 꺼내 책상에 올렸다.

종이 상자를 열자 결이 고운 나무 상자가 나왔다. 양손에 올릴 수 있는 크기의 직사각형 나무 상자. 뚜껑을 여니 소리 나는 기계가 들어 있다. 평범한 모양의 오르골이었다.

"오, 좋은 오르골이네."

하지만 오르골과 요시히코 사이의 관련성은 발견하지 못했다. 상자에 이름이 새겨져 있지도 않고, 안에 메시지 카드가 들어 있지도 않다. 유카의 아버지가 이걸 왜 요시히코에게 주려 했는지, 그리고 유카가 왜 이 오르골을 종이 상자에 넣은 채 보관해뒀는지 도통 답을 찾을 수 없었다.

"소리만 잠깐 들어볼까."

나무 상자를 들어 올리자 바닥 부분에 태엽 감는 장치가 있었다. 도키오는 망가지지 않게 조심하며 태엽을 감았다.

또르륵, 또르륵, 태엽 감기는 소리가 났다.

그리고.

"……응?"

오르골에서는 아무 소리도 나지 않았다.

태엽이 안 감겼나 싶어 다시 살펴봤지만 돌기가 있는 원통 부분은 제대로 돌아가고 있었다. 돌기도 금속편을 확실히 튕기고 있었다.

하지만 소리가 전혀 들리지 않았다. 아무리 귀를 가까이 갖다 대도 작은 소리조차 들리지 않는다.

"새 오르골인 것 같다고 하셨는데……."

고장 났나. 어쩌면 그래서 유카가 이걸 꺼내두지 않고 보관했을지도 모른다.

별수 없다고 생각하며 오르골 뚜껑을 닫아 종이 상자에 도로 넣었다. 하지만 왠지 모르게 찜찜해서 잠시 생각하다 방을 나섰다.

1층으로 내려가니 요시히코가 거실에서 텔레비전을 보고 있었다. 도키오를 본 요시히코는 변함없이 미소를 지어 보였다.

"뭐야, 야식 먹으러 왔어?"

"그건 아니야. 형, 혹시 전화번호부 어디 있는지 알아?"

"거기 있는 선반, 아래에서 두 번째 칸."

"아, 찾았다. 고마워."

도키오는 노란색 전화번호부를 집어 들었다.

그대로 거실에서 나오려다 문득, 요시히코의 옆얼굴이 눈에 들어와 멈춰 섰다.

'형, 오늘은 유카 누나 기일이야. 리사랑 같이 다녀왔어. 아저씨가 유카 누나 유품을 주셨는데, 형한테 전해달라고 하셨어.'

요시히코에게 그렇게 말하고 싶었다.

하지만 마음만 있을 뿐 입 밖에 내지 않았다.

"왜 그래?"

텔레비전으로 돌아간 요시히코의 시선이 다시 도키오 쪽을 향했다.

"아니, 아무것도 아니야. 잘 자."

"잘 자."

미소 짓는 형에게 웃어 보인 뒤 도키오는 방으로 돌아왔다.

유카가 죽은 지 일 년이 된 오늘도, 요시히코의 마음에는 아무 변화가 없었다.

전화번호부를 뒤져 종달새 마을에 오르골을 수리해주는 가게가 있다는 사실을 알아냈다.

일요일, 도키오는 오르골을 배낭에 넣고 종달새 마을로 향했다. 방한을 위해 완전 무장을 갖춘 뒤 산악자전거를 타고 이십 분쯤 달려 가게에 도착했다.

선로를 따라 조성된 상점가에 평온히 자리 잡은 중고악기 전문점이었다. 악기 판매 외에 수리 업무도 겸하고 있어 오르골을 고쳐준다고 했다.

가게 안쪽 작업대에는 때 묻은 앞치마를 두른 중년 점원이 앉아 있었다.

"안녕하세요, 전에 전화드렸는데요……."

"아, 오르골 수리 물어보셨죠? 이쪽으로 오세요. 한번 보여주시겠어요?"

"네."

도키오는 오르골을 내밀며 소리가 나지 않는다고 설명했다. 전화로도 상황은 설명했지만, 말만 들어서는 원인을 알 수 없으니 직접 확인해봐야 한다고 했다.

점원은 "잠깐 볼게요" 하며 오르골 태엽을 살짝 감았다. 오르골이 움직이기 시작했다. 역시나 소리는 나지 않았다.

"음…… 이건."

점원은 갸웃거리더니 공구함에서 공구 몇 개를 꺼냈다.

"분해해봐도 될까요?"

"아, 네. 부탁드립니다."

"이따 말씀드릴 테니 가게 구경이라도 하고 계세요. 악기들 살살 소리 내보셔도 괜찮습니다."

어차피 도키오는 다룰 줄 아는 악기가 없다. 점원은 작업대에 등을 구부리고 앉아 작업을 시작했다. 도키오는 제일 저렴한 기타를 들고 그럴싸하게 줄을 튕겼다가, 기타 소리가 꼭 자신을 놀리는 듯해 바로 관뒀다.

십오 분쯤 지났을까. 벽에 걸린 바이올린을 멍하게 보고 있을 때 점원이 말을 걸었다.

다 고쳤나 싶어 얼른 돌아봤지만 점원의 표정은 어두웠다.

"죄송합니다. 이건 못 고칠 것 같아요."

"그렇게 심하게 망가졌어요?"

"아니요, 그게 아니라……."

점원은 이미 다시 조립한 오르골을 도키오 앞에 내려놓았다.

"고장 나지 않았어요. 멀쩡합니다."

"네? 소리가 안 나는데요."

"그러니까요. 멀쩡한데 소리만 안 나와요. 일부러 이렇게 만든 것도 아닐 텐데. 소리가 안 날 수가 없거든요. 그런데 먹통이에요."

잘 보세요, 하며 점원이 태엽을 감았다.

"실린더가 돌아가면 돌기가 금속편이라는, 쉽게 말해 피아노 건반 같은 걸 튕기면서 소리를 내는 원리인데요. 여기, 제대로 튕기는 게 보이죠?"

원래라면 이렇게 하면 소리가 난다고 했다. 하지만 여전히 오르골은 음소거 상태였다.

"아까 분해해서 금속편만 튕겨봤을 때는 소리가 났으니 이상이 있는 건 아니에요. 다른 곳도 멀쩡하고요. 어디가 망가진 건지 도저히 모르겠어요. 소리만 차단된 듯한 느낌이랄까요……."

"소리만 차단……."

"이 일을 오래 했지만 이런 경우는 처음이에요. 며칠 더 시간을 들여서 하나하나 다시 살펴볼 수도 있긴 한데, 그렇게 해도 결과는 마찬가지일 겁니다."

점원은 오르골이 멈추기를 기다렸다가 뚜껑을 닫았다.

"죄송합니다. 저한테는 무리예요."

패잔병 같은 점원의 표정에 도키오는 "알겠습니다"라고밖에 답할 수 없었다. 오르골을 도로 넣은 뒤 꾸벅 인사하고 가게를 나왔다.

곧장 집에 갈 기분이 들지 않아 자전거로 종달새 마을을 돌아보기로 했다. 언덕을 오르락내리락하며 목적지 없이 달리다가, 문을 닫은 부티크 옆 자판기 앞에 자전거를 세웠다.

따뜻한 캔 커피를 뽑고는 자판기 옆에 앉아 쉬기로 했다.

옷을 껴입었지만 장시간 자전거를 탔더니 역시나 뼛속까지 얼어붙는다. 따뜻한 커피가 몸에 스며들었다. 도키오는 홀짝홀짝 커피를 마시면서 콧물을 훌쩍거렸다. 정면에 있는 건물 외벽 얼룩을 멍하게 보고 있을 때였다.

"안녕, 도키오."

갑작스러운 목소리에 도키오는 고개를 돌렸다. 골목길 안쪽에서 낯익은 인물이 걸어왔다.

"앗, 너는……."

종달새 언덕의 마녀다. 이름은 분명, 스이였다. 전에 만났을 때 입고 있던 진녹색 로브 위에 빨강과 검정 체크무늬 판초를 걸치고 있다.

"스이? 신기하네. 이런 데서 다 만나고."

마녀가 아무렇지 않게 마을 한복판을 어슬렁거리는 모습이 놀라웠다. 하지만 마녀도 여기에서 생활하는 생명체이니 물건을 사러 가거나 놀러 가는 경우도 있을 터였다.

"마을에 볼일이라도?"

"응, 그랬지."

"오호."

흥미가 있는지 없는지 종잡을 수 없는 중얼거림과 함께 스이는 멈췄던 발을 내디뎠다. 가는 줄 알았는데, 자판기에서 음료를 뽑더니 도키오 옆에 앉아 캔을 땄다. 스이는 흠칫하는 도키오를 슬쩍 본 뒤 김이 나는 카페오레를 꿀꺽꿀꺽 마셨다.

"추울 때는 따뜻한 게 맛있어. 더울 때는 차가운 게 맛있는데 말이야."

"……그렇지."

예쁘장한 소녀가 옆에 있으면 기쁠 법도 한데, 마녀라고 생각하니 다른 쪽으로 긴장하게 되어 마냥 기쁘지만은 않았다.

어떻게 된 상황인가 짚어보며 도키오는 식어가는 커피를 단숨에 들이켰다. 딱히 할 게 없어 텅 빈 캔을 꽉 누르는데, 딱딱한 스틸 캔이라 찌그러뜨리려 해도 잘 안 됐다.

"그때 이후로 안 오던데, 마법은 이제 필요 없어졌어?"

스이의 질문에 도키오는 애매하게 고개를 끄덕였다.

"아, 응. 이제 됐어."

"그렇구나."

스이는 추궁할 생각이 없어 보였다.

도키오는 애꿎은 캔 표면만 힘주어 문질렀다.

"저기, 마법 부탁한 거, 우리 형 때문이었잖아?"

침묵을 깨고 싶어 어떤 말이든 꺼냈다. 스이는 딱히 감정을 더하지 않고 "응" 하고 대답했다.

"형의 약혼녀였던 누나가 남긴 오르골을 받았는데, 왜인지 소리가 안 나. 오늘 수리하러 갔지만 결국 못 고쳤어."

"오르골?"

"응. 소리가 안 나는 원인을 모르겠단 말이지. 아, 너라면 마법으로 고칠 수 있을까? 하하, 그냥 해본 말이야. 이런 일로 마법을 부탁할 생각은 없으니까."

오르골에 강한 애착이 있다면 몰라도, 유카가 직접 주지도 않은 물건 때문에 그렇게까지 할 의욕은 생기지 않았다. 종달새 마을의 수리점을 찾은 이유도 일단은 시도나 해보자는 생각이었다. 손쓸 수 없다는 걸 알게 된 이상 다른 곳에 가져갈 마음도 없었다.

"오르골 잠깐 보여줘봐."

스이의 말에 도키오는 오른손을 내저었다.

"진짜 농담이야. 못 고친다는데 별수 없잖아."

"그게 아니라 그 오르골, 고장 난 게 아닐지도 몰라."

"어?"

스이는 진지한 표정으로 도키오를 올려다보았다.

도키오는 고개를 갸웃거리며 배낭에서 체크무늬 주머니를 꺼냈다. 부드러운 천에 감싸인 오르골에는 흠집 하나 없다.

"자, 여기."

오르골을 건네자 스이는 손끝으로 나뭇결을 그리듯 가만히 쓰다듬었다.

"아, 역시. 마법이 걸려 있어."

"어? 뭐라고?"

"소리가 안 나는 마법. 정확히 말하면, 주인이 태엽을 감을 때
만 소리가 나는 마법."

그래서 지금까지는 소리가 나지 않은 거라고 스이는 말했다.

"주인? 잠깐. 방금 마법이라고 했어? 정말이야? 확실해?"

"응, 틀림없어. 내가 걸었으니까."

도키오의 입이 떡 벌어졌다. 말문이 막힐 만큼 어마어마한 사
실을 알아버렸는데, 정작 그 사실을 알려준 장본인은 별일 아니
라는 듯 이야기를 이어갔다.

"일 년 전에 유카가 이걸 가지고 보호자랑 같이 왔어. 이 오르
골에 주인만 소리를 낼 수 있는 마법을 걸어달라고 했지. 유카
의 의뢰를 수락해서 오르골에 마법을 걸었어."

스이가 언급한 이름은 확실히 요시히코의 연인 이름이었다.
도키오는 유카의 이름을 말하지 않았다. 유카가 생전에 스이의
상점에 찾아갔다는 말이 사실일 터였다.

물론 도키오는 그런 이야기는 한 번도 들은 적이 없었다. 유
카에게도, 요시히코에게도.

"설마 마법이 걸렸을 줄이야."

거기까지는 생각이 미치지 못했다. 전문가도 백기를 든 상황

이다. 마법 때문이라면 사람 힘으로는 어쩔 도리가 없다.

"유카 누나가 왜 그런 의뢰를……?"

"딱히 깊은 뜻은 없지만 그러면 특별한 느낌도 있고, 무엇보다도 재미있을 것 같다고 했어. 다른 사람은 아무리 태엽을 감아도 소리가 안 나는데 자신을 위해서만 멜로디가 나온다면 얼마나 로맨틱하겠느냐면서."

"아…… 누나라면 그런 말 하고도 남아."

진중해 보이지만 유쾌한 면도 있는 사람이었다. 유카 누나 특유의 장난기 가득한 웃음이 떠올랐다. 분명히 좋은 아이디어가 떠올랐다며 의기양양하게 마녀를 만나러 갔으리라. 어쩌면 의뢰 자체에 의미를 뒀을 뿐 진짜로 들어주리라는 기대는 안 했을지도 모른다.

"주인이라."

돌려받은 오르골의 뚜껑을 열었다. 태엽을 감으면 움직이면서 부드러운 소리를 내야 하는 기계. 아니, 오르골은 착오 없이 움직였으니 지금까지도 소리를 냈을 테다. 그 소리가 자신에게는 들리지 않았을 뿐이다.

"그렇다면 오르골은 이제 무슨 짓을 해도 소리가 안 나겠네. 그걸 알았으니 미련 없이 포기할 수 있겠어."

도키오는 한숨을 내쉬며 중얼거렸다.

그러자 스이가 "어째서?" 하고 물었다.

"어째서라니, 뭐에 대해서 물은 거야? 이제 절대 소리가 안 난다는 거? 포기한다는 거?"

"소리가 안 난다는 거."

"그야, 주인이 이제 없잖아. 유카 누나는 일 년 전에 죽었어. 아마 마법상점에 다녀온 지 얼마 안 돼서였을 거야."

그러니 이 오르골은 울리지 않는다.

도키오는 그렇게 생각했는데.

"그래. 유카는 죽었지. 하지만 주인은 살아 있어."

스이는 분명하게 말했다.

"음? 그게 무슨……. 살아 있다니, 그 말은 오르골의 주인이 유카 누나가 아니라는 뜻이야?"

"응."

"하지만 이거 누나가 갖고 있었어. 누나 아버지가 유품을 정리하면서 발견했다고 주셨는데."

그러니 유카의 물건이다. 지금 오르골을 들고 있는 도키오의 것도 확실히 아니다. 도키오 손에서는 소리가 나지 않았으니까.

"아, 혹시 아버님이 주인이신가? 누나의 유품은 자연스럽게 가족들 물건이 되는 거잖아."

"글쎄. 도키오, 이 오르골이 누구를 위해 존재하는가, 그게 중요해."

"누구를 위해?"

"응. 유카가 누구를 위해 이 오르골을 준비했고, 누구에게 주
려고 했는지."

도키오는 퍼뜩 알아차렸다.

일 년 전. 죽기 직전. 죽음을 각오한 유카가 무엇을 위해, 누구
를 위해 이 오르골을 남겼는가.

도키오는 리사의 말을 떠올렸다.

'내가 없어도 네가 잘 살면 좋겠어.'

'내가 먼저 죽게 되거든 네가 다시 일어설 수 있도록, 힘을 줄
수 있는 뭔가를 준비해둬야겠다.'

"유카가 말했어. 곧 죽을 거라고. 혼자서는 걷지도 못하는 비
쩍 마른 몸이었으니 누가 봐도 믿을 수밖에 없었지. 보호자는
병원 직원이었어. 간곡히 부탁해 잠깐 나왔다고 하더라."

"……"

"유카가 마법을 의뢰했을 때, 나는 유카의 몸에 관한 부탁일
줄 알았어. 만약 그랬다면 들어주지 않았을 거야. 그런데 유카
는 오르골을 내밀었어. 어쩌면 필요 없을지도 모르지만 언젠가
필요할 때를 대비해 준비해뒀다면서."

유카는 자신이 없는 미래에서 소중한 사람이 도저히 기운을

차리지 못할 때, 자신을 대신해 힘을 줄 수 있는 장치가 필요하다고 생각했다.

뭐가 좋을지 고심하고 또 고심한 끝에 오르골을 선택했다. 자신도 같은 경험을 했기 때문이다.

병을 알게 되어 자포자기하는 심정이 됐을 때 연인이 오르골을 선물해주었다. 워낙 선물을 안 하는 사람이라 기뻤지만 아무 쓸모도 없고, 이런 걸로 병이 낫지도 않는다 싶어 시큰둥한 마음 또한 들었다.

며칠간 방치해두다가 입원실 구석에서 무심코 태엽을 감아보았다. 그러자 연인과 함께 자주 듣던 올드 팝송의 멜로디가 흘러나왔다.

오르골은 역시나 유카의 몸에 아무 도움이 되지 않았다. 병을 호전시키지도 구토와 통증을 멎게 하지도 않았고, 체력을 보전시키지도 수액을 떼어내게 하지도 못했다. 하지만 유카는 저도 모르게 눈물을 흘렸다. 멜로디가 멈춰도 울고 또 울다가, 울음을 그쳤을 때에는 기운을 내자고 생각했다.

비관해봐야 아무것도 바뀌지 않는다. 자신에게는 같이 울어주고 아파해주는 사람이 있다. 그러니 이제 더는 울지 말고 앞을 바라보자. 마지막의 마지막까지 살아내자. 신기하게도 마음을 굳게 먹을 수 있었다.

끝끝내 병은 낫지 않았지만 유카는 이겨내지 못했다고 생각하지 않았다. 남은 인생을 사랑하는 사람과 함께 웃으며 보낼 수 있었으니까.

괜찮아. 고개 들어.

자신이 없는 미래에서 고개 숙이고 있을 사람에게, 유카는 그렇게 전하고 싶었다.

언젠가 그가 멈춰 선다면 이 오르골이 그의 등을 밀어주리라. 자신이 힘내는 모습을 누구보다 가까이서 지켜본 사람이니 반드시 마음이 전해지리라. 유카는 그렇게 믿었다.

'멀리 떨어져 있어도, 네가 날 잊어도, 난 항상 네 행복을 바랄 거야. 그러니 걱정하지 말고 너의 삶을 살아.'

그런 염원을 담아 유카는 미래를 향해 오르골을 남겨두었다.

"전해줄 타이밍을 놓치고 가버렸구나. 아니, 아닐지도. 유카는 필요한 순간에 누군가가 꼭 그에게 전해주리라 생각한 거야."

"⋯⋯."

"도키오, 지금 오르골의 주인에게는 이게 필요해. 내 마법이 아니라."

도키오는 오르골을 양손으로 꽉 쥔 채 고개를 끄덕였다. 눈물이 넘쳐흐르지 않도록 온 힘을 다해 입술을 깨물었다.

오르골의 주인이 누구인지는 일찌감치 깨달았다. 스이의 말대로 그 사람에게는 지금 오르골이, 유카의 마음이 필요하다.

"그럼 살짝만 도와줘볼까."

스이가 오르골 뚜껑을 열었다.

어리둥절해하는 도키오에게 스이는 "그대로 들고 있어" 하더니 로브 소매에서 빼낸 하얀 오른손을 오르골에 얹었다.

그러자 오르골의 윤곽이 맑은 연둣빛으로 빛나기 시작했다.

동시에 스이의 새장 모양 펜던트도, 그 안에 든 선명한 초록색 돌도 반짝거렸다. 눈부시게, 따뜻하게, 격렬하게, 투명하게. 하늘의 햇빛과도 전구의 불빛과도 다른 빛이 넘쳐흘렀다.

"마, 마법?"

"마음은 무엇보다도 강해. 하지만 말로 하지 않으면 전해지지 않는 것도 있지. 말은 때때로 마법보다 더 큰 기적을 일으켜."

빛이 강해진다. 스이의 빨간 눈동자가 형형히 빛나고, 머리카락은 중력을 거스르며 붕 떠오른다.

도키오는 숨을 멈춘 채 기적의 광경을 바라보았다. 스이는 도키오가 알아들을 수 없는 말로 무어라 속삭였다.

그리고.

"다시 일어설지 멈춰 설지는 본인이 정해야겠지."

오르골을 휘덮은 빛이 사라졌다.

스이는 눈을 천천히 감았다 뜨더니 인형처럼 고운, 그러나 따스함을 확실하게 머금은 눈망울로 도키오를 바라보았다.

"하지만 누군가가 등을 밀고 손을 잡아 끌어줘야만 다시 움직일 수 있을 때도 있어."

그 말에 도키오는 힘을 내 일어섰다. 소중한 사람의 손을 잡으러 가기 위해.

"고마워, 스이."

대답은 없었다. 바라지도 않았다.

도키오는 뒤도 돌아보지 않고 발길을 서둘렀다. 지금 바로 만나야만 하는 사람이 있는 곳으로.

사실은 스스로의 힘으로 형의 마음을 고쳐주고 싶었다.

떠나버린 사람은 아무것도 할 수 없다. 옆에 있어줄 수도 없다. 그런데도 이제는 없는 사람에게 집착하니 마음에 계속 생채기가 나는 것이다. 그러니 산 사람이 어떻게든 해줘야 한다, 그렇게 생각했다.

하지만 누군가가 다른 사람을 대신할 수는 없다. 각자 역할이 다르고 상대를 채워줄 수 있는 부분도 다르다. 유카가 있던 자리에 뚫린 구멍은 도키오로는 메울 수 없다.

만약 언젠가 요시히코가, 유카만큼 사랑할 수 있는 사람을 만난다면 조금씩 메워질지도 모르겠지만.

그때까지는, 유카가 두고 간 사랑에 기댔으면 좋겠다.

'누나가 남긴 그 마음, 누나가 전하고 싶던 사람에게 반드시 전할게.'

도키오는 자신의 역할을 다하자고 다짐했다.

"형."

집에 온 도키오는 외투도 벗지 않고 곧장 형의 방문을 두드렸다. 온화한 목소리가 들려 문을 열자 요시히코가 미소 지으며 도키오를 맞았다.

"도키오, 무슨 일이야?"

"형한테 줄 게 있어."

도키오는 카펫이 깔린 바닥에 털썩 주저앉아 장갑을 아무렇게나 벗어 던졌다. 그리고 얼어붙은 손으로 오르골을 꺼냈다. 요시히코는 선선하게 오르골을 받았다.

"선물이야? 고마워."

"아니. 내가 주는 거 아니야. 유카 누나가 주는 거야."

"유카?"

요시히코는 눈을 깜빡였다. 그러고는 손에 든 나무 상자를 내려다보며 뚜껑을 열었다.

"아, 오르골이구나."

태엽을 감지 않은 오르골은 멈춰 있었다. 망가진 곳이 없으니 태엽만 감으면 영롱한 멜로디가 흘러나올 터였다.

도키오는 아직까지 한 번도 이 오르골에서 흘러나오는 음악을 듣지 못했다.

"유카가 왜 나한테 오르골을 줬을까."

"모르겠어?"

"응. 넌 알아?"

"안다고 확실히는 말 못 해. 나보다는 형이 더 잘 알 거야."

요시히코는 의아해하며 상자 테두리를 손끝으로 훑었다. 입가에 잔잔한 미소를 띤 표정에서 쉽게 생각을 읽어낼 수 없다.

"뒤에 태엽 장치가 있어. 감아봐."

도키오의 말대로, 요시히코는 상자를 기울여 태엽 부분을 잡았다. 하지만 돌리려다가 문득 손을 멈췄다.

그리고 유카가 남긴 오르골을 빤히 바라보았다.

"나도 유카한테 오르골을 준 적이 있어."

형이 중얼거리듯 내뱉은 말에 도키오는 입술을 꼭 다물었다. 형이 눈치채지 못하도록 떨리는 숨을 조금씩 토해냈다.

도키오는 가슴에 손을 얹었다. 살아 있음을 알리는 심장 박동이 손바닥으로 전해졌다. 살아 있다. 자신도, 형도.

삶은 괴로움의 연속이다. 무언가와, 누군가와 만난 순간부터 이별이 기다리고 있으니까. 소중한 존재를 잃고 도저히 극복할 수 없을 것만 같은 슬픔에 휩싸여도 마음을 부둥켜안고 살아내야 하니까.

그리고 소중한 존재가 마치 남 이야기하듯, 내가 없더라도 잘 살아야 한다는 인사를 남기니까.

"형, 소리 들어봐."

요시히코의 시선이 도키오에게 향했다. 도키오가 고개를 끄덕이자 요시히코도 따라하듯 끄덕였다.

천천히 태엽을 돌린다. 드르륵, 드르륵. 태엽이 감기는 소리는 오르골이 노래할 준비를 하고 있다는 신호였다.

그리고, 태엽을 다 감은 오르골에서……

……멜로디가 흘러나왔다.

하늘에서 맑은 물방울이 떨어지듯 청아한 선율이었다.

"……."

익숙한 곡이다. 어디에서 들은 곡인지 생각하다가, 얼마 전 이 방의 레코드플레이어에서 나오던 노래였음을 떠올렸다.

도키오는 요시히코를 바라보았다. 요시히코는 손에 든 상자를 응시하고 있었다.

두 번, 세 번, 요시히코가 눈을 깜박였다. 내리깔린 속눈썹과 그 밑의 눈동자가 희미하게 흔들렸다.

구슬픈 멜로디는 아니다. 오히려 마음을 가라앉혀주는 온화한 곡조다. 하지만 요시히코의 미소는 점점 사라져갔다. 서서히 표정을 일그러뜨리고, 미간을 찌푸리고, 입술을 떨고, 등을 구부리고, 그러면서도 손에 든 오르골만은 절대로 놓지 않았다.

"유카."

작게 열린 입술 사이로 이곳에 없는 이의 이름이 흘러나왔다.

종달새 언덕의 마녀는 오르골에 두 가지 마법을 걸었다.

하나는, 일 년 전에 유카의 부탁을 받아 건 '주인만 소리를 낼 수 있는 마법'.

그리고 또 하나는, 도키오 앞에서 마녀 자신의 의지로 건 '물건에 깃든 마음이 딱 한 번 말로 전달되는 마법'.

"……유카."

요시히코의 목소리에서 오랫동안 사라진 온기가 스며 나왔다. 슬픔을 잊고 기쁨 외 감정을 모조리 버린 채, 상처받은 자신을 지키기 위해 사랑한다는 마음마저 묻으려 했던 상대의 이름을, 요시히코는 몇 번이고 불렀다.

오르골에서는 계속 음악이 흘러나왔다.

'미래에 나는 없을 거야. 둘이 함께 걸을 줄 알았던 그곳에 네가 혼자 있게 되더라도, 뒤돌아보지 말고 단단히 서 있었으면 좋겠어.'

그게 유카의 바람이었다. 최선을 다해 산 그녀의 마지막 염원이었다.

'넌 외로움을 많이 타니까 슬픔에 짓눌려 아무것도 못 하게 될지도 몰라.'

그래서 유카는 추억의 멜로디가 흘러나오는 오르골을 샀다. 주고 싶은 사람에게도, 다른 사람에게도 비밀로 했다. 필요 없어져도 괜찮다고 생각했다. 필요 없어지면 더 좋겠다고도 생각했다.

필요한 순간에는 그의 손에 닿아 힘이 되어주리라 믿었다. 자신이 요시히코에게 기운을 얻어 행복한 나날을 보낼 수 있었듯이, 언제나 요시히코가 행복하기만을 바라며. 유카는 선율에 마음을 담았다.

'난 항상 네 곁에 있을 거야.'

그러니 안심하고 앞을 보고 살아가라고. 그런 바람을 전하듯 마지막 멜로디가 울리다 여운을 남기며 오르골이 멈췄다.

고요해진 방에서 도키오는 요시히코를 바라보았다.

요시히코는 울고 있었다. 눈에 맺힌 눈물방울이 눈을 깜빡일 때마다 넘쳐흘렀다.

차오르고, 떨어지고, 다시 차오르고. 한 해 동안 가둬둔 감정이 아름다운 물방울이 되어 하염없이 흘러내렸다.

"유카……."

요시히코는 오르골을 끌어안고 울었다.

어린아이처럼 소리를 내며, 흐르는 눈물을 닦지도 않고 감정이 이끄는 대로 계속 울었다.

"형."

도키오는 형을 꽉 끌어안았다. 유카의 장례식 때는 이렇게 형을 안아주지 못했다.

요시히코의 울음소리에 도키오는 가슴이 찢어질 것만 같았다. 요시히코가 일 년 동안 잊고 있던 슬픔과 회한이 커다란 파도가 되어 요시히코의 마음을 덮쳤다. 얼마나 아플까. 울고 또 울어도 아물지 않는 상처이리라.

그래도 요시히코가 느끼고 있는 감정은 아픔만이 아닐 터였다.

그러니 괜찮을 것이다.

'형은…… 우리는, 이제 괜찮을 거야.'

이 눈물을 다 흘리고 나면 고개를 들 수 있을 거라고, 미래를 살아갈 수 있을 거라고 도키오는 생각했다.

꽃

전날까지의 추위가 거짓말이었다는 듯 따사로워진 2월 하순.

여기저기 매화가 피며, 계절이 조금씩 겨울에서 봄으로 탈바꿈할 준비를 하고 있다.

"형, 여기야."

뛰어서 먼저 도착한 도키오는 뒤따라오는 요시히코를 손짓해 불렀다. 요시히코는 못 말리겠다는 듯 웃으며 좁은 통로를 똑바로 걸어왔다.

"여기가 유카 누나 자리야."

유카의 비석은 얼룩 하나 없이 깨끗이 닦여 있었다. 기일 이후에도 누가 다녀갔는지 싱그러운 꽃이 꽂혀 있다.

요시히코는 왼쪽에 있는 통에 빨간 장미 한 송이를 꽂았다. 그것만으로도 분위기가 산뜻하고 강렬해졌다. 이곳에 잠든 사람에게 아주 잘 어울리는 꽃이다.

"유카, 늦게 와서 미안해." 요시히코는 비석에 대고 말했다. 대답은 돌아오지 않았다. "내가 말하고도 웃기다. 넌 이렇게 재미없는 곳에는 없을 텐데 말이야."

"하하, 그렇네. 유카 누나는 이런 곳에 얌전히 있을 성격이 못 되니까."

"도키오, 너 괜찮겠어? 방금 한 말 유카가 다 들었을걸. 오늘 밤 잘 때 찾아올지도 몰라."

"그러라지 뭐. 누나라면 침소에 납셔도 괜찮아. 오히려 대환

영이야."

"리사한테 일러야겠네."

"그건 안 돼!"

두 사람은 서로 웃다가 누가 먼저랄 것도 없이 묘를 바라보며 양손을 모았다.

봄을 기다리는 바람이 불어와 도키오는 눈을 떴다. 옆을 보자 요시히코는 아직 양손을 모은 채 눈을 감고 있다. 잠시 뒤 요시히코도 고개를 들었다.

요시히코는 도키오를 보며 환하게 웃었다. 웃을 줄밖에 모르던 때와는 사뭇 다른 미소였다.

"형, 누나한테 뭐라고 했어?"

"뭐, 미안하다는 말이랑 고맙다는 말이랑 이것저것. 너는?"

"나도 비슷해."

말로 표현하지 못할 만큼의 고마움과, 미래를 향한 희망과, 언제나 당신을 잊지 않겠노라는 다짐.

도키오는 푸르른 하늘을 향해 손을 뻗으며 비석을 향해 했던 말을 한 번 더 마음속으로 중얼거렸다.

'또 올게, 누나.'

그리고 앞선 형의 뒤를 따라갔다.

겨울이 마침내 끝나가고 있었다.

5
장

종달새 언덕의 마법사

지극히 평범하고 자그마한 마을이었다.

완만한 언덕을 따라 만들어진 마을로, 언덕이 많다는 걸 자랑스러워하는 사람이 있는가 하면 불편해하는 사람도 있었다. 오락 시설이 적고 어딘가 느긋한 분위기가 감도는, 딱히 이렇다 할 뭔가가 없는 흔하디흔한 시골이었다.

종달새 마을이라는 그 마을의, 종달새 언덕이라는 언덕 중턱에, 종달새 언덕 마법상점이라는, 마녀가 운영하는 상점이 있다.

언제 상점을 차렸을까. 아주 까마득한 옛날은 아니지만 마을 주민에게 물어보아도 대답할 수 있는 사람이 몇 없을 만큼은 시간이 흘렀다.

마녀는 자유롭게 상점을 꾸리며 식물을 키워 약을 만들고, 마

법을 부탁하러 찾아오는 사람을 맞이하고, 때때로 소원을 들어
주기도 하며 오롯이 혼자 한가로이 살고 있었다.

"여기가 종달새 언덕의 마녀가 있는 곳이란다."

무라키라는 남자가 신愼에게 말했다.

신은 눈앞의 건물을 올려다보았다. 마녀가 사는 집이라고 들
어서 음산한 건물을 상상했는데, 산뜻한 색채의 꽃으로 장식된
아담한 나무 오두막집이었다. 투명한 유리창이 둘 있고, 세모난
지붕은 정원의 커다란 나무에 살짝 가려져 있다. 내걸린 철제
간판에는 가게 이름이 적혀 있다. '종달새 언덕 마법상점'이라는
이름은 이미 유명하다.

"종달새 언덕의 마녀는 말이지, 하나도 안 무서워. 아마 자상
할 거야. 아마. 적어도 이 마을 사람들에게는 존경받고 있어."

무라키는 어색하게 씩 웃으며 신의 손을 고쳐 잡았다.

"자, 들어가자. 마녀도 널 기다리고 있을 거야."

신은 손을 맞잡지 않은 채 무라키를 따라 삼단 계단을 올라섰
다. 고개 숙인 시선 끝에 새 구두가 보였다. 무라키가 아닌 다른
직원에게 받은 구두다. 구두를 신을 줄도 모르던 신에게 오른쪽
왼쪽을 구분하는 법을 알려준 사람은 또 다른 직원이었다. 옆에
있는 무라키는 신발 끈 묶는 법을 가르쳐주었다.

무라키가 문을 열었다. 처음 느껴보는 부드러운 바람이 신의 피부를 살며시 어루만졌다.

"실례합니다."

딸랑, 하는 소리에 신은 움찔했다. 올려다보니 문에 작은 종 같은 게 붙어 있다. 종이 왜 저기에 달려 있을까. 신은 어리둥절했다.

"종달새 언덕의 마녀님, 기다리시게 해서 죄송합니다. 지난번에는 감사했습니다. '반딧불이의 집'에서 온 무라키입니다."

"그래, 어서 와. 별로 안 기다렸어."

"시간적인 의미로요? 아니면 절 기다리지 않았다는 말씀이신가요?"

"둘 다."

신은 식물로 가득 찬 실내를 둘러본 뒤 무라키와 이야기하는 상대를 바라보았다.

신의 눈높이와 비슷한 높이의 카운터 너머에 한 소녀가 서 있었다. 부드럽게 물결치는 긴 머리카락을 가진 아름다운 소녀였다. 신은 사람의 아름다움과 추함을 잘 모르는데도 예쁘다고 생각했다. 보육원의 그림책에서 본 공주 같았다.

하지만 생김새만 그렇게 보일 뿐, 조각 같은 얼굴로 짓는 표정은 도저히 공주 같지 않았다.

"얘가 전에 말한 개야?"

마녀는 카운터에서 턱을 괴고 살짝 웃으며 신을 보았다.

"네. 저희가 보살피는 신이라는 아이입니다. 여섯 살이에요."

"안녕, 얘야. 나는 종달새 언덕의 마녀란다."

신은 어깨를 꿈틀한 뒤 시선을 천천히 떨어뜨렸다.

"죄송합니다. 아직 사람 대하기가 서투른 모양이에요. 신, 괜찮아."

안심시키듯 무라키가 신의 머리를 쓰다듬었다.

"저희 쪽에서 지낸 반년 동안 그래도 많이 좋아졌는데, 모르는 사람은 아직 좀 어려운가 봐요."

"나는 사람이 아닌데. 마녀야."

"네, 뭐, 그렇긴 한데, 그런 뜻이 아니라."

"얘, 너도 마법사지? 나랑 똑같네."

마녀는 무라키에게 말하던 말투 그대로 신을 향해 말했다.

신은 '똑같네'라는 말을 마음속으로 되뇌었다. 무라키도, 보육원의 다른 직원도, 아이들도…… 부모님까지도 신과는 달랐다. 하지만 이 마녀는 똑같다.

"흠. 눈동자 색이 예쁘구나. 나만큼은 아니지만."

마녀의 용모는 정교하게 계산해서 빚어놓은 듯 아름다웠다. 그리고 그녀처럼 신 또한, 누구나 지나쳤다가도 뒤를 돌아볼 만큼 눈에 띄는 소년이었다. 평범함을 넘어서는 출중한 미모는 그들이 사람이 아니라는 증거였다. 신이 마법사라는 증거.

"……."

신은 주뼛주뼛 고개를 들었다. 눈이 마주치자 마녀는 아주 살짝 끝이 올라간 커다란 눈을 가늘게 떴다.

"마음이 차분해지는 차를 만들어줄게. 마시기 좋게 밀크티로. 내 차는 아주 맛있거든."

무라키가 카운터에 놓인 의자에 앉았다. 신도 무라키의 손짓에 따라 옆에 앉았다.

마녀의 상점은 신기한 곳이었다. 바닥에 식물이 잔뜩 놓여 있는데 천장에도 화분이 매달려 있다. 오른쪽 벽에는 정체 모를 뭔가가 담긴 병들이 진열되어 있고, 왼쪽에는 수많은 서랍이 달린 거대한 수납장이 있다.

"자, 여기."

김이 피어오르는 머그잔이 신 앞에 놓였다. 신은 입김을 후후분 뒤 컵에 입을 갖다 댔다. 처음 마셔본 밀크티는, 보육원에서 주는 코코아가 너무 달게 느껴졌던 신의 입맛에 잘 맞았다.

"너, 부모님이 인간이라며?"

마녀는 카운터에 팔짱을 끼고 엎드린 자세로 눈을 치켜뜨며 신을 올려다보았다.

"희한하네. 부모가 둘 다 인간인데 마법사가 태어나는 경우는 거의 없거든."

"……."

"그래서 학대당하고 방치됐다고?"

"자, 잠깐만요, 당사자 앞에서 그런 소리를!"

무라키가 황급히 마녀를 말렸다. 마녀는 유리구슬 같은 눈동자로 무라키를 보았다.

"당사자라서 하는 말이야. 애 이야기는 애가 있는 곳에서 하는 게 맞지 않아?"

"이야기의 내용에 따라 다르죠. 생각을 좀 해주세요. 마법사라고는 해도 아직 여섯 살입니다."

마녀는 윗입술을 비죽이며 신을 보았다. 신은 양손 가득 쥔 머그잔 너머로 마녀와 마주 보다, 이어서 옆에 있는 무라키에게 시선을 돌렸다.

"……괜찮아요."

"응?"

"해도 돼요. 내 얘기."

무라키의 눈이 동그래졌다. 아무 말도 하지 못한 채 입을 열었다 닫았다 뻐끔거리며 어떻게 해야 할지 필사적으로 생각했다.

이윽고 답을 낸 모양인지 무라키가 깊은 한숨을 토해냈다.

"맞습니다. 신은 인간 부모 사이에서 태어났어요. 하필이면 부모가 마법 혐오주의자라 태어났을 때부터 자택 지하에 감금 됐고요."

무라키는 마녀에게 신의 이야기를 했다.

"마법 혐오주의자라. 어딜 가나 있지. 사람마다 사고방식이 다르니 별 상관없지만."

"저도 사고방식이 다를 수 있다고는 생각해요. 하지만 그게 남의 인권을 침해해도 되는 이유가 되지는 않죠."

"그건 그렇지."

"부모님이 아이의 생명을 빼앗지 않은 이유는 애정이 있어서 가 아니라, 마법 혐오주의 중에서도 마법사는 저주의 화신이라 는 사상에 물들어 있기 때문이었습니다. 마법사를 죽였다가 저 주받을까 봐 살려는 두되 가둔 거예요."

"흠. 흥미로운 사상이네."

무라키가 마녀를 노려보았다. 마녀는 털끝만큼도 개의치 않 는 듯했다.

"뭐, 그 사상 덕분에 신체적 폭력이 거의 없었다는 사실만큼 은 불행 중 다행일지도 모르겠습니다만."

"투명 인간 취급을 당했구나. 무사히 발견돼서 보호 조치를 받다가 너희 고아원에 맡겨졌고."

"지금은 보육원이라는 명칭을 씁니다."

"하는 일은 똑같잖아."

"그렇긴 하죠."

마녀는 목을 좌우로 흔들며 잠자코 신을 바라보았다. 신은 눈을 마주쳤다가 딴 데로 돌렸다가 하며 밀크티를 홀짝였다.

"학교에도 안 갔겠네. 지식은 어느 정도로 갖췄지?"

"읽고 쓰는 건 또래와 비슷합니다. 간단한 산수도 해요."

"부모가 가르쳤어?"

"아뇨, 저희 보육원에 오고 나서 배웠어요. 깜짝 놀랐어요. 습득력이 매우 뛰어나더라고요. 책도 읽자마자 외워버리고, 어린 애가 읽기에는 어려운 책도 술술 읽는다니까요. 반년 전까지 아무런 교육도 받지 않았다는 게 믿기지 않을 정도입니다."

"그야 마법사니까."

마녀는 몸을 일으키더니 성냥으로 뒤쪽 가스난로에 불을 붙였다. 난로 위 냄비에는 신과 무라키에게 내어준 밀크티가 들어 있었다. 마녀는 밀크티를 도로 데운 뒤 자신도 마셨다.

"음. 맛있다. 역시 내 차는 세계 제일이야."

"그래서, 저, 종달새 언덕의 마녀님."

무라키가 마녀를 살짝 올려다보며 입을 열었다.

"왜?"

"신을 맡아주실지 아직 명확한 답을 안 주셨는데……."

"답도 안 했는데 데려오다니, 어떻게 된 거야?"

"죄, 죄송합니다. 저도 윗선에 몇 번이나 말씀드렸는데……."

"얼른 데려가라는 말이라도 들었어?"

"그, 그건……."

"됐어. 마침 제자가 필요했으니까. 맡을게."

"앗, 정말이세요?"

무라키는 흥분된 목소리로 신을 돌아보았다. 신은 머그잔을 든 채 마녀를 바라보았다.

"어차피 너희는 감당 못 해. 마법사는 마법사로서 살아가는 법을 배워야 하거든."

"알고 있습니다. 그래서 부탁드렸어요. 신, 정말 잘됐구나. 네가 없으면 허전하겠지만 살 집이 정해지는 건 좋은 일이니까."

무라키가 신의 머리를 쓰다듬었다. 무라키는 종달새 언덕의 마녀에게 신을 맡기는 게 내심 썩 내키지 않았지만 본심을 숨기고 신을 맡겼다. 마법사이니 보육원에서 인간 아이들과 똑같이 생활하고 인간의 집에서 자라기보다 마녀와 생활하는 쪽이 좋다는 판단이었다.

"분명 너에게는 이게 최선일 거야."

신은 무라키가 싫지 않았다. 무라키는 자상한 사람이다. 진심으로 신경 써주는 게 느껴졌다.

겉만 보고 짐작한 것이 아니다. 지금보다 훨씬 더 어렸을 때부터 사람의 마음을 볼 수 있었다. 생각까지 낱낱이 읽을 수는 없다. 그저 상대를 손바닥 들여다보듯 알게 될 뿐. 이름이 뭔지, 어떤 감정을 느끼는지, 무엇을 원하는지, 어떻게 살아왔는지.

친부모가 애정이 없는 정도가 아니라 자신을 혐오한다는 사실도 일찌감치 알았다. 신도 부모에게 집착하지 않았다. 악의에 찬 눈으로만 자신을 바라보는 자들에게 마음을 기댈 수 있을 리 없다. 사랑받고 싶다고 생각한 적도 없다. 어린애 같지 않은 그런 면모 또한 부모가 신을 싫어하는 이유였을지도 모르지만.

"혹시 뭐 서류라도 써야 돼? 도장 필요해?"

종달새 언덕의 마녀가 오른손으로 펜을 드는 시늉을 했다.

"아, 네. 잠시만 기다려주세요."

"마법사 신고는 아직 안 했지?"

"마법사 신고요? 그런 신고도 있습니까?"

"안 했으면 됐어. 내가 하면 돼. 자유로워 보이겠지만 마법 세계에도 나름 규율이 있어서 말이야."

"아, 그렇군요."

무라키가 가방을 뒤지는 동안 마녀는 몸을 앞으로 기울여 신의 코앞까지 얼굴을 들이밀었다.

인간들의 마음은 훤히 보였다. 그런데 마녀는 어째서인지 파악할 수가 없었다.

알 수 있는 건 자신과 같은 냄새가 난다는 사실뿐. 이런 존재는 처음이었다.

"자, 넌 오늘부터 내 제자야. 날 스승님이라고 부르면 돼."

선택지는 없다. 신은 이 마녀에게 갈 수밖에 없다.

강제이기는 하지만 싫지는 않았다.

어디에 있든 겉도는 느낌이었는데, 이 마녀와 함께라면 똑같다는 감각을 느낄 수 있다.

불안한 마음이 없지는 않았다. 무섭기도 했다. 그럼에도 신은 종달새 언덕의 마녀를 따르겠노라 결심했다. 자신을 받아줄 존재가 절실했다. 보금자리가 필요했다.

스스로에 대해 알고 싶었다.

"잘 부탁드려요. 스승님."

종달새 언덕의 마녀가 싱긋 웃었다.

🕊

스승의 집은 상점 정면을 제외한 삼면이 키 큰 동백나무로 에워싸여 있다. 좁고 긴 형태의 부지로, 상점 뒷문에서 밖으로 나가면 약초밭을 끼고 오두막 한 채가 서 있다. 그곳이 스승의 살림집이다.

오두막은 상점보다 약간 더 넓은 정도. 문 바로 앞쪽에 싱크대와 냉장고, 방 한가운데에는 흔들의자가 있고, 빈틈없이 책이 들어찬 키 큰 책꽂이, 말린 식물이며 병이며 책 따위가 나뒹구는 책상, 집 분위기에 맞지 않는 고풍스러운 서랍장이 벽 쪽에 놓여 있다.

책상 옆에는 다락방으로 이어지는 사다리도 있었다. 다락방에는 이불이 깔려 있지만 스승은 항상 흔들의자에서 잠들어 거의 사용하지 않는다고 했다. 따로 이야기할 것도 없이 다락방은 자연스럽게 신의 방이 되었다.

"욕실, 화장실, 세탁실은 전부 밖에 있어. 원래 욕조는 없었는데 내가 이사 오면서 설치했지. 근처에 목욕탕도 있긴 한데, 목욕은 혼자 느긋하게 하고 싶잖아?"

삼 분도 되지 않아 집 설명을 끝낸 스승은 뒤이어 서랍장을 뒤지기 시작했다. 신이 슬쩍 들여다보니 옷인지 뭔지 알아보기 힘든 것들이 아무렇게나 뒤섞여 있다. 스승은 정돈에 소질이 없는 모양이다.

"이거 입어봐."

스승은 서랍장에서 발굴한 것을 신에게 내밀었다. 진녹색 로브였다. 스승이 입은 진남색 로브와 같은 디자인이다.

"예전에 입던 거야. 조만간 네 옷을 만들어줄 테니 당분간은 이거 입어. 로브는 마법사의 유니폼 같은 거야. 뭐가 됐든 형식부터 제대로 갖추는 게 중요해."

신은 군말 없이 로브를 걸쳤다. 신에게는 너무 컸기 때문에 스승이 소매를 접어 올려주었다.

"분명히 여분을 만들어뒀는데…… 아, 찾았다."

스승이 다른 서랍을 뒤졌다. 이번에는 의상이 아니라 긴 끈이 달린 뭔가를 손에 들고 있다.

"너, 돌 가지고 있지? 이리 내봐."

신은 놀랐다. 스승이 어떻게 돌에 대해 아는지 어리둥절했다.

신은 무라키에게 받은 짐에서 주머니에 넣어둔 작은 돌을 꺼냈다. 신은 이 돌을 태어났을 때부터…… 엄마의 산도에서 나온 그 순간부터 왼손에 꼭 쥐고 있었다.

"……돌이라면, 이거 말씀이신가요?"

"그래. 그거. 그 돌은 마법사에게 아주아주 중요하단다. 봐, 나도 같은 게 있어."

스승은 목에 건 새장 모양의 펜던트를 신에게 보여주었다. 새장에는 신의 돌과 비슷한 크기의 돌이 들어 있다.

"스승님 돌은, 반투명? 연한…… 하얀색이네요. 제 돌은 검정

색이에요."

"아니, 그렇지 않아. 내 돌은 하얀색이 아니고 네 돌도 검정색이 아니야. 햇빛에 비춰보면 고유의 색을 알 수 있어."

"줘볼래?" 하는 말에 신은 스승의 손바닥에 돌을 올려놓았다. 스승은 창가로 가 햇빛에 신의 돌을 비춰보았다.

"음, 그렇군. 좋은 색이네."

그리고 스승은 자신의 것과 같은 새장 모양 펜던트에 돌을 넣은 뒤, 끈을 끼워 신의 목에 걸어주었다. 신은 작은 새장을 손바닥에 놓고 가만히 들여다보았다. 안에서 돌이 달그락 흔들린다.

"이 돌은 '나디아의 심장'이라고 해. 마법사와 마녀는 모두 돌을 가지고 태어나. 우리가 살아 있는 한 돌은 없어지지 않아."

"사람들이 몇 번이나 돌을 버렸어요. 쇠망치로 부순 적도 있어요. 그런데 매번 다시 손바닥으로 돌아왔어요."

"그렇지? 이 돌은 원래 그래. 신기하게도 말이야."

스승은 손바닥에 돌을 올린 신의 손을 꼭 감싸 쥐었다.

"없어지지 않는다고 해서 잃어버려도 되는 건 아니야. 소중히 잘 간직해야 해."

신은 자신의 손에 닿은 온도를 느꼈다. 무라키의 손보다, 보육원에서 같이 지내던 아이들의 손보다 차갑다. 하지만 확실히 온기가 있다.

"마녀의 손, 따뜻하네요."

신이 말하자 스승은 웃음을 터뜨렸다. 신은 마녀가 웃는 이유를 알 수 없었다.

그날부터 신의 제자 생활이 시작되었다.

아침은 약초밭에서 키우는 약초와 허브를 가꾸며 시작했고, 스승과 둘이 아침을 먹고 집을 청소했다. 신이 의외라고 생각한 부분은 모든 일을 스승이 직접 한다는 점이었다. 밭에 물을 주거나 잡초를 뽑을 때도, 요리와 청소를 할 때도, 마법을 일절 사용하지 않았다.

"마법은 안 써요?"

신이 순수한 호기심에 묻자 스승은 "안 써" 하고 대답했다.

"마법을 쓰면 편리하지만 마법 없이 할 수 있는 일에는 마법을 쓰지 않아."

"그렇군요."

"게다가 마법이 꼭 필요한 상황은 실제로는 지극히 드물어."

청소를 끝낸 뒤에는 스승이 운영하는 상점의 문을 열었다.

종달새 언덕 마법상점에서는 스승이 키운 식물로 상품을 만들어 팔았다. 처음 문을 열었을 때는 소문을 들은 사람들이 마법의 힘을 얻기 위해 몰려들었다는데 지금은 한없이 여유롭게,

효과 좋은 약과 맛 좋은 차를 파는 상점으로 운영하고 있다.

영업 시간은 제각각이었다. 스승이 내키는 대로 이른 아침부터 열 때도 있고 정오가 지나서야 열 때도 있고, 해가 지자마자 닫는 날이 있는가 하면 늦은 밤까지 불을 켜두는 날도 있다.

스승이 상점에 있는 동안 신도 계속 카운터 안에 앉아 있었다. 신은 스승 옆에서 종일 책을 읽었다.

스승은 신에게 갖가지 종류의 책을 갖다주며 꼭 다 읽고 내용을 완벽하게 습득하라고 지시했다. 식물학에서부터 동물학, 광물학, 경제학, 천문학, 그밖에 온갖 학문에 관한 서적뿐만 아니라 마법학 책도 있었다.

"잘 들으렴. 이 책에는 많은 내용이 적혀 있지만 그럼에도 세상에 있는 지식의 극히 일부에 불과하단다. 이 세상에는 훨씬 더 많은 게 있어. 우리가 모르는 것도 있고, 그 누구도 모르는 것도 있지."

신은 배우는 게 힘들지 않았다. 오히려 무척 즐거웠다. 책을 읽고 지식을 얻고, 모르는 건 스승에게 물어보면 뭐든지 알려주었다. 스승의 머릿속에는 두꺼운 책을 수십 권 쌓아도 못 미칠 만큼의 지식이 가득 들어 있었다.

"언젠가는 나보다 훨씬 많은 걸 알아야 해. 너라면 할 수 있어."

신이 책을 거의 다 읽었을 때쯤 스승은 식물 가꾸는 법과 약

만드는 법을 가르쳐주었다.

마법사의 특성은 마법이라는 기적의 힘을 다룬다는 점에 국한되지 않는다. 물, 불, 식물, 바람, 하늘, 동물 등 자연과 깊이 맞닿은 성질을 지니고 있다. 현대인은 잘 모르는 사실이지만 과거에는 그런 능력이 더 귀히 여겨졌다.

누구는 모든 동물과 대화할 수 있고 누구는 날씨를 읽는 능력이 탁월했다. 저마다 강점인 분야가 달랐는데, 스승은 식물을 보는 눈이 남달랐다.

"작약은 어떻게 쓴다고 했지?"

"뿌리를 말려요."

"옳지. 그러면 끼무릇은?"

스승은 신이 자신과 같은 특성을 가졌다고 생각하는 듯했다. 신도 잘은 몰라도 식물학과 식물에 관련된 약학 공부는 확실히 더 재미있었다. 식물을 보기만 해도 어떻게 다루면 되는지 어렴풋이 알 것 같았다.

"넌 식물의 목소리를 잘 듣는구나."

스승이 그렇게 말한 적이 있다. 이전까지 신은 식물의 목소리 따위는 한 번도 의식해보지 않았다.

"목소리요? 아무것도 안 들리는데요."

"진짜로 식물과 말을 한다는 뜻이 아니야. 무엇이 필요하고 어떻게 보살피고 어떻게 쓰면 되는지 직감적으로 안다는 뜻이지. 맞지?"

"그런 것 같기도, 아닌 것 같기도 해요."

"그럼 이 허브는 무슨 생각을 하고 있을까?"

"……햇빛을 많이 받고 싶다."

"하하하, 좋아. 그럼 지금 다 같이 햇볕 쬐러 갈까."

"스승님, 우리는 햇볕을 쬘 필요 없잖아요."

"뭐 어때. 오늘은 날씨도 이렇게나 좋은데."

그렇게 말하며 스승이 가리킨 하늘에는 구름이 뭉게뭉게 피어올라 당장이라도 땅에 쏟아져 내릴 듯했다. 작은 정원에서 올려다보는 좁은 하늘. 하지만 신에게는 무척이나 드넓어 보였다.

스승이 잔디에 드러누웠다. 스승의 긴 머리카락이 풀밭 위에 우아하게 펼쳐졌다.

"저도 어른이 되면 스승님처럼 머리를 기를까 봐요."

신은 살짝 수줍어했다. 사실은 예전부터 생각하고 있었다.

"그래, 괜찮겠는데? 네 얼굴과 머리 색이라면 단발보다 장발이 잘 어울려. 뭐, 단발도 어울리겠지만."

"이상하지 않을까요? 보육원에서는 어린이든 어른이든 머리가 긴 남자는 한 명도 없었어요. 여기 오는 손님들도 그렇고요."

"무슨 상관이야. 네가 내키는 대로 하면 되지. 게다가 세상에는 머리 긴 남자도 많아. 그러고 보니 옛날에 내가 보기 좋게 차 버린 마법사도 허리까지 오는 긴 머리였지."

"와. 그렇군요."

"그럼. 그러니까 너도 길러봐. 더 크면."

신은 아직 짧은 머리카락을 만지작거리며 고개를 끄덕였다.

그러고는 스승 옆에 누웠다. 호흡을 반복할 뿐인 여유로운 시간이 흘러갔다. 아무것도 하지 않는 것은 신의 특기였지만, 스승을 만나기 전에 그러던 것과 스승을 만난 뒤에 아무것도 하지 않는 것은 전혀 다르게 느껴졌다.

"하늘은 파랗구나."

신의 중얼거림에 스승이 웃었다.

"그러게. 좋은 색이야. 나는 파란색이 제일 좋아."

"그래요?"

"예쁘잖아."

"다른 색도 예쁜데요."

"그야 그렇지만."

스승이 눈을 감자 신도 스승을 따라 눈을 감았다. 바람 향기와 풀 소리가 평소보다 더 또렷하게 느껴졌다. 눈꺼풀 너머로 햇빛이 보이는 듯했다.

신은 마법사로 살아가기 위해 필요한 지식을 스승에게 많이 배웠다.

하지만 스승은 마법사에게 더더욱 필요할 마법 사용법은 좀처럼 알려주지 않았다.

어느 날, 상점에 손님이 한 명 찾아왔다. 종달새 마을에 산다는 중년 여성이었다. 스승은 약 수납장을 확인하고 신은 카운터 안에서 평소처럼 책을 읽고 있었다.

"며칠 전부터 목에 이물감이 느껴져요."

여성은 스승에게 증상을 설명했다. 약을 사러 온 모양이다.

"병원에는?"

"갔는데 아무 이상 없다네요."

흠, 스승이 중얼거린다. 이럴 때 스승은 곧장 그 사람에게 필요한 약초를 준비하는데 그날은 달랐다.

빈손으로 카운터에 들어오더니 신의 어깨를 쿡 찔렀다.

"이럴 때는 뭘 섞으면 되지? 생각해서 가져와보렴."

"네? 그래도……."

"걱정 마. 손님한테 드리기 전에 확인할 거니까."

신은 여성을 힐끔거렸다.

"후후, 귀여운 마법사님, 잘 부탁해요."

그 미소에 신은 저도 모르게 고개를 떨어뜨리면서도 책을 내려놓고 일어섰다. 그러고는 약 수납장 쪽으로 가서 증상에 맞는 약을 만들기 위해 수십 개나 되는 서랍을 여닫으며 재료를 골라 꺼냈다.

재료를 그릇에 담아 카운터로 돌아가 스승에게 보여주었다. 스승은 하나하나 확인한 뒤 고개를 끄덕였다.

"좋아. 종류도 양도 완벽해."

잘했어라는 칭찬을 듣자 신의 볼이 빨갛게 달아올랐다. 오늘은 처음으로 손님에게 내어줄 약을 준비한, 잊을 수 없는 날이 될 것 같았다.

"자, 마무리는 내가 해야지."

스승이 그릇에 손을 얹었다. 마법어로 주문을 외우자 스승의 펜던트 안쪽 돌이 옅은 푸른빛으로 희미하게 반짝였다. 손바닥에서 같은 색의 빛 알갱이가 넘쳐흐르며 쏟아졌다.

스승이 주술이라 부르는 과정이다. 이렇게 하면 약의 효력이 더 잘 발휘된다고 했다.

"하루 두 번, 식사 전에 물에 우려서 마셔."

"알았어요. 정말 고마워요. 여기가 없으면 어쩔 뻔했나 몰라."

약을 봉투에 넣어 건네자 손님은 스승을 향해 고개를 꾸벅였다. 그리고 신에게 천천히 손을 내밀었다.

"당신도, 고마워요."

엉겁결에 눈을 감은 신의 머리에 손님의 손바닥이 닿았다. 손님은 동그란 신의 머리를 부드럽게 쓰다듬고는 미소를 지으며 상점을 나섰다.

닫힌 문을 바라보며 신은 가슴속에 불현듯 따뜻한 온기가 피어나는 것을 느꼈다. 그 느낌을 뭐라고 표현해야 할지 몰랐다.

"그런 감정을 '기쁘다'라고 해."

스승이 말하며 조금 전 손님처럼 신의 머리를 쓰다듬었다.

"기쁘다……."

"옳지. 거봐, 상점을 꾸리는 일, 꽤 매력적이지?"

"……네."

다른 사람에게 고맙다는 말을 들으니 기뻤다. 상점이란 누군가가 필요로 할 때 비로소 존재하는 곳이다. 자신이 하는 일이 누군가에게 도움이 될 수 있다니. 엄청나게 대단한 일일지도 모른다고 신은 생각했다.

"그런데 스승님, 주술이 뭐예요?"

다시 책을 읽으려다 문득 궁금해져서 책을 펴기 전에 스승에게 물었다.

"마법이랑 달라요?"

"글쎄. 뭐, 같다고 볼 수도 있어." 스승은 잠시 생각하듯 시선

을 사선으로 던졌다. "마법은 염원이야. 이렇게 됐으면 좋겠다
는 우리의 염원이 형태를 갖추어 나타나는 거지. 내가 주술이라
고 부르는 것도 기본은 같단다. 염원의 낱알이야. 발현되는 힘
은 마법보다 훨씬 작고 약해. 그래서 마법 같은 기적은 일어나
지 않지만 마녀의 기도가 담겨 있지."

"마법은, 염원?"

"그렇단다."

신은 알 듯 모를 듯한 기분으로 애매하게 고개를 끄덕였다. 스
승은 마법을 쓸 수 있을 때 다 알게 될 거라 했지만, 아직 한 번
도 마법을 써본 적 없는 신은 그 말을 온전히 이해할 수 없었다.

🕊

"드디어 왔네. 반년이나 기다렸어."

신이 종달새 언덕의 마녀의 제자가 된 지 반년. 목걸이를 찬
매 한 마리가 우편물을 가지고 찾아왔다.

스승은 매가 가지고 있던 통에서 곧장 내용물을 꺼내 책상에
펼쳤다.

"마법 세계의 단점이야. 서류 작업이 한세월이라 뭘 하든 시
간이 걸린다니까. 신청서를 보낸 지가 언젠데."

"스승님, 이게 뭐예요?"

"널 마법사로 등록하기 위한 서류야. 아, 매야, 잠시만 기다려. 금방 써서 줄게."

일본어로 적힌 서류에 스승은 만년필로 자신의 이름을 적었다. 신의 이름을 적어야 하는 곳은 아직 공백이었다.

"잠깐 손 좀 내밀어봐."

오른손을 내밀자 스승은 예고도 없이 집게손가락 안쪽을 칼로 살짝 그었다.

"아야······!"

"미안, 미안. 피가 필요하거든."

"미리 말해주시지!"

"미안해."

신의 손가락에서 흐르는 피를 한 방울, 두 방울, 스승의 이름 옆에 떨어뜨린다.

스승이 주문을 외우자 손가락의 상처와 통증이 모두 사라졌다. 하지만 신은 앞으로 스승에게 섣불리 손을 내주지 않으리라 마음속으로 다짐했다.

"자, 무사히 전달해줘."

스승은 서류를 통에 넣어 매에게 들렸다. 매는 커다란 날개를 펼치고 날아오르더니 눈 깜짝할 새에 저 멀리 사라졌다.

"이제 끝. 마법사로 등록됐어. 또 시간이 걸리겠지만 곧 등록증이 올 거야. 가만 보자, 내 등록증은…… 아마 저기 어디 있겠지."

"등록증?"

"사람의 신분증과 비슷해. 번거롭지만 지금 시대에는 자신을 증명할 수단이 필요하니까. 마녀와 마법사는 여행을 다니는 경우가 많아서 특히 더 그렇고. 다른 나라에 갈 때 필요해."

"여행을 해요?"

"그럼. 많은 마녀와 마법사가 자유롭게 세계 곳곳을 돌아다녀. 다들 구속이나 번거로운 일을 싫어하니까. 그리고 각종 지식을 얻고 싶어하지. 세상의 이치를 밝혀서 알고 싶어하는 욕구가 있거든. 너도 공부하는 게 재미있잖니?"

"네."

"다른 이들도 다 그렇단다."

그렇구나, 신은 중얼거리며 잠시 생각했다.

"그런데 왜 스승님은 여행을 안 하세요?"

"응?"

많은 마녀와 마법사가 여행을 한다면 왜 스승은 여기에 눌러 살고 있을까. 집을 사고, 밭을 일구고, 상점까지 운영하고. 딱히 다른 곳으로 갈 마음이 전혀 없어 보였다.

"나도 아주 오랜 시간 여행을 했어. 네 나이 정도였을 때는 내 스승님과 함께였지. 시간이 지난 후에는 혼자 다녔고. 즐거웠어. 하지만 계속 여행을 다니다 보니 돌아갈 곳이 있으면 좋겠다는 생각이 들더라고. 남은 인생은 한 곳에서 여유롭고 안정적으로 살고 싶어졌어. 그러다 여기에 살기로 마음먹은 거야."

스승은 외모만 보면 열다섯 정도이지만 실제로는 훨씬 오래, 인간의 수명 따위는 거뜬히 넘겼을 만큼 살았다고 했다.

기나긴 세월 동안 다양한 경험을 하며 지금에 다다른 것이다.

"너도 언젠가 마음이 생기면 떠나도 좋아. 한곳에 머무르든 마음 가는 대로 흘러가든 자유야. 원하는 대로 살면 돼."

스승은 신의 어깨를 톡 두드렸다.

신은 자신의 몸에 잘 맞는 로브를 꽉 쥐었다.

"……난 여기에 있고 싶어요. 여기가 좋아요."

"그래. 그렇다면 여기에 있으면 돼."

"그래도 돼요?"

"되고말고. 원한다면 얼마든지. 여긴 네 집이니까."

스승이 웃었다. 신은 입술을 꾹 다문 채 고개를 끄덕였다.

스승이 어루만진 머리가 간질간질했다. 신은 스승의 손길이 좋았다.

"자, 오늘부터는 바빠질 거야. 서류 신청이 끝났다는 건 마법을 써도 된다고 허락받았다는 뜻이거든. 앞으로는 네게 마법 사용법을 가르쳐줄 수 있겠어."

스승이 책꽂이에서 책 몇 권을 꺼냈다. 처음 보는 마술서였다. 마법학 책은 이미 여러 권 읽었지만 이 책에는 지금까지 읽은 책보다 훨씬 더 실천적인 내용이 적혀 있었다.

"여태까지는 등록이 안 되어서 마법을 안 가르쳐준 거예요?"

"응, 우리 세계에도 여러 규칙이 있거든. 안 지키면 골치 아파지니 마지못해 지키고 있지. 맞다, 동물과도 계약할 수 있어. 사역마로. 물론 마법이 미숙한 시기에는 아직 무리지만."

"사역마…… 스승님도 있어요?"

"옛날엔 있었는데 수명이 다 돼서 죽었어. 그 아이가 죽은 뒤로는 계약한 적 없고."

"아……."

"너도 조만간 계약해봐. 사역마가 있으면 좋은 점이 많거든."

일단은 이걸 읽어, 하며 스승은 신에게 책을 건넸다. 실제로 마법을 써보는 줄 알았더니 책으로 지식을 쌓는 단계부터 시작하는 듯했다. 이게 스승님의 교수법인 모양이다.

신은 며칠 동안 책을 읽으며 토씨 하나 빼놓지 않고 머리에 넣었다. 정말 다 외웠는지 스승이 확인해보는 시험에 합격한 뒤에야 마법 사용법을 전수받게 되었다.

"마법으로는 뭐든지 할 수 있어. 마법으로 불가능한 건 죽은 사람을 다시 살리는 일 정도뿐이란다. 마법사라면 모두가 마법을 쓸 수 있지. 그렇게 만들어진 존재거든."

신은 스승과 함께 정원으로 나갔다. 약초밭 한쪽에 스승이 심은 산딸나무 묘목 두 그루가 서 있다.

"처음으로 배울 마법은 묘목을 성장시키는 마법이야."

스승이 먼저 시범을 보였다. 손을 갖다 대고 주문을 외우자 스승보다 작던 묘목이 쑤욱 자라 두 배 정도로 커졌다.

"……멋져요."

"너도 할 수 있어. 마법어를 다 외웠으니. 간단해, 주문을 외우면서 빌기만 하면 돼. 너의 바람을, 너에게 비는 거야."

"나에게……."

신은 스승이 한 대로 묘목에 양손을 얹었다. 천천히 심호흡한 뒤 외운 지 얼마 되지 않은 마법어로 **"나무여 자라거라"** 하고 중얼거렸다.

그러자 신의 펜던트가 빛나기 시작했다. 손바닥에서도 같은 색의 빛이 넘쳐흐르더니 묘목의 윤곽을 감쌌다.

"앗."

"긴장을 풀면 안 돼. 그대로 의식을 나무에 집중해."

"네, 네."

몸 안쪽이 뜨거워진다. 피가 아닌 무언가가 온몸을 돈다.

이 무언가가 인간에게는 없는 것이리라. 나는 인간이 아니다.

……괴물.

부모는 신을 그렇게 불렀다. 살짝 열린 지하실 문 틈새로 흉물이라도 보는 듯한 시선을 보냈다.

그렇구나, 난 괴물이구나. 어둡고 좁은 지하실에서 신은 생각했다. 하지만.

……아니다. 난 괴물이 아니다.

태어나지 말았어야 하는 존재가 아니다. 없어져야 하는 존재가 아니다.

넓은 세상을 자유로이 살아가고, 다른 사람을 위해 이 힘을 쓸 수 있다.

스승과 똑같은 마법사니까.

"……앗."

구우웅, 하며 신음하는 듯한 소리와 함께 아래에서 강한 바람이 불어…… 온 줄 알았다.

신은 엉덩방아를 찧고 어안이 벙벙해진 채 시선을 들었다. 눈앞의 산딸나무는 스승의 나무보다 훨씬 커져서 가지와 잎을 무성히 드리운 채 머리 위로 우뚝 솟아 있었다. 눈송이가 내려앉은 듯 새하얀 꽃도 흐드러지게 피어 있다.

꽃잎 한 장이 신 앞으로 팔랑거리며 떨어졌다.

"해냈네."

스승이 신의 어깨를 끌어안았다. 신은 입을 벌린 상태로 로봇처럼 딱딱하게 스승 쪽을 돌아보았다.

"해냈는데…… 너무 자랐네요."

"후후. 뭐든 연습은 필요한 법이니까. 처음인데 이 정도면 아주 훌륭해."

스승은 신의 산딸나무를 기념으로 남겨두자고 했지만, 지나치게 커진 바람에 신이 스승에게 부탁해 다시 절반 정도의 크기로 줄였다.

산딸나무에는 그 후로 더는 마법을 걸지 않았다. 그 뒤로도 오랫동안 신은 나란히 선 두 그루의 산딸나무를 소중히 가꿨다.

이윽고 진정한 의미에서 종달새 언덕의 마녀 제자 생활이 시작되었다.

마법 훈련을 하고, 약초 키우는 법과 약 제조법을 심도 있게 배우고, 상점에서 손님을 대하는 법을 배우며 사람과 소통하는 방식에 익숙해져갔다.

상점에는 가끔씩 종달새 언덕의 마녀에게 마법을 부탁하러 사람들이 찾아왔다. 단 하나의 소원에 매달리는 사람이 있는가 하면 욕심이 덕지덕지한 사람도 있었다. 스승은 상대가 누구든 마음이 동하지 않으면 거절했고 마음이 내키면 마법을 썼다.

신은 언제부터인가 마법을 능수능란하게 구사하게 되었고, 스승을 대신해 약에 주술을 걸기도 했다. 하지만 마법을 부탁하는 손님을 위해 마법을 쓴 적은 없었다. 스승이 절대로 허락하지 않았기 때문이다.

"네가 어엿한 마법사가 됐다고 내가 인정하면."

그때는 자유롭게 마법을 써도 된다고 스승은 말했다.

신은 그 말을 따라 스승이 허락한 범위에서만 마법을 썼다. 그러면서 착실하게 마법사로서 성장해갔다.

스승과 함께하는 수행의 나날은 느긋하고도 평탄하게 흘러갔다.

그렇게 구 년에 가까운 세월이 흘렀다.

🕊

"스승님, 상점 뒷마당에 있는 밭 말인데요, 온실로 바꾸지 않으실래요? 더 많은 종류의 식물을 키울 수 있잖아요."

평소보다 일찍 상점을 닫고 문단속한 뒤 신은 먼저 들어간 스승이 기다리는 집으로 돌아왔다. 스승은 흔들의자에 앉아 평소 좋아하던 쿠키를 먹고 있었다.

"응. 좋은 생각이야. 그렇게 해."

"그렇게 하라니, 저 혼자요? 매번 남한테 시키기만 하고."

"너, 오늘이 무슨 날인지 알아?"

스승이 묻자 신은 고개를 갸웃거렸다. 날짜와 요일에 무관한 생활을 하는 탓에 달력이 머릿속에서 자꾸 지워졌다.

신은 속으로 세어보다 오늘 날짜를 떠올리고는 "앗" 하고 소리를 뱉었다.

"내 생일이다."

"딩동댕. 열다섯 번째 생일 축하해."

정확히 말하면 신이 태어난 날은 아니다. 신이 스승의 집에 온 날이다.

스승은 신이 인간 부모에게서 태어난 날 따위는 의미 없다고 딱 잘라 말하더니 이날을 신의 생일로 하겠노라 선언했다. 그날부로 신이 매해 축하를 받는 날은 항상 이날이었다.

"너도 벌써 열다섯이구나. 많이 컸네, 내 덕분에."

"맞는 말이지만 본인 입으로 말하니 별로인데요?"

"내 입으로 말 안 하면 누가 말하나."

"제가 하면 되죠. 스승님 덕분입니다. 항상 감사해요."

"천만의 말씀."

열다섯이 된 신은 이곳에 막 왔을 때에 비하면 많이 성장했다. 외적으로도, 마법사로서의 내실도. 남자치고는 가녀린 체구에 얼굴도 여자로 오해받을 만큼 예쁘장하지만 스승보다 키는 훌쩍 더 커졌다. 신은 스승이 소녀의 모습을 하고 있듯 자신도 소년의 모습을 유지할지, 아니면 시간의 흐름에 따라 변하게 둘지 고민하고 있다. 머리를 기르겠다는 결심만큼은 확실히 굳혔지만.

"자, 무사히 생일을 맞은 너에게 할 이야기가 있어. 들어줄 수 있니?"

"당연하죠."

신은 스승의 흔들의자 앞으로 의자를 가져와 앉았다.

"너도 알겠지만 마법 세계에서는 열다섯이면 성인이 돼."

스승은 자신이 좋아하는 의자를 까딱거렸다. 신의 의자는 빈 나무 상자를 개조해 만든 것이라 흔들 수 없다.

"너도 마법을 잘 쓸 수 있게 됐고, 마법사로서의 지식도 충분히 익혔어. 성인이 되면서 내면도 그에 걸맞게 성장했으니 내가 가르쳐줄 건 이제 거의 없단다."

"그 말은……"

"그래. 널 마법사로 인정한다는 소리야. 너는 이제 마녀의 제자가 아니야. 훌륭한 마법사야."

스승이 오른손을 내밀었다. 신 역시 자신의 오른손을 천천히 내밀고는 스승의 손을 꼭 맞 붙잡았다.

신은 스승에게 인정받는 날을 오래도록 꿈꿔왔다. 자유롭게
마법을 쓸 수 있게 된다는 뜻이었다.

그러면 지금까지보다도 훨씬 더 누군가에게 도움을…… 스
승에게 도움을 줄 수 있다.

그래서 신은 하루빨리 떳떳한 마법사가 되기 위해 부단히 노
력했다.

"스승님, 감사합니다. 스승님의 가르침을 새기면서 앞으로도
열심히 할게요."

"그러렴. 좋은 자세야. 맞다, 널 위해 아주 멋진 선물을 준비했
는데……. 먼저 첫 번째 선물을 주기 전에 묻고 싶은 게 있어. 지
금도 내 상점이 좋니?"

갑작스러운 질문에 신은 당황스러워하면서도 대답했다.

"네, 좋아요. 일도 즐겁고 여러 사람을 만날 수도 있고요."

"그렇다면 상점을 너한테 넘길게."

"네?"

얼떨결에 그런 소리가 튀어나왔다. 농담이라 생각했는데 스
승은 진심인 듯했다.

"종달새 언덕 마법상점은 내일부터 네 거야. 그게 첫 번째 선
물이야."

"잠시만요. 제 상점이라니…… 그럼 스승님은요? 지금처럼 앞으로도 같이 하면 되잖아요."

신의 말에 스승은 아무 대답도 없었다. 평소처럼 동그란 눈으로 신을 바라보며 아름답게 미소 지을 뿐이었다.

"설마 스승님, 어디 가시려는 거예요?"

불길한 예감이 엄습했다. 신은 스승이 집과 상점을 신에게 넘기고 다시 여행을 떠나려 한다고 생각했다.

하지만 스승은 고개를 가로저었다.

"아니, 아무 데도 안 가. 언제나, 앞으로도 계속 네 옆에 있을 거야."

"그렇다면…… 다행이고요."

스승은 거짓말을 하지 않는다. 그래서 그 말에 안도했다.

그런데도 불안이 가라앉지 않았다.

"……"

스승은 무슨 생각을 하는 걸까. 인간의 감정을 읽는 건 식은 죽 먹기지만 마녀인 스승을 상대로 하면 얘기가 다르다. 스승이 뭘 생각하고 앞으로 뭘 하려 하는지 알 수 없었다.

"선물이 하나 더 있어. 그 전에 네게 중요한 사실을 하나 알려줄게. 이게 네 스승으로서 하는 마지막 수업이야."

"중요한 사실?"

"그래. 마법사의 비밀."

끼익 하고 스승의 의자에서 소리가 났다. 집에는 라디오도 레코드플레이어도 없어서 언제나 무척 조용했다.

"신, 마법사와 마녀는 수명이 길다고 알려져 있어. 불로불사의 존재라고 생각하는 사람도 있을 만큼."

스승은 이야기를 시작했다. 그건 신도 이미 알고 있었다. 장수하는 마법사 중에는 팔백 살이 넘는 이도 있다고 했다.

"뭐, 불로는 그렇다 쳐도 불사는 좀 심했지. 우리도 언젠가는 죽어. 단, 마법사와 마녀에게는 수명이 없어."

"그래요? 저는 철석같이 오백 살 정도가 평균 수명이라고 생각했어요."

"대체로 그렇긴 해. 그래도 그건 몸의 한계가 아니야. 마법사의 몸에는 다른 생물체 같은 사용 기한이 없어. 우리는 병에도 걸리지 않고, 몸이 으스러져도 회복할 수 있어. 애초에 으스러지기 전에 마법으로 어떻게든 손쓸 수 있고."

"엇, 그러면……."

"그러면 마법사는 언제 죽느냐? 그건 말이지……."

스승은 목에 건 새장 모양 펜던트를 만지작거렸다. 신의 목에도 같은 펜던트가 걸려 있다.

"나디아의 심장에서 색이 사라질 때야."

스승은 새장을 손가락으로 잡아 눈앞까지 들어 올렸다. 안에 든 스승의 돌이 달그락거리며 반짝였다.

"이 돌은 마법을 쓸 때마다 아주 조금씩 색이 변해. 태어났을 때는 검정에 가까운 색이지만 쓰면 쓸수록 진짜 색이 나타나지. 그렇게 선명해지다가 어느 순간 서서히 색이 옅어져."

"……."

"아주 조금씩밖에 변하지 않지만 그래도 확실히 색을 잃다가, 마침내 맑고 투명해진단다. 그렇게 됐을 때 마법사는 비로소 사라지지."

돌의 색이 바래면 마법사는 소멸된다.

즉, 죽는다.

"마법을 쓰면 쓸수록 죽음에 가까워진다는 뜻이에요?"

"맞아."

"그래서 스승님은 지금까지 제가 마음대로 마법을 못 쓰게 하신 거예요?"

"마법을 어떻게 사용할지는 네가 진실을 안 뒤에 정해야 한다고 생각했으니까."

신의 돌은 아직 검정에 가까운 색이었다. 햇빛에 비춰보지 않으면 색을 알 수 없을 정도다. 신은 앞으로 셀 수 없을 만큼 마법을 사용할 수 있다. 사라질 가능성을 염려하는 건 아마도 머나면 미래가 될 터였다.

하지만 스승의 돌은…….

"잠깐만요. 그런데도 스승님은 상점을 차려서 사람들이 마녀를 쉽게 만나러 올 수 있도록 하고 마법을 써준 거예요?"

"음, 쫓아낸 사람이 훨씬 많긴 해."

"왜 그랬어요? 자신을 위해서만 마법을 쓴다면 훨씬 오래 살 수 있잖아요."

돌의 색을 잃으면 죽는다는 말은, 바꿔 말하면 색이 있는 동안에는 죽지 않는다는 뜻이다.

시간은 귀중하다. 아무리 오래 살아도 부족하다. 이 세상에는 무수히 많은 지식이 존재하고, 그걸 다 알기 위해서는 방대한 시간이 필요하다.

스승도 예전부터 말했다. 세상에 아직 모르는 게 너무나 많다고. 모르는 게 없을 것 같은 스승마저도 모르는 게 있다고.

"그렇긴 하지. 나도 옛날에는 모든 걸 다 알고 싶었어. 그게 곧 사는 의미이고 그걸 달성하기 위해서는 아무리 오래 살아도 부족하다고, 그렇게 생각했단다."

그런데 말이야, 하고 스승은 말을 이어갔다.

"여행을 하면서 마음이 바뀌었어. 영원히 혼자서 지식을 추구하기보다 끝이 있더라도 누군가와 어울려 살아가는 삶, 누군가를 위해 살아가는 삶, 그쪽이 더 즐겁겠다고 생각하게 됐지."

혼자 오래 사는 것도 무의미하지는 않다.

하지만 스승은 다른 길을 선택했다.

"인간은 참 재미있어. 똑같아 보이는데 알고 보면 다 달라. 욕심투성이인 사람도 있고, 타인을 위해 행동하는 사람도 있어. 자신의 마음을 소중히 여길 줄 아는 사람도 있고, 누군가가 없으면 살아갈 의미를 찾지 못하는 사람도 있지. 나는 말이야, 언제부터인가 지식보다도 그쪽에 흥미가 생기더구나. 사람들을 더 알고 싶다고 생각하게 된 거야. 그리고 언젠가부터 그렇게 어리석고 연약한 인간들을 사랑하게 됐어. 나를 위해서만 쓰던 이 힘으로 그들의 소망을 이뤄주고 싶어졌지."

스승은 거기까지 말하더니 한 차례 말을 멈췄다. 깊게 심호흡하고 몸의 힘을 뺀 뒤 다시 입을 열었다.

"그래서 정착할 곳을 찾았어. 가족이 없으니 돌아갈 곳은 없었어. 그래서 어딘가에 집을 만들어야겠다고 생각했지. 이왕이면 사람이 많이 찾아오는 장소로 만들고 싶었단다."

그렇게 이 마을에 상점을 열었다고 스승은 말했다. 사람들과 어울려 살아가기 위한 상점을. 다른 누군가를 위해 자신의 힘을 쓸 수 있는 장소를.

"저는 스승님이 가끔씩 마법을 쓰는 게 서비스 같은 거라고 생각했어요. 약이나 차를 팔기 위해서가 아니라, 마법으로 사람들의 소원을 들어주기 위해 이곳을 만들었다는 말씀이에요?"

"그렇다니까. 이름도 종달새 언덕 마법상점이잖아."

"다른 사람들을 위해 살아간다니…… 쓸쓸해요."

신은 계속 누군가를 위해 이 힘을 쓰고 싶다고 생각해왔다. 하지만 그게 생명을 깎아내는 행위라면 이야기는 달라진다. 그렇게까지 할 의미는 없다. 남의 소원보다 자신의 생명이…… 스승의 생명이 훨씬 더 중요하다.

"누군가를 위해서만 살면 그렇겠지. 나도 모든 사람을 도와주진 않았어. 난 절대로 선량하지 않으니까. 정이나 돈 때문도 아니고, 우리는 언제나 내킬 때만 마법을 써. 누군가를 위해 쓰고 싶다고 생각하는 것도 결국에는 내 자유고 날 위한 일이야."

"날 위한 일……."

"너한테 상점을 주겠다고 했잖아? 이 이야기를 듣고도 상점을 물려받을지 말지는 네 판단에 맡길게. 원한다면 원하는 만큼 상점을 운영해도 좋고, 싫으면 내일 당장 간판 내려도 상관없어. 네 자유야."

신은 입을 다문 채 고개를 끄덕였다. 키가 자랄 때마다 스승이 새로 만들어준 진녹색 로브를 입은 채 양손을 꽉 쥐었다.

"모르겠어요. 어떻게 하는 게 좋을지도, 스승님의 생각도요."

"지금 이해할 수 없는 건 앞으로 네가 스스로 깨우쳐야 해. 내가 가르칠 수 있는 전부를 이미 다 가르쳤으니까."

신은 천천히 고개를 들었다. 눈을 맞추자 스승은 엄마처럼 인자하게 미소 지었다. 신을 낳아준 여자는 한 번도 신에게 보여준 적 없는 표정이었다.

신은 세 번 심호흡을 했다.

그리고 눈을 떴다.

"스승님……. 스승님이 쓸 수 있는 마법은."

스승의 돌은 이미 거의 투명에 가까웠다. 원래 무슨 색이었는지 알 수 없을 정도로. 스승이 마법을 쓸 수 있는 건 앞으로 몇 번 남짓…… 아니, 어쩌면.

"맞아. 내가 마법을 쓸 수 있는 횟수는 앞으로 한 번뿐이야."

신은 자리에서 튀어 오르듯 일어나 스승에게 매달렸다.

"스승님, 부탁이에요. 다시는 마법을 쓰지 말아요. 필요하다면 제가 쓸게요."

이제 한 번만 더 마법을 쓰면 스승은 사라진다. 그 한 번을 쓰지 않으면 계속 같이 살 수 있다.

"이제 안 쓸 거죠? 그러려고 얘기하셨죠? 지금까지 스승님이랑 하던 일, 앞으로 혼자 다 할게요. 그러니까 앞으로도 저랑 있어주세요. 그러실 거죠?"

감정이 점점 격해지는 신에게 스승은 아무런 대답도 하지 않았다. 대신 이야기를 이어갔다.

"너에게 중요한 선물을 줄게. 두 번째 선물이야."

신의 손을 감싸 쥐고 스승은 얼굴을 가까이 댔다.

"너에게 이름을 줄 거야."

"……이름? 제 이름은 신이잖아요."

"그건 인간이 붙인 인간의 이름이고. 마법사의 이름은 특별한 힘을 가지고 있거든. 마법사로서의 이름이 있으면 마법의 힘이 훨씬 커져. 넌 이름이 없는데도 그 정도의 마법을 쓸 수 있으니, 이름이 있으면 아주 멋진 마법사가 될 테지."

"그래요?"

"그럼. 그리고 말이야, 마법사의 이름은 그만큼 특별하기 때문에 인간은 지을 수가 없어. 마법사만 마법사의 이름을 지을 수 있단다."

"마법사만?"

"그래. 이름에 마법을 걸어야 하거든."

신은 숨을 멈췄다.

스승이 왜 한 번의 힘을 남겨두었는지 알았다.

신의 마음을 읽은 스승이 난색을 표하며 웃었다.

"제가 할게요. 제가 할 거니까 됐어요. 직접 마법을 걸겠어요."

"불가능해. 이름은 받는 거라서. 남이 해주지 않으면 의미가 없어."

"그럼 필요 없어요. 이름 따위 없어도 돼요. 없어도 문제없어요. 그러니까 스승님, 마법 쓰지 말아요."

"필요 없지 않아. 이름은 중요해. 이름의 힘은 강하거든. 널 확고한 존재로 이 세상에 각인시켜줄 테니까."

"이름 때문에 스승님이 없어진다면 필요 없다고요!"

자신이 누구인지 가르쳐주었다. 살 집을 주었다. 세상에 존재하는 의미를 찾게 해주었다. 스승에게 감사할 일이 얼마나 많은가. 구 년이라는 세월을 얼마나 행복하게 지내왔던가.

당신보다 소중한 건 이 세상에 없는데.

"하지 마세요, 스승님. 부탁이에요!"

자신 때문에 소중한 사람이 사라지는 것을 대체 누가 바란단 말인가.

"말했잖아. 마법을 쓰는 건 내 자유라고."

스승은 가만히 눈을 감았고 아무 말도 하지 않았다. 신 역시 아무 말도 할 수 없었다.

"네 이름은 이미 정했어. 네 돌을 본 그날 정해졌단다."

다시 열린 눈꺼풀. 유리구슬처럼 투명한 눈동자 속에 자신의 모습이 비쳤다.

"나도 너와 똑같아. 인간 부모에게서 태어난 마녀였어. 그래서 마녀의 이름을 준 사람은 부모님이 아니라 날 키워준 스승님이었어."

"……"

"내 돌은 이미 투명에 가까운 색이 되었지만 원래는 파란색이었단다. 그 색을 보고 스승님이 '루리瑠璃 거무스름한 푸른빛이 나는 보석'라는 이름을 지어주셨어. 그래서 너한테도, 네가 가진 색의 이름을 주려고 마음먹었지."

스승은 신의 진짜 이름을 고했다.

"스이翠."

십오 년 동안, 신은 '신'이라는 이름으로 살았다. 자신이 신이라는 사실에 의심의 여지가 없었다. 그런데 스승의 입에서 나온 처음 들은 그 이름이, 어째서인지 진짜 자신의 이름이라는 느낌이 들었다.

스이.

초록색이라는 뜻의 이 이름이야말로 태어났을 때부터 자신의 이름이 되길 기다리던, 진정한 이름이었다.

"좋은 이름이지? 넌 이제 스이야. 앞으로는 그렇게 너를 소개하면 돼."

스승은 스이의 손을 꼭 잡고, 머리카락을 어루만지고, 볼을 쓰다듬고, 어깨를 쓸어내리고, 다시 손을 잡았다.

연하고 푸른빛이 맞잡은 손에서 흘러나왔다. 스승의 돌도 같은 색으로 빛났다.

머릿속으로는 말려야 한다고 생각했다. 그만하라고 말하고 싶었다. 하지만 입술이 떨어지지 않았다.

이유는 알 수 없었다. 스이는 커다란 눈에 눈물을 가득 머금은 채, 스승이 마지막 마법을 쓰는 모습을 그저 바라보았다.

"루리의 이름으로, 이 아이에게 이름을 하사하노라."

빛이 스이의 전신을 감쌌다. 가슴속에서 불타는 듯한 통증이 느껴졌다.

뜨겁다. 뜨겁다. 새겨진다. 죽을 때까지 지울 수 없는, 자신이 자신이라는 증거가.

"……흡."

무심결에 스승의 손을 놓고 가슴을 움켜쥐었다. 너무 아파 눈물이 바닥으로 떨어졌다. 심장이 타는 듯했다.

마침내 태어났다고, 몸으로 실감했다.

"자, 이제 너만의 길을 걷게 될 새로운 마법사. 앞으로 너는 무슨 일을 겪고, 누굴 만나고, 어떤 나날을 보내게 될까."

잔뜩 웅크린 스이의 등을 스승이 쓰다듬었다. 이윽고 스이의 몸을 에워싸고 있던 빛과 함께 통증도 사라졌다.

"으……. 스, 스승님?"

스이는 얼굴을 들었다. 스승은 빙긋 웃고 있었다.

서서히 무너져 내리는 몸으로.

"스승님!"

스이는 다급히 스승의 손을 잡았다. 아직 잡을 수 있었다. 하지만 스승의 몸은 불에 탄 종이가 흩날리듯 조금씩 붕괴되었다. 소리 없이 풀풀, 뼈도 머리카락 한 올도 남기지 않고 사라지고 있었다.

"스승님, 안 돼요! 어떡해! 어떻게 해야 돼요?"

통증이 아닌 다른 이유로 눈물이 터져 나왔다. 초조와 후회, 앞으로 느끼게 될 뼈저린 슬픔으로.

"스이, 마법사는 울지 않아."

스승이 스이의 얼굴을 어루만졌다.

"스승님, 그래도!"

"이거면 됐어."

스승은 반달눈을 하고 웃었다. 깊은 바다색 눈망울은 아직 사라지지 않은 채 여전히 아름다웠다.

"마지막을 어떻게 맞을지 계속 고민했어. 끝까지 상점을 운영할지, 문을 닫고 한 번 더 여행을 할지……. 그런데 네 덕분에 정할 수 있었단다. 이 아이를 위해, 이 아이 옆에서. 긴 인생의 마지막을 네게 바치기로 결심했어. 나는 이날을 기다려온 거야."

"스승님, 어째서, 저한테……."

"고마워, 스이. 덕분에 행복하게 떠날 수 있어."

"전 전혀 행복하지 않아요. 스승님이랑 더 있고 싶어요. 아직 배우고 싶은 게 많다고요. 절 키워준 은혜를 갚지도 못했는데!"

"미안하구나. 그래도 어쩔 수 없어. 난 마녀니까. 마녀는 내키는 대로 사는 존재거든. 네 슬픔과는 상관없이, 난 내 의지대로 살아야 해. 마지막까지."

"흑…… 스승님은 바보예요! 이 세상에서 스승님이 제일 싫어요!"

"잠깐만. 방금 그 말 분명히 후회할 테니 그만. 그런 말을 하고 헤어져도 정말 괜찮겠니?"

스이는 오열이 터져 나오는 걸 참으며 콧물을 훌쩍거렸다. 이제는 스승보다 키도 더 큰데, 스승은 언제나 작은 꼬마를 보는 듯한 눈빛으로 스이를 바라본다.

"스승님."

스이는 스승의 목덜미를 끌어안았다.

"좋아해요. 제일 좋아해요. 영원히, 영원히, 스승님을 좋아할 거예요."

나를 사랑해주고 보살펴준 소중한 사람.

혈혈단신이던 내게 전부를 내어준 사람.

넓은 세상에 대해 가르쳐준 사람.

오직 단 하나뿐인, 나의 소중한 마녀.

"나도 네가 좋아. 사랑스러운 나의 아가. 부디 자유롭게 살아가렴. 네 뜻대로 살면 돼. 네가 지니고 태어난 그 힘을 누구를 위해 쓰든, 무엇을 위해 쓰든, 전부 네 자유야."

피부에 닿은 감촉이 희미해져간다. 스승의 몸이 스이의 팔에서 빠져나간다.

사라진다. 눈동자마저도. 무엇 하나 남기지 않고.

마지막의 마지막 순간까지도 스승은 미소를 지었다.

"스승님…… 어째서."

어째서 날 위해 마법을 쓰셨어요?

생각해봐도 알 수 없는 질문에 대해 스승은 끝끝내 답을 알려주지 않았다.

"글쎄. 어째서일까."

중얼거림이 흩어지더니 아무도 없는 흔들의자에 로브와 빈 펜던트가 둔탁한 소리를 내며 떨어졌다.

끼이, 하고 의자에서 소리가 났다.

스이는 진남색 로브를 끌어안고 울었다.

울고 울고 아무리 울어도 등을 어루만져주는 사람이 없었다.

물음에 대답해줄 사람도. 그러니 스이는, 스승이 알려주지 않은 질문의 대답을 스스로 찾아내야 했다.

자신이 선택한 길 위에서.

앞으로 살아갈 기나긴 시간 속에서.

종달새 마을의 종달새 언덕에는 마녀가 운영하는 상점이 있다. 종달새 언덕 마법상점이라는 가게인데, 마법을 써주는 경우는 거의 없다.

종소리가 울리는 문을 열면 허브 향이 주위를 가득 채운다.

식물로 가득한 실내에서 아름다운 마법사가 손님을 맞이한다.

"그래, 어서 와."

그는 종달새 언덕의 마녀라 불린 마녀의 제자다. 사람들은 그를 종달새 언덕의 마녀라고 부르지만.

마법사는 그 호칭을 부정하지도 긍정하지도 않고, 오늘도 내키는 대로 상점을 연다.

진녹색 로브를 두르고, 선명한 초록빛으로 반짝이는 돌을 목에 걸고, 무언가를 구하고자 이곳을 찾는 사람들을 향해 한결같이 미소를 짓는다. 때로는 다정하게 다가서고 때로는 엄하게 내치며 사람들의 마음을 살핀다.

언제나 누군가를 위해 마법을 쓸 수 있도록. 그리고 그 마법이 사신을 위한 일이 될 수도 있도록.

여전히 실수하기도 한다. 그 역시 아직 세상과 사람을 알아가는 여정을 걷고 있기에.

그러므로 조금 더 이 자리에서 사람을 알아가고, 마음을 알아가고, 자신을 알아갈 작정이다.

그가 종달새 언덕의 마녀의 마음을 헤아리려면 꽤 오랜 시간이 필요할 것이다.

하지만 언젠가는, 스승의 가르침처럼 자신도 마지막 마법을 주저 없이 쓸 수 있기를 바라며.

그날의 대답을 물으며.

스승의 발자취를 따라가며.

마법사로서 소중한 것을 소중히 여기며.

자신 또한 새로운 소중함을 끊임없이 찾아나가며, 종달새 언덕의 마법사는 오늘도 여기에서 자유롭게 당신을 기다린다.

"당신은 무슨 일로 왔지?"

종달새 언덕의 마법사

雲雀坂の

魔法使い

雲雀坂の魔法使い
by 沖田円

Original Japanese title: HIBARIZAKA NO MAHOU TSUKAI
Text copyright © En Okita 2021
Original Japanese edition published by Jitsugyo no Nihon Sha, Ltd.
Korean translation rights arranged with Jitsugyo no Nihon Sha, Ltd. through The English
Agency (Japan) Ltd. and Danny Hong Agency(Korea).
Korean translation copyright © Viche, an imprint of Gimm-Young Publishers, Inc. 2025
All rights reserved.

옮긴이 **김수지**

전문 번역가 겸 프리랜서 통역사. 일어일문학을 전공하고 이화여자대학교 통역번역대학원에서 통역학 석사 학위를 받았다. 옮긴 책으로《영매탐정 조즈카》《인버트》《신의 카르테 2: 다시 만난 친구》《신의 카르테 4: 의사의 길》《가끔 너를 생각해》《도시의 세계사》등 다수가 있다.

종달새 언덕의 마법사

1판 1쇄 인쇄 2025년 5월 8일 **1판 1쇄 발행** 2025년 5월 26일

지은이 오키타 엔
옮긴이 김수지

발행인 박강휘
편집 백경현 박정선 **디자인** 정윤수
마케팅 박유진 이헌영 **홍보** 박상연 이수빈

발행처 김영사
주소 경기도 파주시 문발로 197(문발동) 우편번호 10881
등록 1979년 5월 17일(제406-2003-036호)
주문 및 문의 전화 031)955-3100 **팩스** 031)955-3111
편집부 전화 02)3668-3289 **팩스** 02)745-4827
전자우편 literature@gimmyoung.com
비채 블로그 http://blog.naver.com/viche_books
인스타그램 @drviche @viche_editors **트위터** @vichebook
ISBN 979-11-7332-164-1 03830 책값은 뒤표지에 있습니다.

비채는 김영사의 문학 브랜드입니다.